KAPITEL EINS

„M hm. Das ist himmlisch", murmelte ich, bevor ich mir einen weiteren Bissen des Schokoladen-Ganache-Käsekuchens in den Mund schob. Ein sündiges Stöhnen stieg tief in meiner Kehle auf, bevor ich es aufhalten konnte.

„Guter Gott, Jade. Kein Wunder, dass du schwanger bist", prustete Pyper mit einer Mischung aus Bewunderung und Humor. Sie saß neben mir und trug schwarze Röhrenjeans und ein hellblaues Tanktop, das zu der breiten Strähne in ihrem dunklen Haar passte. „Niemand kann einer solchen Versuchung widerstehen. Jetzt weiß ich, warum Kane immer von deiner Käsekuchensucht spricht."

„Pyper." Kat, meine beste Freundin, bog sich vor Lachen, ihr lockiges rotes Haar fiel ihr in die Augen. Sie schob es zurück und sah sich im Raum um, bis ihre haselnussbraunen Augen auf einer anderen künftigen Braut landeten, die uns mit weit aufgerissenen Augen und offenem Mund anstarrte.

Ich lächelte die Frau an und deutete auf den Käsekuchen.

„Nimm den. Glaub mir. Dein Bräutigam wird es dir auf die richtige Weise danken."

Ihre Wangen wurden rot, als sie den Blick abwandte, doch ein kleines, heimliches Lächeln umspielte ihre Lippen.

„Oh, sie wird den ganz bestimmt bestellen", flüsterte ich Pyper und Kat zu.

„Darauf kannst du wetten", sagte Pyper und biss in ihren Ahornsirup-Rum-Cupcake.

Kat warf einen Blick auf die sechs verschiedenen Kuchenstücke vor sich. „Ich bin mir einfach nicht sicher. Ich mag den Mokkakuchen, aber ich liebe ihn nicht. Vielleicht sollten wir noch ein paar andere Konditoreien ausprobieren."

„Ich bin dabei", sagte ich und schob mir eine weitere Gabel voll des dekadenten Käsekuchens in den Mund.

„Natürlich bist du das." Pyper verdrehte ihre hellblauen Augen. „Nicht alle von uns können unsere Gewichtszunahme einem Baby zuschreiben."

Ich warf einen Blick auf meinen noch relativ flachen Bauch. „Glaubst du, ich nehme zu viel zu?"

„Nein." Pyper trank einen Schluck Kaffee. „Aber wenn du erstmal eine Tonne Hochzeitstorte verschlungen hast, hast du die perfekte Ausrede."

„Dann werd' ich sie benutzen." Ich schmunzelte und mochte den Gedanken, jeden Käsekuchen zu verkosten, der jemals gebacken wurde.

Kat seufzte und schob ihren Teller weg. „Und ich Depp renne jeden Tag drei Meilen, nur um sicherzugehen, dass ich in mein Hochzeitskleid passe."

„Welches Kleid? Du hast dich noch nicht einmal für eins entschieden", sagte ich und versuchte, meine Ungeduld zu unterdrücken. Kat machte uns alle verrückt mit ihrer

Unfähigkeit, eine Entscheidung für ihre bevorstehende Hochzeit zu treffen.

„Welches auch immer ich bestellen werde." Sie warf mir einen Blick zu, der sagte, dass ich eindeutig verrückt geworden war. Nur war ich nicht diejenige, die mich mit Hochzeitsdetails in den Wahnsinn trieb. Sowohl Kat als auch Pyper hatten sich kürzlich verlobt. Pyper hatte die Planung spielend im Griff. Kat nicht so sehr. Wir waren schon in vier Konditoreien gewesen, plus der, in der wir heute waren. Pyper hatte sich im ersten Laden, den wir besucht hatten, für eine Mini-Cupcake-Auswahl entschieden. Kat wartete auf etwas, das sie „beeindrucken" würde.

„Natürlich", sagte ich und tauschte einen wissenden Blick mit Pyper aus. Wir dachten beide dasselbe: In wie viele Läden würde Kat uns schleppen, bevor sie sich entschied, welches Kleid sie wollte? Und noch schlimmer, würden wir die nächsten vier Monate in Umkleidekabinen verbringen und alles von Taft bis Spitze für unsere Brautjungfernkleider anprobieren? Ich verzog das Gesicht und dachte darüber nach, wie ich ein Kleid bestellen sollte, wenn ich im siebten Monat schwanger war. Wenigstens hatte Pyper den Anstand gehabt, ihre Hochzeit für Silvester zu planen. Das war nach der Geburt meines Babys.

„Was ist los?", fragte Kat mit besorgt gerunzelter Stirn.

„Nichts." Ich lächelte breit. „Ich frage mich nur, wie viel von diesem Käsekuchen ich mit nach Hause nehmen soll. Ich stelle mir ein Matratzenpicknick mit Kane vor."

„Ein nacktes Matratzenpicknick", stellte Pyper klar.

Kat schüttelte den Kopf, ihre Lippen zu einer dünnen Linie zusammengepresst. „Ihr zwei braucht eine kalte Dusche."

Pyper hob eine Augenbraue und begegnete meinem Blick. „Ich glaube, *Mom* ist genervt von uns."

Ich zuckte unbekümmert mit den Schultern und beobachtete dann Kat, während ich Pyper antwortete. „Sie ist nur gestresst von der ganzen Planung. Wenn sie mir folgen und Lucien mit ein paar schokoladenüberzogenen Köstlichkeiten überraschen würde, wäre sie bestimmt viel entspannter."

„Du willst, dass ich meine *Argumente* mit Schokolade überziehe?", fragte Kat ungläubig.

Wir ignorierten sie beide.

„Hmm, vielleicht braucht sie ein paar Unterrichtsstunden." Pypers Augen blitzten schelmisch, als sie Kat musterte. „Hast du schonmal von einem Schlagsahne-Bikini gehört?"

Ich kicherte.

„Das reicht." Kat stand auf, machte zwei Schritte, blieb stehen und drehte sich wieder zu uns um. „Nicht, dass es euch was angeht, aber wenn ihr es unbedingt wissen müsst, Lucien hat keine Beschwerden. Sagen wir einfach, er zieht High Heels und Strapse Schokolade und Schlagsahne vor."

„Natürlich tut er das. Er ist ein Mann." Pyper zwinkerte.

Kat verdrehte die Augen und machte sich auf den Weg, um mit der Hochzeitstortenberaterin zu sprechen. Als sie außer Hörweite war, beugte sich Pyper vor und sagte: „Sie braucht dringend einen Ausflug in den Hustler Hollywood-Laden."

„Wozu?", fragte ich lachend. „Du hast gehört, was sie gesagt hat. 'Lucien hat keine Beschwerden.'"

„Pff. High Heels und Strapse? Komm schon. Das ist so langweilig. Was sie braucht, sind ein paar Überraschungen, um die Aktivitäten in ihrem Schlafzimmer aufzupeppen."

„Findest du?" Es war nicht so, dass ich dagegen wäre, in den Sexspielzeugladen zu gehen – ich konnte selbst ein paar Ideen gebrauchen. Kane hatte eine Vorliebe für Honey Dust, ein essbares Körperpuder, das in gewisser Weise unsere

Romanze ausgelöst hatte, und rein zufällig war es gerade leer.

„Ja. Ich habe sie noch nie so angespannt gesehen. Was sie braucht, ist Stressabbau. Sex. Ein Wochenende mit Lucien verbringen und sich den Verstand rausficken lassen. Danach wird sie endlich ein paar Entscheidungen treffen können. Denn wen kümmert es, wie der Kuchen aussieht, wenn man sich nur für die Hochzeitsnacht interessiert?" Sie grinste und aß den Rest ihres Cupcakes auf.

Ich lachte. „Da hast du wohl recht."

„Entschuldigung", sagte die Frau am Nebentisch. Als wir uns beide zu ihr umdrehten, fuhr sie fort: „Tut mir leid, dass ich mitgehört habe, wie ihr über den Hustler Hollywood-Laden gesprochen habt. Könnt ihr mir sagen, wo der ist? Ich denke, da könnte was dran sein, an dem, was ihr sagt. Ich muss wirklich … äh, einen Weg finden, mich zu entspannen. Niemand sagt einem, wie viel Arbeit die Planung einer Hochzeit macht."

Kichernd sagte Pyper: „Auf der Bourbon Street. Du kannst ihn nicht verfehlen."

„Danke." Die Frau stand auf, und wenige Augenblicke später eilten sie und ihre Freundin aus der Konditorei und ließen uns mit der Verkäuferin allein im Laden zurück.

Pypers Handy summte mit einer eingehenden SMS. Sie runzelte die Stirn und sagte: „Verdammt, Ida May."

Ich hob meine Augenbrauen. „Du bekommst jetzt Nachrichten von deinem Geist?" Ida May war der Geist, der im *Grind* lebte – dem Café, das Pyper gehörte.

„Nein," schnaubte sie. „Sie ist von Beau. Sie hat ihn schon wieder am Hintern gepackt."

„Weiß sie nicht, dass er erst siebzehn ist?" Beau war Pypers Halbbruder. Sie hatte erst kürzlich erfahren, dass er überhaupt existierte, und jetzt lebte er mit ihr und ihrem Verlobten Julius zusammen und arbeitete nebenbei in ihrem Café.

„Glaubst du, das interessiert sie?" Pyper schrieb etwas und drückte auf ‚Senden'.

„Verstehe." Ida May war ein Geist aus dem frühen neunzehnten Jahrhundert. Sie war eine der *Damen* von Storyville gewesen– dem Rotlichtviertel von New Orleans. Schicklichkeit gehörte nicht zu ihrem Wortschatz.

„Ich habe ihm gesagt, er soll ihr sagen, wenn sie nicht die Finger von ihm lässt, werde ich dich bitten, das Café zu reinigen. Das wird das perverse Luder zur Raison bringen."

Ich lachte, wohl wissend, dass Pyper so etwas nicht tun würde. So frustrierend der Geist auch sein mochte, sie war Pyper gegenüber äußerst loyal und weitgehend harmlos.

Die Glocke an der Eingangstür läutete, und die schönste Frau, die ich je in der realen Welt gesehen hatte, trat ein, gefolgt von einem unscheinbaren Typen in Jeans und einem ausgewaschenen Beavis-and-Butt-Head-T-Shirt. Sie blieb stehen und warf ihr langes, glattes, blondes Haar über ihre Schulter, während sie sich schnell umsah und er weiter schwatzte, was für ein Glück es war, dass sie einander begegnet waren. Die schöne Frau kam mir vage bekannt vor, aber ich konnte sie nicht wirklich einordnen.

„Ich meine, ich steige aus meinem Auto, und da bist du", sagte er und legte einen Arm um ihre Schultern.

Sie zuckte sichtlich zusammen und entfernte dann demonstrativ seinen Arm. „Hugh, du dringst wieder in meine Distanzzone ein."

Er lachte. Ein lautes, ausgelassenes Lachen, als hätte sie gerade einen unglaublich amüsanten Witz gemacht. „Komm schon, Sierra. Wir sind alte Freunde. So zeigen wir Zuneigung."

Sierra? Endlich erwachte mein Gehirn, und mir wurde klar, warum sie mir so bekannt vorkam. Sie war Sierra Whitmore, der Star von *Witchin' Hills*, einer langjährigen Seifenoper zur Hauptsendezeit mit einem übernatürlichen Thema.

Sierra winkte in unsere Richtung. „Hör zu, Hugh, ich muss gehen. Meine Freundinnen warten auf mich." Ohne ihm Zeit zum Antworten zu lassen, eilte sie an unseren Tisch und setzte sich zwischen Pyper und mich. „Hey Mädels. Tut mir leid, dass ich euch habe warten lassen. Ich bin am Set steckengeblieben."

„Kein Problem", sagte Pyper, die sofort begriffen hatte. Sie schob eine der nicht gegessenen Kuchenproben in die Richtung der Schauspielerin. „Wir wussten, dass du irgendwann kommen würdest."

Starke Wellen nervöser Energie strömten von der Frau aus. Man hätte das nie daran gesehen, wie sie Pyper herzlich anlächelte, doch sie war angespannt und in höchster Alarmbereitschaft. Ich blickte zu Hugh auf. Er war an den Rand unseres Tischs gekommen, sein dunkler Blick auf sie fixiert. Aufgeregte Entschlossenheit pulsierte von ihm und schickte Ausbrüche giftiger Energie aus, die meine Haut prickeln ließen. Da war eine Dunkelheit in ihm, die instinktiv die Kraft in mir erweckte und magische Blitze in meine Fingerspitzen schickte.

Es gab keinen Zweifel, dass der Mann keiner von den Guten war, doch ich ballte meine Hände zu Fäusten und rang meine Magie nieder. Jetzt, da ich schwanger war, hatte ich die bewusste Entscheidung getroffen, meine Macht nicht einzusetzen. Viel zu oft hatte mich meine Magie in Situationen gebracht, in denen es um Leben und Tod ging. Vorerst hatten Kane und ich beschlossen, den Ball flach zu halten und uns darauf zu konzentrieren, unsere Familie zu gründen. Das bedeutete, dass die Mädels und ich einen anderen Weg finden mussten, den Mann davon abzuhalten, Sierra zu stalken.

Das war leichter gesagt als getan. Die Tatsache, dass ich ein Empath war, bedeutete, dass ich im Voraus über seinen Geisteszustand gewarnt war, doch das war sowohl ein Segen als auch ein Fluch. Die negative Energie, die Hugh ausstrahlte, würde mich schnell erschöpfen, wenn ich es zuließ. Gleichzeitig war es ein echter Vorteil, vorgewarnt zu sein, wenn jemand eine Bedrohung darstellte. Hoffentlich würden wir drei ihn davon überzeugen können, die Schauspielerin in Ruhe zu lassen, bevor er etwas wirklich Verrücktes tat.

Hugh setzte sich neben mich. „Ich bin mir sicher, dass es niemanden stört, wenn ich ein paar Minuten bleibe."

„Hör zu, Hugh", sagte Pyper. „Ich bin sicher, du bist ein netter Kerl und so, aber das ist ein Mädelsding. Vaginas, nicht Schwänze. Verstehst du?"

Ich schnaubte. Typisch Pyper, kein Blatt vor den Mund zu nehmen.

Hugh funkelte Pyper an, seine Lippen verzogen sich, als er knurrte.

„Wow. Immer mit der Ruhe, Kumpel." Sie hob ihre Hände in einer abwehrenden Bewegung. „Das ist nichts, worüber man sich aufregen müsste."

„Ich rege mich nicht auf", sagte er, und seine Miene wurde ausdruckslos.

Doch ich wusste es besser. Von ihm ging so viel hitzige Wut aus, dass ich anfing zu schwitzen, selbst im klimatisierten Laden.

„Sie hat recht, Hugh." Sierra warf ihm ein entschuldigendes Lächeln zu. „Sie hat es vielleicht etwas grober ausgedrückt, als ich es getan hätte, aber das ist wirklich ein Mädelsding, und ich muss das respektieren. Du verstehst das, nicht wahr?"

Er legte seine Hände auf den Tisch, beugte sich vor und senkte seine Stimme. „Aber ich dachte, wir würden reden. Du hast mir gestern gesagt, dass du über das Picknick nachdenken würdest, das ich vorgeschlagen habe."

Sierra runzelte die Stirn. „Ich kann mich nicht erinnern, irgendeinem Picknick zugestimmt zu haben. Du weißt, dass ich einen Freund habe. Es tut mir leid, aber das wäre einfach nicht angemessen."

Ein Muskel in Hughs Kiefer begann zu zucken, als sein Gesicht einen tiefen Rotton annahm. „Du hast mir nie von einem Freund erzählt. Ich dachte –"

„Hugh." Ich legte sanft eine Hand auf seinen Arm.

Er zuckte zurück und griff nach einer Gabel in der Nähe, die er wie eine Waffe vor sich hielt.

„Boah, Kumpel. Das willst du wirklich nicht tun", sagte ich und stand auf. Der süße, stetige Fluss der Magie schoss durch meine Adern, bereit, diesem Arsch einen Tritt zu verpassen, wenn es nötig war. Eine Welle von Schuldgefühlen überkam mich, als ich mich daran erinnerte, dass ich keine Magie anwenden sollte. Doch das war anders. Der Typ bedrohte uns. Ich konnte mich nicht einfach zurücklehnen und ihn jemanden mit der Gabel verletzen lassen. Nicht, wenn ein einziger Magieblitz ihn angemessen zurechtweisen würde.

„Hugh!" Sierra sprang von ihrem Stuhl auf. „Was tust du da?"

„Niemand darf mich anfassen. Niemand. Vor allem nicht diese blassgesichtige Kröte."

„Hey!", rief ich. „Wen nennst du eine Kröte?"

„Das reicht." Pyper streckte die Hand aus, packte das Handgelenk des Typen und drückte zu.

Er jaulte und ließ die Gabel fallen, doch Pyper ließ nicht

los. Stattdessen packte sie mit ihrer anderen Hand seine Finger und bog sie zurück.

„Lass los, du durchgeknallte Schlampe!", polterte er.

Pyper kniff entschlossen die Augen zusammen. Ich überlegte, ob ich eingreifen sollte oder nicht, doch im Moment schien sie gut zurechtzukommen. Pyper hatte früher einen Stripclub geleitet und viel Erfahrung im Umgang mit schmierigen Typen. Außerdem konnte ich so mein Versprechen einhalten, meine Magie nicht einzusetzen.

„Zeig ihm, wie man sich benimmt, Pyper", sagte ich, und Stolz schwang in meiner Stimme mit.

Sie verstärkte den Druck, und Hugh stieß ein Grunzen aus und ging auf ein Knie.

„Du bist ein respektloses kleines Wiesel", sagte Pyper. „Und wenn ich das richtig einschätze, will Sierra hier nichts mit dir zu tun haben, doch sie ist entweder zu nett oder hat zu viel Angst, um dir zu sagen, dass du dich verpissen sollst. Doch ich bin weder nett, noch habe ich Angst vor dir. Also die Sache ist die: wenn ich loslasse, schwingst du deinen hässlichen Hintern sofort aus dem Laden und wirst Miss Whitmore nie wieder belästigen, verstanden?"

„Nein", sagte er stur. „Wir sind zusammen. Frag' sie."

„Sie hat gerade gesagt, dass sie einen Freund hat. Ich werde nicht – uff!"

Hugh fegte mit seinem freien Arm Pypers Knie weg, und sie fiel nach hinten und landete auf dem Po. Sie stieß einen überraschten Schrei aus und umklammerte ihren Ellbogen.

Hugh griff erneut nach der Gabel, rappelte sich auf und ging auf Pyper zu, eindeutig auf Vergeltung aus.

„Das reicht", sagte ich mit stahlharter Stimme, als ich aufstand und mich ihm in den Weg stellte.

„Was hast du vor, Kröte?", fragte er und grinste mich

höhnisch an. Seine Finger schlossen sich fester um die Gabel, und seine Knöchel traten weiß hervor.

Ich ignorierte seinen Spott, als Wut und Magie durch meine Adern pumpten. Ich konnte es nicht kontrollieren. Niemand griff meine Freunde an. Niemand. „Ich denke, du lässt besser die Waffe fallen und gehst, wenn du keinen Tritt in den Arsch willst."

Er lachte. „Und du denkst, du bist diejenige, die mir in den Arsch treten wird?" Er schnaubte und streckte seine freie Hand nach meinem Hals aus. Reflexartig ließ ich meine Magie los, und ein Energieblitz traf ihn aus nächster Nähe in die Brust. Er erstarrte, sein Mund stand vor fassungslosem Schock weit offen.

„Whoa", keuchte Sierra.

„Das ist unser Mädchen", sagte Pyper und stand auf.

Mein Herz raste, und eine Welle von Schuldgefühlen überkam mich. So viel dazu, keine Magie zu nutzen. Natürlich hatte der Typ uns angegriffen, und ich konnte – wollte nicht – einfach dastehen und ihn damit durchkommen lassen.

„Oh Gott, was war das denn?", rief die Verkäuferin.

Ich blickte zu ihr zurück. Das Blut war aus ihrem Gesicht gewichen, und sie umklammerte nervös ihre Schürze.

„Nur ein bisschen Magie", beruhigte Kat. „Jade ist eine weiße Hexe. Die Anführerin des Zirkels von New Orleans. Keine Sorge. Sie hat das im Griff."

„Wirklich? Eine Hexe?", fragte Sierra.

„Wirklich." Ich starrte ihren Stalker an. In seinem eingefrorenen Zustand konnte ich seine Gefühle nicht so leicht spüren, doch seine Augen blitzten vor Hass. Ich machte mir keine Sorgen. Dieser Mann nervte zwar, hatte aber nichts von den Dämonen, Anwendern schwarzer Magie, Engeln und anderen übernatürlichen Wesen, gegen die ich in den letzten

Jahren gekämpft hatte. Er war nur ein armseliger Schwanz, der glaubte, er hätte irgendwie Anspruch auf Sierras Aufmerksamkeit. Das würde heute enden. Da ich meine Magie nun schon benutzt hatte, konnte ein einzelner weiterer Zauber auch nicht schaden, oder? Ich drehte mich zu ihr um. „Ich werde dafür sorgen, dass er dich nicht noch einmal belästigt. Ist das okay für dich?"

Sie biss sich auf die Unterlippe. „Was heißt das genau? Du sprichst nicht von irgendwas Illegalem, oder? Ich meine, ich will nicht an irgendwas beteiligt sein, das die Cops vor meine Tür schickt. Weißt du, was ich meine?"

Ich kicherte. „Ich weiß genau, was du meinst, und es ist nichts dergleichen. Alles vollkommen koscher, versprochen."

„Dann bitte ja. Tu, was nötig ist."

Ich lächelte sie an, drehte mich dann zu Hugh um und legte meine Hand auf seinen Arm. Mein Starrezauber brach sofort, und er versuchte zurückzuweichen, doch ich hielt ihn fest. Magie strömte aus meinen Fingerspitzen, als ich ruhige Gelassenheit auf ihn projizierte. Die Verwandlung geschah sofort. Seine Wut verflog, und seine Muskeln entspannten sich sichtlich.

„Wow", sagte er, und seine Lippen verzogen sich zu einem angenehmen Lächeln. „Es riecht wirklich gut hier drin."

Ich atmete den zuckersüßen Hefeduft der Bäckerei ein und nickte zustimmend. „Auf jeden Fall. Wie wäre es, wenn du dir einen Cupcake kaufst, vergisst, dass du Sierra jemals getroffen hast, und dann nach Hause gehst?"

Seine Augen waren unfokussiert, als er sagte: „Okay."

Ich gab ihm einen sanften Schubs in Richtung Theke, und ohne zu zögern ging er direkt zur Kasse, bestellte einen Red Velvet Cupcake und winkte dann, als er aus dem Laden schlenderte. Ich drehte mich um und grinste Sierra an. „Problem gelöst."

Die Schauspielerin starrte mich mit großen Augen an. „Hast du ihm gerade wirklich gerade befohlen, mich zu vergessen?"

„In gewisser Weise." Ich zuckte mit den Schultern. „Es war eher ein durch Magie unterstützter Vorschlag. Er hat immer noch seinen freien Willen. Er hätte mir widerstehen können. Doch er hat es nicht einmal versucht. Ich schätze, du wirst in Zukunft nicht mehr viel von ihm sehen."

„Jade hat verrückte Fähigkeiten", sagte Pyper mit Stolz in ihrer Stimme.

„Zweifellos." Die Schauspielerin neigte den Kopf und musterte mich. „Ich könnte dich wirklich am Set gebrauchen."

Ich zog meine Augenbrauen hoch. „Wozu?"

„Als Beraterin. Ich möchte, dass du mir hilfst, dafür zu sorgen, dass meine Szenen realistisch sind."

„Aber ich habe keine Ahnung von Schauspielerei ..."

„Abgemacht", unterbrach Kat.

„Ach so?"

„Oh ja. Nicht wahr, Pyper?" Die beiden tauschten verschmitzte Blicke aus.

„Ja", sagte Pyper.

„Großartig!" Die Schauspielerin griff nach ihrer Designer-Handtasche. „Dann kommt mit."

KAPITEL ZWEI

„*J*n was zum Henker habt ihr zwei mich da reingezogen?", flüsterte ich Pyper und Kat zu, als wir am Rand des Sets von *Witchin' Hills* standen und uns in der für Anfang Mai typischen Luftfeuchtigkeit den Hintern abschwitzten.

Die Produktion fand auf dem Gelände des Hexenrats in Mid-City, in der Nähe des Stadtparks, statt. Gotische Backsteingebäude standen auf einer großen Grünfläche, die von alten Eichen umgeben war. Sierra war zu ihrem Agenten gerannt und hatte uns gebeten, auf sie zu warten.

„Du machst Witze, oder?", sagte Pyper und sah mich von der Seite an. „Hast du nicht gesehen, wer am Foodtruck steht? Wenn ich nicht verlobt wäre, hätte ich schon eine private Tour durch seinen Wohnwagen organisiert."

„Conor Wells", sagte Kat und fächelte sich Luft zu. „Meine Güte, der ist heiß. Hast du seine Bauchmuskeln gesehen?"

Ich starrte die beiden an und schüttelte dann den Kopf. „Ihr sprecht über den armen Kerl als wäre er ein Stück Fleisch."

„Oh bitte." Pyper stemmte beide Fäuste in die Hüften und

starrte mich ausdruckslos an. „Ich habe gesehen, wie du ihn angesehen hast."

„Das habe ich nicht. Ich habe Kane. Warum sollte ich –"

„Doch, das hast du", mischte sich Kat ein. „Du bist sogar über ein Kabel gestolpert, weil du so damit beschäftigt warst, seinen Knackpo anzustarren."

Pyper kicherte.

Mein Gesicht brannte. Der Fernsehstar trug kein Hemd und nur eine tiefsitzende Jeans. Er war schwer zu übersehen. „Na ja, vielleicht ein bisschen. Aber verdammt, er ist Conor Wells. Eine Frau müsste blind oder tot sein, um ihn nicht zu bemerken."

„Hallo Ladys!", rief eine tiefe Stimme hinter uns.

Ich wirbelte herum und starrte auf das perfekte Exemplar, das da stand, ein übermütiges Grinsen auf seinem kantigen Gesicht. Er trug immer noch kein Hemd und trainierte offensichtlich regelmäßig im Fitnessstudio. Der Torso dieses Mannes hätte nicht perfekter sein können, wenn Michelangelo ihn gemeißelt hätte. Aus der Nähe betrachtet hatte Conor Wells das Gesicht eines griechischen Gottes – ein kantiges Kinn, leuchtende blaue Augen, eine lange, gerade Nase und einen Stoppelbart, der darum flehte, berührt zu werden. Ich trat einen Schritt zurück. Es sollte nicht legal sein, so gut auszusehen.

„Mr. Wells, freut mich, Sie endlich kennenzulernen." Pyper reichte ihm ihre Hand. „Ich bin Pyper Rayne. Ich war so nah dran" – sie hielt Daumen und Zeigefinger einen Zentimeter voneinander entfernt – „am letzten Mardi Gras Hand an Sie zu legen. Bodypainting, meine ich. Ich sollte Sie bemalen für die Wohltätigkeitsveranstaltung zur –"

„Finanzierung von außerschulischen Programmen in der Stadt." Conors Lächeln war echt. „Ich musste in letzter Minute wegen eines Terminkonflikts absagen. Und wir können ruhig alle du sagen."

„Ja, ich erinnere mich. Aber du warst unglaublich großzügig, also vergebe ich dir", sagte Pyper grinsend. „Wenn du jemals dein Versprechen einlösen willst, dich bemalen zu lassen, ruf' mich an." Sie zückte eine Visitenkarte und schob sie in seine Hosentasche.

Er lachte. „Kommt ganz darauf an."

Pyper kniff die Augen zusammen, ihr Gesichtsausdruck war misstrauisch. „Worauf?"

„Bin ich der Einzige, der sich auszieht?"

„Flirten Sie etwa mit mir, *Mr. Wells?*", fragte Pyper und sah ihn von der Seite an.

„Funktioniert es?"

„Nein." Sie schüttelte den Kopf und streckte ihre linke Hand aus, um den beeindruckenden Ring zu zeigen, den Julius ihr erst vor ein paar Wochen geschenkt hatte. „Ich bin ziemlich glücklich verlobt. Die Antwort auf deine Frage lautet also ja, höchstwahrscheinlich wirst du der Einzige sein, der nackt ist." Dann presste sie die Lippen aufeinander und musterte ihn. „Es sei denn, du willst ein paar deiner Kumpels mitbringen. Dann könnten wir wirklich Kunst machen."

Es war offensichtlich, warum der Schauspieler einen falschen Eindruck von ihr bekommen konnte. Pyper war von Natur aus etwas ... provokant und fühlte sich rundum wohl in ihrer Haut. Sie hatte sich zu auch einer stadtbekannten Bodypainting-Künstlerin gemausert. Es war für sie also nichts Besonderes, jemanden zu bitten, sich auszuziehen. Das gehörte für sie dazu, wenn sie ihre Kunst für die Galerien, die ihre Drucke verkauften, frisch halten wollte.

Er lachte. „Ah. Also willst du mich nur meines Körpers wegen?"

Kat und ich tauschten einen Blick aus, und wir dachten beide dasselbe: *Wer nicht?*

„Nein. Deine Starpower steht auch ganz oben auf der Liste." Pyper zwinkerte. „Im Ernst. Wenn du Interesse hast, mehr Geld für die Wohltätigkeitsorganisation zu sammeln, ruf' mich an, und wir können an einem Plan für ein paar Drucke in limitierter Auflage oder sowas arbeiten."

Er betrachtete ihre Visitenkarte und nickte. „Das werde ich."

„Großartig." Ein selbstzufriedenes Lächeln umspielte Pypers Lippen.

Kat beugte sich vor und flüsterte: „Wir sind erst seit fünf Minuten hier, und sie bucht schon Promis. Ich denke, das ist ein neuer Rekord."

„Kein Witz. Das ist beeindruckend", flüsterte ich zurück.

„Und wer von euch ist Jade Calhoun?", fragte er.

Ich hob meine Hand. „Das wäre ich."

Er musterte mich mit nachdenklicher Miene. „Sierra sagt, du bist eine Hexe."

„Ja. Und?", fragte ich und begegnete seinem Blick.

„Bist du eine echte Hexe?"

Ich lachte. „Was meinst du mit ‚echte Hexe'? Ich bin sicher kein Fake."

„Ich meine, besitzt du tatsächlich Magie und beschäftigst dich mit dem Übernatürlichen, oder bist du eine von denen, die Zauber wirken, die eher wie das Schicken von Absichten an das Universum sind?"

In seinem Ton lag kein Urteil, nur echte Neugier. Ich wusste nicht, warum er fragte, und normalerweise erzählte ich Fremden nicht von meinen Fähigkeiten, doch da Sierra mich bereits in Aktion gesehen hatte, hatte es keinen Sinn, etwas zu

verbergen. „Ja, ich bin das, was du wahrscheinlich als ‚echte Hexe' bezeichnen würdest."

„Wirklich?" Interesse blitzte in seinen klaren blauen Augen auf, und pure Freude strömte aus ihm heraus und hüllte mich ein.

Seine Emotionen trafen mich unvorbereitet und ließen mich innerlich warm und flauschig fühlen – akzeptiert und willkommen.

„Kannst du es mir zeigen?", fragte er.

„Sicher", sagte ich, und ohne einen Moment zu zögern, griff ich in mich hinein und nach meiner Energiequelle. Innerhalb von Sekunden knisterte Magie in Form von weißer elektrischer Energie über meine Handflächen. Ich hielt sie hoch und nickte. „So sieht meine Magie in ihrer rohen Form aus."

Seine Augen glitzerten. „Ausgezeichnet. Komm mit mir."

„Wohin?"

Doch er hatte sich schon umgedreht und ging über die Wiese auf eines der Gebäude zu.

„Geh!" Pyper stieß mich mit dem Ellbogen an.

„Oh, okay." Ich fing an, ihm den gepflasterten Weg hinunter zu folgen, Pyper und Kat dicht auf meinen Fersen.

„Ich dachte, du wolltest mit der Magie aufhören?", fragte Kat.

All die Wärme, die von Conors Gefühlen erzeugt worden war, verschwand, als Schuldgefühle über meine Haut krochen. Ich war dem Charme des Schauspielers verfallen und hatte das vollkommen vergessen. Ich zuckte zusammen. „Oops. Ich habe mich mitreißen lassen." Es war schwer, das zu vermeiden, da ich es gewohnt war, täglich Magie zu benutzen. „Wenigstens habe ich nicht gezaubert, nicht wahr?"

„Sicher." Pyper kicherte. „Red dir das nur weiter ein."

Kat warf Pyper einen genervten Blick zu. „Mach dir keine Sorgen, Jade. Du hast recht. Es ist ja nicht so, als hättest du ihn verhext oder so."

„Der Göttin sei Dank dafür", murmelte ich. Aus Versehen einen der Stars der Show zu verhexen, war das Letzte, was ich brauchte.

Kat hakte sich bei mir unter. „Was glaubst du, was er will?"

„Vielleicht will er, dass sie seine Männlichkeit beeindruckender macht", schlug Pyper mit einem Kichern vor. „Es sind immer die besonders Hübschen, die auf diesem Gebiet minder bestückt zu sein scheinen, wenn ihr versteht, was ich meine."

Ich verdrehte die Augen.

„Das wäre interessant zu sehen", fügte Kat hinzu.

Wie alt waren sie, sechzehn? Andererseits, angesichts der Tatsache, dass Conor vor einer kleinen Hütte Halt gemacht hatte und an der Tür ein Schild mit der Aufschrift UMKLEIDE CONOR WELLS hing, wer konnte schon wissen, was der Schauspieler vorhatte? Vielleicht wollte er eine magische Verbesserung.

Conor hielt die Tür auf und winkte uns hinein. „Willkommen, die Damen."

Pyper und Kat kicherten immer noch, als sie in den Raum stolperten. Conor zog die Augenbrauen hoch, als ich zögerte. „Stimmt was nicht?"

„Nein. Aber ich sollte mich mit Sierra treffen. Ich sollte sie suchen gehen." Ich war mir nicht sicher, warum, wenn man bedachte, dass sowohl Pyper als auch Kat hier waren, aber plötzlich war es mir unangenehm, die Umkleide eines fremden Mannes zu betreten. Doch das kam selbst mir unvernünftig vor. Kat und Pyper waren beide da drin. Und ich war eine mächtige weiße Hexe. Wenn es hart auf hart kam und er etwas

Unangemessenes tat oder sich daneben benahm, würde es meinerseits nicht viel Mühe kosten, die Situation zu korrigieren. Abgesehen von der Tatsache, dass ich der Magie entsagt hatte … zu einem gewissen Grad.

Überraschung blitzte in seinen Augen auf. „Oh, ich dachte, es wäre dir klar. Sierra wartet hier drinnen auf dich."

„Ach so?", fragte ich, mein Gesicht glühte vor Verlegenheit. Was hatte ich mir gedacht? Natürlich hatte der hinreißende Fernsehstar nicht versucht, mich in seine Höhle zu locken.

„Ja. Sie hat mich geschickt, um dich zu holen." Er runzelte die Stirn, als er mich erneut musterte, und ein Hauch von Verwirrung ging von ihm aus.

Ich winkte ab und stieß ein nervöses Lachen aus, als ich eintrat.

Sierra lag in einem flauschigen, weißen Frottee-Bademantel auf der Couch. Ihr langes Haar war auf ihrem Kopf aufgetürmt, und wellige Strähnen umrahmten ihr Gesicht. „Da bist du ja", sagte sie und lächelte mich an. „Ich hatte mich schon gefragt, ob Conor dich entführt hat."

„Komm schon, Sierra", sagte Conor, als er zu ihr hinüberging und sich neben sie auf die Couch setzte. Er legte einen Arm um ihre Schultern, blickte auf sie hinunter und fügte hinzu: „Du bist die einzige, die ich zu meinem verdrehten Vergnügen wegsperren will."

Sie lachte, der Klang kehlig und verführerisch. „Vielleicht später." Die hinreißende Schauspielerin gab ihm einen Kuss, der selbst den stärksten Mann in die Knie zwingen würde.

„Whoa", hauchte Kat leise.

Sierra warf Kat einen verschmitzten Blick zu und stand dann anmutig auf. Sie drehte sich zu mir um und sagte: „Lass uns anfangen."

Ich räusperte mich und versuchte, mich auf etwas anderes

zu konzentrieren als auf ihren klaffenden Bademantel und ihr üppiges Dekolleté. „Ähm, sicher. Woran hast du gedacht?"

„Lass mich mein Drehbuch finden. Da ist eine Kampfszene, in der ich die Mutter aller Bösewichte besiegen soll. Es wäre schön zu wissen, wie ein Profi das angehen würde." Sie lächelte und winkte mich zu einem Holztisch in der Ecke des Raumes.

Ein großes Pentagramm hing an der Wand und ragte über uns auf, während ein Mörser und Stößel und weiße Stumpenkerzen auf dem Tisch standen. Ein schwaches Prickeln von Magie streifte meine Haut, und ich blieb wie angewurzelt stehen. „Ist noch jemand hier?", fragte ich und sah mich in dem kleinen Haus um. Mein Blick landete auf der Tür, von der ich annahm, dass dahinter das Schlafzimmer lag.

Sierra runzelte die Stirn. „Du meinst außer Conor und deinen Freundinnen?"

„Ja", sagte ich, immer noch auf der Suche nach der Quelle der Magie, fand aber nichts. „Pyper? Siehst du irgendwas?"

Sie räusperte sich. „Niemanden von der toten Sorte, wenn du das meinst."

„Ja, das meinte ich."

„Du kannst Tote sehen?", fragte Conor hinter uns.

„Ja. Ich bin ein Medium", nickte Pyper. Sie sprach nicht viel darüber, zumindest nicht mit Leuten, die sie nicht gut kannte. In letzter Zeit hatte sie sich mit der Tatsache herumschlagen müssen, dass alle, die davon erfuhren, ihre verstorbenen Lieben kontaktieren wollten, doch Pypers Fähigkeit funktionierte nicht auf Abruf. Wenn ein Geist in der Nähe war und sich ihr zeigen wollte, konnte sie ihn sehen und mit ihm sprechen. Doch zwingen konnte sie niemanden.

Während Conor Pyper mit den üblichen Fragen bombardierte, suchte ich den Raum nach der Quelle, der Magie, die ich gespürt hatte, ab, doch ich fand nichts.

Vielleicht war die Magie, die ich spürte, nur eine Macht, die mit dem Gelände des Hexenrats verbunden war. Magie konnte manchmal an einem Ort verweilen, und an einem Ort wie diesem ergab diese Erklärung einen Sinn.

„Jade?", fragte Kat von ihrem Platz am Tisch in der Ecke. „Alles okay?"

„Ja. Alles gut." Ich gab meine Suche auf und schenkte Sierra meine ungeteilte Aufmerksamkeit. „Tut mir leid. Ich dachte für einen Moment, ich hätte was Ungewöhnliches gespürt."

Sie hob eine Augenbraue. „Was meinst du mit ‚ungewöhnlich'?"

„Nur ein bisschen Magie. Sie lässt meine Haut … prickeln. Das ist normalerweise ein Zeichen dafür, dass jemand Magisches in der Nähe ist, doch es ist wahrscheinlich nur das Gelände. Nichts, worüber man sich Sorgen machen muss." Ich winkte ab, als wäre die Sache erledigt. Aber das war sie nicht. Nicht einmal annähernd. Die Magie wurde stärker, und meine Nackenhaare begannen, sich aufzurichten. Irgendwas stimmte nicht – ich konnte es einfach nicht genau sagen.

„Das ist so interessant", sagte sie, und in ihrer sinnlichen Stimme lag ein Hauch Begeisterung, der zu dem plötzlichen Funkeln in ihren Augen passte. „Conor hat mir gestern Abend gerade erzählt, dass er das Gefühl hat, dass etwas in der Luft liegt, das ihn nervös macht. Vielleicht spürt er es auch."

„Vielleicht." Ich sah zu dem schönen Mann hinüber. Er lehnte an einem Berg Kissen auf der Couch, die Füße auf dem Couchtisch, die Hände hinter dem Kopf verschränkt. Alles an ihm sagte, dass er vollkommen entspannt war. Das war nicht der Blick eines Mannes, den die seltsame Magie störte, die sich immer noch um uns herum aufbaute.

„Ich denke, wir sollten vielleicht nach draußen gehen", sagte ich, darauf bedacht, von allem Ungewöhnlichen wegzukommen. Auf keinen Fall würde ich Sierra in der Hütte irgendwas zeigen. Ich konnte spüren, wie Magie jetzt über mich kroch, fremde Magie, die, wenn sie gestört wurde, wirklich gefährlich sein konnte. „Pyper, Kat, lasst uns draußen auf die beiden warten. Okay?"

„Aber ...", begann Pyper.

Ein lautes Knacken kam aus der Ecke neben dem Tisch. Meine Haut begann zu brennen, als sich die Magie weiter verstärkte, und ich warf meine Hände hoch, als könnte ich mich vor dem unsichtbaren Angriff schützen.

„Alle raus!", schrie ich. „Sofort!"

„Jade, was ist –"

„Nicht jetzt, Kat! Raus!", fiel ich ihr ins Wort. Ich hörte ihre Schritte hinter mir, als die Magie im Takt mit etwas zu pulsieren begann, das wie ein leises Trommeln klang. Bumm-bumm. Bumm-bumm.

„Hörst du das?", fragte Conor neben mir.

Ich stieß einen Schrei aus, erschrocken, dass er da war. Ich blinzelte und starrte ihn an. Wie lange war er schon da, und warum hatte ich seine Anwesenheit nicht gespürt? Selbst jetzt, als ich versuchte, seine emotionale Energie zu lesen, war da nur eine komplette Leere, als würde er sich abschirmen. „Was bist du?"

„Wie bitte?" Er wich zurück und brachte Abstand zwischen uns. Und obwohl ich seine Gefühle nicht lesen konnte, war sein Gesichtsausdruck klar – er war erschrocken. Seine Augen weiteten sich, als er mich anstarrte, und plötzlich war ich mir nicht sicher, ob es die Magie war, die ihn störte, oder ob ich es war. Doch es blieb keine Zeit, mir Sorgen um ihn zu machen, als das Trommeln lauter wurde und es im Raum unerträglich heiß wurde.

Meine Magie erwachte, als hätte sie einen eigenen Willen,

und bevor ich sie aufhalten konnte, brach Kraft aus meinen Händen und bildete einen magischen Schild zwischen uns und dem, was aus der Ecke des Raums kam.

Da verschwand die fremde Magie, zusammen mit dem Trommeln. Ich stand da, erschüttert und schweißgebadet, unsicher, was ich als Nächstes tun sollte. Ich konnte den magischen Schild nicht ewig aufrechthalten.

„Whoa", keuchte Conor, sein Ton voller Ehrfurcht.

„Warum bist du nicht mit den anderen gegangen?", fragte ich.

„Ich konnte nicht."

Ich sah ihn an. „Warum nicht?"

Er verzog den Mund zu einer grimmigen Linie und deutete auf die Ecke. Ich drehte mich um und starrte in die leuchtend gelben Augen einer kleinen Drachenskulptur. Wo zum Teufel war die hergekommen? War sie schon immer da gewesen?

Ich machte einen Schritt darauf zu und schnappte nach Luft, als mein magischer Schild brach und die stachelige Magie mich traf und mich sofort von innen heraus erhitzte. Es war, als hätte mein Blut zu kochen begonnen. Ich stieß einen panischen Schrei aus und richtete meine Magie auf die Statue. Da war kein Gedanke, kein Plan, keine Schuld – nur der überwältigende Wunsch, das abscheuliche Ding zu zerstören. Ein lautes Krachen hallte durch den Raum und ließ die Wände erzittern.

„Nein!" Conor stürzte mit erhobenem Arm vor mich und griff nach der Skulptur.

Meine Knie gaben nach, und ich sank zu Boden, unfähig, mich auf den Beinen zu halten. Mein Herz hämmerte gegen meinen Brustkorb, als ich sah, wie der Stein der Skulptur schmolz und ein kleiner, grün schimmernder Drache zum Vorschein kam.

Conor erstarrte mitten im Schritt. „Was hast du getan?", fragte er mich, seine Stimme kaum hörbar.

„Ich weiß nicht." Ich traute meinen Augen kaum. War das real oder eine Art Illusion?

Der Drache breitete seine Flügel aus, blähte seine Brust und spie Feuer, das durch die Luft direkt auf mich zuschoss.

„Jade!"

Conors Stimme hallte durch den Raum, als ich mich zu Boden riss und meinen Kopf bedeckte. Die Hitze versengte meine nackten Beine, und ich wälzte mich herum und rappelte mich auf, um eine Verteidigungsposition einzunehmen. Ich hatte gegen viele dunkle Hexen, Dämonen und sogar Engel gekämpft … aber gegen einen Drachen? Er musste verzaubert sein.

Als die kleine Kreatur einen Bogen flog, kniff sie die Augen zusammen und konzentrierte sich auf mich. Rauch stieg aus ihren Nasenlöchern auf, und gerade als sie ihr Maul öffnete, schleuderte ich einen weiteren magischen Blitz auf sie und stellte mir ein Lasso vor. Das magische Seil schlang sich um ihren Hals und hielt sie fest, in der Luft schwebend.

„Erwischt!", rief ich begeistert.

Der Drache schlug um sich, seine Flügel flatterten schnell, als er sich drehte und wand und versuchte, sich aus meinem Griff zu befreien.

Die Genugtuung meines vorübergehenden Triumphs verflog. Die Kreatur zu fangen bedeutete nichts, wenn ich sie nicht beruhigen konnte. Ich warf Conor einen Blick zu, nur um mich zu vergewissern, dass er nicht in den Weg des Drachen geraten und verbrannt war. Dem Schauspieler ging es gut, er stand da und beobachtete ehrfürchtig die Szene. Da war keine Angst. Kein Gefühl von Dringlichkeit. Nur Staunen.

Ich blinzelte. „Conor, tu was. Geh und hol Hilfe vom Hexenrat!"

„Drache, stopp!", befahl er.

Die Kreatur hielt inne und neigte den Kopf in Richtung des Schauspielers.

Was zum …?

Der Drache flatterte einige Augenblicke lang in der Luft, breitete dann seine Flügel noch einmal aus und stürzte sich feuerspeiend auf mich. Meine Magie verpuffte, als ich meinen Arm vor mein Gesicht hob und mich abwandte. Der ranzige Gestank verbrannter Haut erfüllte die Luft und drehte mir den Magen um.

„Nein, Drache! Platz! Sofort!", befahl Conor.

Stille.

Dann strahlte Schmerz von meinem Arm aus, und mir wurde schwarz vor Augen.

KAPITEL DREI

„Jade?" Kats beruhigende Stimme weckte mich aus der Dunkelheit.

„Hey", sagte ich, bevor ich meine Augen öffnete.

„Willkommen zurück." Ihre kühle Hand strich über meine Stirn.

Ich öffnete meine Augen und starrte sie an. „Was ist passiert?"

Sie stieß ein humorloses Lachen aus. „Nun, es sieht so aus, als hättest du dir einen Kampf mit jemandes Haustier geliefert und verloren."

„Haustier?" Hatte ich mir den Drachen nur eingebildet? Ich warf einen Blick auf meinen jetzt bandagierten Unterarm. Der intensive Schmerz, der meinen Arm hinauf strahlte, sagte mir, dass es definitiv eine Verbrennung war. Nein, da war definitiv ein Drache gewesen.

Sie wedelte mit der Hand durch den Raum. „Scheint, als hätte er sich einen Hausgeist zugelegt."

Ich hob den Kopf und spähte an ihr vorbei zu Conor, der in

einem Ledersessel saß. Der grüne Drache lag zusammengerollt auf Conors Schoß, sein Kopf ruhte auf dem Arm des Schauspielers.

„Also habe ich nicht halluziniert", sagte ich, schloss die Augen wieder und ließ den Kopf zurück auf das Kissen sinken.

„Nein, hast du nicht", sagte Pyper, die plötzlich am Fußende des Betts auftauchte. Ihr Gesichtsausdruck war grimmig, und sie warf Conor einen gereizten Blick zu. „Wie es scheint, hat unser Mr. Schauspieler hier geglaubt, dass es akzeptabel ist, etwas aus dem Archiv der Unerklärlichen Dinge mitzunehmen. Und jetzt könnte es sein, dass du verflucht bist."

„Was?" Ich setzte mich aufrecht hin und ignorierte die aufsteigende Übelkeit und die Tatsache, dass sich der Raum zu drehen begonnen hatte. „Verflucht? Wie?" Angst breitete sich in mir aus, und Panik kroch meine Kehle empor und nahm mir fast die Luft. Ich war schon früher verflucht worden und hatte es geschafft, den Fluch loszuwerden, doch diesmal war ich schwanger. Bedeutete das, dass mein Kind auch verflucht war? Ich holte tief Luft und zwang mich, mich zu beruhigen. Ausrasten würde die Sache nur noch schlimmer machen.

Pyper presste die Lippen zu einer dünnen Linie zusammen, während sie sich auf etwas konzentrierte, das ich nicht sehen konnte.

„Hier ist ein Geist, nicht wahr?", fragte ich.

„Ja. Madame Lacroix, die Hüterin der Gegenstände im Archiv der Unerklärlichen Dinge. Und sie ist verdammt angepisst." Pyper drehte sich zu Conor um, die Hände in die Hüften gestemmt. „Sie will wissen, wie du an die Drachenskulptur gekommen bist."

Das Blut wich aus Conors Gesicht.

„Sie sagt, sie war hinter Schloss und Riegel im Gebäude des Archivs der Unerklärlichen Dinge", fuhr Pyper fort.

Er schloss die Augen und seufzte. Als er sie wieder öffnete, schickte er ein entschuldigendes Lächeln in meine Richtung. „Es tut mir leid, Jade. Ich hatte keine Ahnung. Ich habe nur …" Er blickte auf die schlafende Kreatur. „Ich konnte nicht anders."

„Du bist also eingebrochen und hast sie gestohlen?", platzte ich heraus.

„Nein!" Der Drache zuckte zusammen. Er hob den Kopf, drehte sich langsam von einer Seite zur anderen, und musterte uns alle mit zusammengekniffenen Augen. „Schon gut, Draco", sagte er beruhigend und streichelte mit der Hand über den Rücken des Drachen. „Du bist in Sicherheit." Der Drache schnaubte und stieß dabei eine Rauchwolke aus, dann legte er seinen Kopf wieder auf Conors Arm.

„Draco?", fragte ich, doch er ignorierte meine Frage.

„Was ich sagen wollte, ist, dass ich nicht eingebrochen bin. Ich war im Archiv der Unerklärlichen Dinge und habe mit Sierra unseren Text gelesen, und da habe ich immer wieder gespürt, wie etwas an mir gezogen hat. Und als Sierra eine Kaffeepause machen wollte, bin ich einfach dem Gefühl gefolgt. Je näher ich gekommen bin, desto stärker wurde es, und im nächsten Moment war ich in einem kleinen Lagerraum und habe das arme Ding gerettet."

„Du sagst also, du wusstest, dass in der Skulptur ein echter Drache war?", fragte ich und fühlte mich, als wäre ich gerade in den Kaninchenbau gefallen. Ich hatte in meinem Leben schon ein paar seltsame Dinge gesehen, doch das war etwas ganz anderes. Es gab Drachen?

„Nein, nein." Conor schüttelte den Kopf. „Ich habe nur eine … Verbindung … gespürt. Als könnte ich sie einfach nicht dort lassen. Aber sag Madame Lacroix, dass ich nicht eingebrochen bin. Ich hatte nicht vor, etwas zu stehlen. Es war fast so, als wäre ich … gezwungen worden." Er verzog das Gesicht. „Ich weiß, es klingt verrückt, aber …"

„Das tut es nicht", sagte ich und ließ ihn damit vom Haken. Magie bringt Menschen dazu, seltsame Dinge zu tun. Wenn jemand das wusste, dann ich.

„Madame Lacroix verlangt eine Untersuchung dieser Angelegenheit", sagte Pyper. „Sie sagt, dass der Lagerraum magisch versiegelt war und diese Kreatur niemals hätte geweckt werden dürfen."

Das Geräusch einer Tür, gefolgt von schnellen Schritten, ließ mich aufhorchen. Im nächsten Moment stürmte eine Frau in einem weißen Leinenanzug und 10cm-Absätzen aus rotem Lackleder durch die Schlafzimmertür. Ihr schwarzes Haar war zu einem glatten Pferdeschwanz zurückgebunden, passend zu ihrer perfekt gestylten Erscheinung.

Sie warf Conor einen Blick zu und fluchte. „Sohn einer Hexe", murmelte sie. „Was hast du angestellt?"

Er öffnete den Mund, um zu antworten, doch sie winkte ab und schnitt ihm magisch das Wort ab.

„Vergiss es. Es ist offensichtlich. Ich wusste, wir hätten uns nie darauf einlassen sollen, jemanden hier filmen zu lassen. Öffentlichkeitsarbeit, was für ein Witz! Wenn irgendjemand Gerüchte über einen feuerspeienden Drachen hört, steht uns die nächste Hexenjagd bevor." Sie schauderte unwillkürlich, dann sah sie mich an. „Wortspiel nicht beabsichtigt."

„Ich versteh' schon." Ich wusste, was sie meinte. Erst letztes Jahr hatte ein Prediger einer mächtigen Kirche einen stadtweiten Protest gegen die Übel der Hexen und Zauberei gestartet und mit ein wenig Magie alle in Gefahr gebracht.

Der Drache hob erneut den Kopf und starrte diesmal die Ratsbeamtin an.

„Denk nicht einmal daran, Draco", sagte sie.

Der Drache plusterte sich auf, senkte dann aber ohne Zwischenfall langsam den Kopf.

Die Hexe holte ein Handy aus ihrer Tasche, tippte auf den Bildschirm und sagte dann: „Wir brauchen jemanden von der Eindämmung in Gästehaus zwei. Ja. Sofort. Er soll sich beeilen."

Ich fühlte mich wie ein Invalide, da ich immer noch auf dem Bett lag, also stand ich auf und streckte ihr eine Hand entgegen. „Ich glaube nicht, dass wir uns schon begegnet sind. Ich bin Jade Calhoun, und ich nehme an, Sie sind ein Mitglied des Hexenrates?"

Sie warf einen Blick auf meine Hand, und einen Moment lang dachte ich, sie würde sie ignorieren. Stattdessen lächelte sie mich angespannt an, schüttelte kurz meine Hand und sagte: „Giselle Mansy, Elementarhexe. Ich bin für die Administration des Rates verantwortlich."

„Schön, Sie kennenzulernen. Weiße Hexe und Anführerin des Zirkels von New Orleans", sagte ich und versuchte, ihren herablassenden Ton zu ignorieren.

„Ich weiß, wer Sie sind. Es ist wahrscheinlich das Beste, wenn Sie jetzt gehen. Wir brauchen keine Unterstützung in dieser Sache." Sie kehrte mir den Rücken zu und ging zu Conor. Dann schleuderte sie ohne zu zögern einen magischen Blitz auf den Drachen. Er traf ihn direkt zwischen die Augen, was ihn dazu brachte sich aufzubäumen, und blanker Hass strömte aus seiner Seele.

„Whoa", hörte ich mich selbst keuchen, als die Emotionen des Drachen mich trafen. Sie waren heiß und dick, und es fühlte sich an, als würde Teer durch meine Adern fließen. Meine Glieder waren schwer, und meine eigene Magie fühlte sich tief in mir vergraben an. Das Atmen fiel mir schwer, und das Denken auch. Alles, was ich tun konnte, war, den Schmerz und die Qual und das Entsetzen zu spüren, die sich aus der uralten Seele des Drachens manifestierten.

„Nicht!" Conors Stimme war das Einzige, das den Nebel durchdrang. Sie beruhigte mich, wenn auch nicht annähernd genug, um die Qualen auszublenden, die mich innerlich vergifteten. „Sie werden dir nicht wehtun. Nicht mehr." Das tröstende Gewicht einer sanften Hand bewegte sich meinen Hals und meine Wirbelsäule hinab. „Alles wird gut, Draco", sagte Conor und streichelte den Drachen. „Du bist jetzt bei mir. Kein Grund, Angst zu haben."

Nur, dass der Drache keine Angst hatte. Er war angepisst. Wütend genug, um das Haus abzufackeln, wie er es zuvor schon versucht hatte. Und jetzt hatte er nichts mehr zu verlieren. Er hatte schon alles verloren. Seine Familie, sein Zuhause, seinen Clan, seine –

Ein mächtiger Blitz erfasste mich und jagte magische Ströme direkt zu meinen Zehen. Ich stand wie erstarrt da, meine Sicht verschwommen vor Schmerz. Die Gefühle des Drachen verschwanden und ließen mich leer zurück. Mein Herz und meine Seele fühlten sich leer an, leer von allem Guten in der Welt. Tränen brannten in meinen Augen, und ich konnte sie nicht zurückhalten. Sie liefen ungehindert über meine Wangen. Die Zeit stand still, während ich in meinem Gefängnis des Schmerzes eingesperrt war. Doch schließlich kam ich wieder zu mir, als ich die Ratshexe sagen hörte: „Schafft sie hier raus."

Jemand murmelte etwas, das ich nicht ganz verstand.

„Und sorgt dafür, dass ein Heiler sie sich ansieht", fügte die Hexe hinzu. „Ich möchte nicht, dass wir wegen mangelnder Sorgfalt verklagt werden."

Erneut klapperten Schritte über den Holzboden, dann schlug eine Tür zu, was mich aus meiner Verzweiflung schreckte. Ich blinzelte und brachte den Raum wieder in den Fokus. Conor saß auf dem Sessel, seinen Körper vornübergebeugt, während er seinen Kopf auf seinen Unterarmen abstützte. Sierra war auch da, sie stand neben ihm und sah ihn besorgt an.

„Jade, wir sollten dich wohl besser zu einem Heiler bringen", sagte Pyper sanft.

„Ja, wahrscheinlich." Doch ich bewegte mich nicht. Stattdessen sah ich mich im Schlafzimmer um und dann im Wohnbereich, um nach dem Drachen zu suchen. „Wo ist er?"

„Wer?", fragte Sierra.

„Draco."

Conor hob den Kopf und starrte mich mit gequälten Augen an. „Die Hexe hat ihn von ihrem Eindämmungsagenten wieder in eine Skulptur verwandeln lassen und ihn dann mitgenommen. Sie halten ihn gefangen. Ein lebendes Wesen, gefangen in einem Steingefängnis."

Erinnerungen an die Hölle und die zahllosen Seelen, die in grotesken Steinstatuen gefangen waren, stiegen in mir auf, und mir drehte sich wieder einmal der Magen um. Ich hatte diesen Drachen mit eigenen Augen gesehen, hatte das Brennen gespürt, um zu beweisen, dass er kein Hirngespinst war. Doch noch wichtiger war, dass ich seine Gefühle und damit auch seine Seele gespürt hatte.

Und das bedeutete, dass der Hexenrat aktiv daran beteiligt war, ein Lebewesen gefangen zu halten. Ein kalter Schauer lief über meinen Rücken. Kein Wunder, dass der Drache so voller Hass war. Ich ging zu Conor hinüber und setzte mich ans Fußende des Betts. „Kann ich dir ein paar Fragen stellen?"

Er zuckte mit den Schultern. „Nur zu."

„Hast du irgendwelche magischen Gaben, von denen du weißt?"

Er zögerte. „Du meinst, ob ich eine Hexe bin?"

„Nein, nicht speziell. Wenn du es bist, wären diese Informationen jedoch hilfreich. Ich will nur wissen, ob du jemals irgendwas Ungewöhnliches erlebt hast. Wie Telepathie, empathische Tendenzen, ESP und so weiter."

„Wenn du mich das letzten Monat gefragt hättest, wäre die Antwort nein gewesen. Aber jetzt –" Er runzelte die Stirn und warf Sierra einen Blick zu.

„Nur zu, sag es ihr. Es ist nicht so, als würde sie es der Presse verraten." Sierra sah mich mit zusammengekniffenen Augen an. „Oder?"

Ich zuckte angesichts der Feindseligkeit in ihrer Stimme zurück. „Natürlich nicht. Das ist das Letzte, was ich tun würde."

„Gut." Sie schenkte Conor ein kleines Lächeln. „Ich vertraue ihr."

Conor holte tief Luft und verzog dann das Gesicht. „Seit wir hier filmen, habe ich das Gefühl, dass irgendwas nicht mit mir stimmt. Als hätte ich irgendwas vergessen, doch ich weiß nicht, was es ist. Und dann ist da noch diese Drachenstatue. Ich könnte schwören, sie sprechen gehört zu haben, als ich sie das erste Mal gesehen habe."

Ich runzelte die Stirn. „Was hat sie gesagt?"

„Du bist der Schlüssel."

KAPITEL VIER

„*D*as wird wehtun", sagte die Heilerin, deren Tonfall für meinen Geschmack viel zu forsch war. Ein gebatikter Schal war um ihren Kopf geschlungen, und ihr lockiges, platinblondes Haar war zu einem unordentlichen Knoten zusammengebunden. Der Schal, kombiniert mit ihrer Blumenkind-Ausstrahlung, war fast fröhlicher, als ich in meiner momentanen Stimmung ertragen konnte ... die ausgesprochen launisch war. Mein Arm pochte, mein Kopf schmerzte, und mein Magen drohte zu revoltieren. Schwangerschaft war kein Witz.

Ich saß auf einem Untersuchungstisch in einer Heilerklinik. Sie sah genauso aus wie jede andere Klinik, in der ich je gewesen war, nur, dass es hier Regale voller Zaubertränke und Tinkturen gab. Irgendwas in diesen Flaschen musste doch sein, das den lähmenden Schmerz, der durch meinen Arm strahlte, abstellen würde, oder? „Können Sie mir nicht irgendwas geben, um den Schmerz zu lindern? Mein Arm bringt mich um."

„Da Sie schwanger sind leider nicht." Sie schenkte mir ein

mitfühlendes Lächeln. „Ich könnte mit einer örtlichen Betäubung arbeiten, wenn es so schlimm ist. Was halten Sie von Nadeln?"

Galle stieg in meiner Kehle auf. Ich schüttelte den Kopf. „Nicht heute. Tun Sie einfach, was Sie tun müssen."

„Es wird schneller vorbei sein als eine Messerstecherei in einem Dixiklo."

„Na, wenn sich das nicht nett anhört – au!" Die Salbe, die sie auf meine Brandwunde schmierte, fühlte sich an, als hätte sie gerade Cayennepfeffer darauf verteilt.

„Es wird gleich aufhören zu brennen", sagte sie.

Mein Körper begann zu zittern, und meine Augen tränten.

„Oh je." Sie stand abrupt auf, nahm schnell eine Spritze und stach mich dann mitten in die Verbrennung.

Ich heulte so laut auf, dass ich überrascht war, dass nicht die halbe Klinik angerannt kam. „Heilige Scheiße", keuchte ich und versuchte, wieder zu Atem zu kommen.

„Tut mir leid, aber Sie waren im Begriff einen Schock zu erleiden. Ist jetzt besser?"

Ich warf einen Blick auf meinen Arm und bewegte vorsichtig meine Finger. Alles von meinem Ellbogen abwärts war wunderbar taub. „Ja. Besser. Aber ich denke, wenn Sie diese Salbe das nächste Mal verwenden, sollten Sie Ihrem Patienten nicht die Wahl lassen. Geben Sie ihm einfach diese Betäubungsspritze."

Sorge blitzte in ihren kastanienbraunen Augen auf. „Das war keine normale Reaktion."

„Das will ich hoffen."

Die Heilerin verband meinen Arm fachmännisch neu und nahm dann meine Akte und fing an, sich Notizen zu machen. Ich rutschte vom Untersuchungstisch, bereit, mich zu verabschieden. Nach den Ereignissen des Tages wollte ich mich nur noch ins Bett und an Kane kuscheln. So viel zum Schlafzimmerpicknick mit Käsekuchen. Ich war so erschöpft, dass ich wahrscheinlich einschlafen würde, bevor mein Kopf überhaupt das Kissen berührte.

„Warten Sie bitte", sagte Hanna, die Heilerin. „Ich möchte einen Ultraschall machen, um sicherzugehen, dass es ihrem Kleinen gutgeht."

„Gutgeht? Was meinen Sie?" Sorge packte mich, als meine Hände unbewusst zu meinem Bauch wanderten.

„Nur eine Vorsichtsmaßnahme. Weil Sie Anzeichen von Schock gezeigt haben, will ich nur sichergehen, dass alles noch normal ist." Sie legte beruhigend eine Hand auf meinen unverletzten Arm. „Entspannen Sie sich, Jade. Ich bin sicher, dass alles in Ordnung ist. Lassen Sie uns einfach sehen, okay?"

Ich setzte mich wieder auf den Untersuchungstisch, schob mein Top hoch und wartete, während sie kühles Gel auf meinem Bauch verteilte. Das Gerät piepste, und einen Moment später hörte ich den gleichmäßigen Rhythmus eines Herzschlags.

„Der Göttin sei Dank", murmelte ich, als ich das Schwarz-Weiß-Bild auf dem Monitor betrachtete.

„Ausgezeichnet. Da ich Sie schon hier habe, könnten Sie einen Zauber wirken? Es ist eine gute Idee zu sehen, wie ihr Kleines mit dem Stress umgeht."

Ich war ziemlich erschöpft und das Letzte, was ich tun wollte, war, mehr Energie zu verbrauchen, doch ich hatte nie wirklich darüber nachgedacht, was der Einsatz von Magie mit dem Baby anstellen würde. Es war besser, es zu wissen. „Sicher. Was soll ich tun?"

„Nichts zu Anstrengendes. Tun Sie einfach was, das für Sie selbstverständlich ist. Sie haben gesagt, dass Sie eine Empathin sind, nicht wahr? Was fühle ich gerade?"

Das schien ziemlich offensichtlich. Ruhig, cool, gesammelt. Doch mir wurde bewusst, dass ich ihre Energie nicht wirklich gelesen hatte. Nicht auf empathische Weise. Die Emotionen, die sie projizierte, wären für jeden offensichtlich gewesen. Ich konzentrierte mich auf sie, bemühte mich, meine mentalen Barrieren abzubauen, und sandte eine Sonde aus.

Nichts.

Ich runzelte die Stirn und konzentrierte mich. Meine Magie fühlte sich plötzlich anders an, als ob ich sie nicht im Griff hätte und sie meinem geistigen Halt entgleiten würde. Ich konnte sie nicht kontrollieren. Das Piepen des Ultraschallgeräts wurde schneller, und der Graph schlug aus. Ich zügelte meine Magie wieder, und die Maschine kehrte in ihren vorherigen Zustand zurück.

„Das war gar nicht so schlecht", sagte die Heilerin.

„War es nicht?" Ich konzentrierte mich auf den Monitor, mein Blick auf das winzige Leben gerichtet, das in mir heranwuchs.

Sie schüttelte den Kopf. „Eigentlich ganz normal. Ihr Kleines spürt es, wenn Sie Ihre Magie rufen. Bisher scheint die Belastung keinen Anlass zur Sorge zu geben. Aber versuchen Sie, einen Zauber zu wirken, und wir werden sehen, ob wir Ihnen irgendwelche Einschränkungen auferlegen müssen."

„Sicher." Obwohl ich entschieden hatte, dass ich während der Schwangerschaft keine Magie benutzen wollte, bewiesen die Ereignisse des Tages, dass es unwahrscheinlich war, dass ich die nächsten sechs Monate überstehen würde, ohne meine Kraft zu benutzen. Sie nicht einzusetzen war schwieriger, als ich gedacht hatte. Und obwohl ich es ernst damit meinte, es ruhig angehen zu lassen, würde es sicherlich nicht schaden, zu wissen, wo meine Grenzen lagen. Ich suchte tief in mir und rief die Kraft, die mir so vertraut war. Sie schoss wie immer durch meine Adern, doch kurz bevor sie meine Hände erreichte, verblasste sie wieder zu etwas Schlüpfrigem, das ich kaum kontrollieren konnte. Das Piepsen wurde so intensiv wie zuvor. Frustriert wollte ich mehr als alles andere dieses Experiment beenden, darum hob ich meinen unverletzten Arm und zwang Magie aus meinen Fingerspitzen. Nur anstatt meiner normalen weißen Magie blitzte ein Flüstern lila Lichts durch den Raum.

Die Heilerin sagte etwas, doch ein plötzliches Donnergrollen übertönte ihre Stimme.

„Was haben Sie gesagt?", fragte ich atemlos und völlig erschöpft.

Doch anstatt zu antworten, drückte die Heilerin einen Knopf auf dem Gerät. Einen Moment später druckte es etwas aus. Sie studierte den Ausdruck, presste die Lippen aufeinander und nickte. „Sieht normal aus. Ich glaube nicht, dass Sie sich Sorgen machen müssen."

„Ja, ok." Das war wenigstens etwas. Nur war ich viel weniger besorgt über das, was ihre Anzeige sagte, als über die Tatsache, dass meine Magie kaputt zu sein schien. In der Bäckerei und sogar in Conors Cottage war alles normal gewesen. Hatte ich mich nur verausgabt und war gerade vorübergehend ausgebrannt? Angst breitete sich in mir aus, doch ich dachte nicht einen Moment lang daran, sie über meine offensichtliche Behinderung zu informieren. Wenn jemand mitbekam, dass auf die Magie der Anführerin des Zirkels kein Verlass war, könnte die Hölle losbrechen. Im wahrsten Sinne des Wortes.

Die Heilerin wischte das Gel von meinem Bauch ab, gab mir ein paar Taschentücher und stellte mir dann ein Rezept aus. „Das ist ein spezieller Brandwickel, der bei der Heilung helfen wird."

Ich starrte auf den Zettel. „Ist es das Zeug, das Sie gerade benutzt haben?"

„Oh nein. Das besteht aus beruhigenden Kräutern. Das Zeug, das ich gerade benutzt habe, sollte eine mögliche Infektion bekämpfen."

Ich steckte das Rezept in meine Tasche und stand auf. „Danke."

„Gern geschehen, Jade." Sie begleitete mich zur Tür. „Denken Sie jetzt daran: nicht zu viel Magie."

„Sicher", sagte ich abgelenkt und ging ins Wartezimmer, um Pyper und Kat zu finden.

Kat warf mir einen Blick zu, ergriff meine unverletzte Hand und drückte sie stumm, um ihre Unterstützung zu zeigen. Pyper, die mit Handy am Ohr in der Nähe des Ausgangs stand, beendete hastig den Anruf und fragte: „Alles in Ordnung?"

„Nein. Nicht wirklich." Ich schüttelte den Kopf, und Kat hielt meine Hand fester, als wir nach draußen gingen. „Dem Baby geht's gut, aber meiner Magie nicht. Ich will nur noch ins Bett kriechen und mich unter der Decke verstecken."

„Das klingt nach einem guten Plan", sagte Pyper und schenkte mir ein mitfühlendes Lächeln. „Lass uns gehen. Wir bringen dich nach Hause."

Der Himmel hatte sich verdunkelt und spiegelte meine Stimmung wider. Donner grollte über uns, als Pyper ihren Arm unter meinen schob, und ohne ein weiteres Wort traten wir hinaus in den Regen.

MEIN ERSTER INSTINKT WAR, zu Bea, meiner Mentorin und ehemaligen Anführerin des Hexenzirkels, zu rennen. Ihr

Wissen über Magie war unübertroffen. Der einzige Grund, warum ich nach ihrem Rücktritt zur Anführerin des Zirkels ernannt worden war, war meine rohe Kraft. Wenn jemand etwas über Drachen wusste oder warum der Hexenrat einen gefangen halten wollte, dann sie. Und zweifellos hätte sie einen Rat, was meine nachlassende Magie anging. Doch es war ein höllischer Tag gewesen, und mein Wunsch, ins Bett zu kriechen, siegte über den, zu erfahren, was ich angesichts der jüngsten Krisen tun sollte.

Als ich unser Doppelschrotflintenhaus im French Quarter betrat, war ich klatschnass, hungrig und mein Kopf dröhnte. In der Hoffnung, dass meine Kopfschmerzen auf Hunger zurückzuführen waren, verzichtete ich auf Schmerzmittel und ging direkt zum Kühlschrank. Ich schob das frisch geschnittene Gemüse und den Joghurt aus dem Weg und griff nach Futter für die Seele – Makkaroni und Käse. Nachdem ich die Portion aufgewärmt und mir eine Tasse Kräutertee gemacht hatte, machte ich mich auf den Weg in unser Schlafzimmer. Schnell hatte ich mir ein T-Shirt und eine Baumwollpyjamahose angezogen und war in mein Bett gekrochen.

Duke, mein Golden Retriever Geisterhund, tauchte aus dem Nichts auf und nahm seinen Platz direkt neben mir ein. Ich saß an das Kopfteil gelehnt und aß meine Makkaroni. Ich hatte gerade meinen zweiten Bissen hinuntergeschluckt, als ich hörte, wie sich die Tür öffnete und Kane rief: „Jade?"

Mein Herz machte einen Sprung. „Ich bin hier."

Schritte hallten durch das Haus, gefolgt von Stimmengewirr – Stimmen, die nicht Kane gehörten. Wirklich? Ausgerechnet heute?

Die Schlafzimmertür öffnete sich, und Kane steckte seinen Kopf herein. Als sein Blick auf mich fiel, blitzte Sorge in seinen dunklen Augen auf. Er kam ins Zimmer und schloss leise die Tür hinter sich. „Hey, hübsche Hexe. Geht's dir nicht gut?"

Ich schüttelte den Kopf. „Nur Kopfschmerzen. Wer ist da draußen?"

Er setzte sich neben mich aufs Bett und küsste meine Stirn direkt über meinem rechten Auge. „Sieht so aus, als hättest du ein paar hochkarätige neue Freunde."

Ich schluckte ein Stöhnen herunter. „Erzähl mir nicht, dass Conor und Sierra hier sind."

„Ich fürchte schon. Soll ich sie wegschicken?"

Ja. Das wollte ich in diesem Moment mehr als alles andere. Bevor ich sie auf dem Gelände des Hexenrates zurückgelassen hatte, hatte ich versprochen, nach Zaubersprüchen zu suchen, die möglicherweise mit der Drachenstatue in Verbindung stehen könnten. Da ich die Gefühle des Drachen gespürt hatte und er anscheinend mit Conor kommunizierte, war ich mehr als nur ein bisschen besorgt, dass dunkle Magie benutzt worden war, um eine menschliche Seele gefangen zu nehmen. Obwohl ich zu keinem Zeitpunkt die verheerende Dunkelheit gespürt hatte, die mit einem schwarzen Zauber einherzugehen schien, war ich mir ganz und gar nicht sicher, ob ich auf der richtigen Spur war.

Ich müsste mich mit Bea und Lucien und möglicherweise mit Lailah beraten, falls sie in der Nähe war. Wir hatten sie in letzter Zeit nicht oft gesehen – sie war zu sehr damit beschäftigt, sich mit den Folgen im Engelreich zu befassen, nachdem der Hohe Engel abgesetzt worden war. Wir hatten gehört, dass sie eine Art Beförderung bekommen hatte, und der neue Job nahm einen Großteil ihrer Zeit in Anspruch.

„Jade?", fragte Kane und riss mich aus meinen Gedanken. „Du siehst nicht aus, als solltest du Besucher haben. Ich werde ihnen sagen, dass du sie später anrufen wirst."

„Warte ab." Ich streckte die Hand aus und nahm seine Hand.

Sein Blick war auf den Verband gerichtet. „Was ist passiert?"

Ich seufzte und erzählte ihm schnell von Conors magischem Drachen. „Ich bin sicher, deshalb sind sie hier. Kannst du ihnen sagen, dass ich nur einen Moment brauche?"

Anstatt zu antworten, streckte er mir seine andere Hand entgegen und half mir aus dem Bett. Als ich auf eigenen Beinen stand, zog er mich in eine Umarmung und flüsterte: „Ich bin froh, dass es dir gutgeht."

„Ich auch." Ich lächelte zu ihm auf und fühlte mich ein bisschen besser, allein dadurch, in seinen Armen zu liegen.

„Versprichst du mir was?" Sorge blitzte in seinen Augen auf.

„Alles."

„Versuchst du diesmal, dich aus dem Geschehen rauszuhalten?" Er strich mit seinen Fingern über meinen Rücken und zog mich fester an sich. „Wir haben neuerdings viel mehr zu verlieren."

Ich legte beide Hände auf seine Brust, starrte in seine schokoladenbraunen Augen und nickte. „Ich weiß. Du musst dir darüber keine Sorgen machen. Ich habe es so gemeint, als ich gesagt habe, dass ich der Magie abgeschworen habe. Heute … ist es einfach aus dem Ruder gelaufen. Ich sitze diesmal gerne an der Seitenlinie. Wenn sie Hilfe brauchen, bin ich sicher, dass Lucien damit umgehen kann." Immerhin war er mein Stellvertreter im Zirkel.

„Gut." Kane beugte sich vor und gab mir einen zärtlichen Kuss auf die Lippen, dann ging er wieder hinaus, um unsere Gäste zu unterhalten.

Zu müde, um mich um mein Aussehen zu scheren, band ich meine langen Haare hastig zu einem Knoten zusammen und schlüpfte in meine flauschigen Pantoffeln. Nachdem ich meine Schüssel mit Makkaroni und Käse genommen hatte, ging ich von der Rückseite des Hauses nach vorne. Meine Pantoffeln waren auf den Holzböden nicht zu hören, und als ich in der Öffnung zwischen Arbeitszimmer und Wohnzimmer stehenblieb, bemerkte mich niemand. Conor ging mit gesenktem Kopf auf und ab, während Sierra neben Kane auf dem Sofa saß und davon schwärmte, wie sehr sie New Orleans liebte.

An den Holzrahmen gelehnt schob ich mir einen weiteren Bissen meiner Makkaroni mit Käse in den Mund. Das Essen half definitiv, meine Kopfschmerzen zu lindern. Während ich schweigend mein Abendessen beendete, beobachtete ich, wie Sierra sich näher zu Kane beugte und ihm etwas ins Ohr flüsterte. Lachend landete ihre Hand auf seinem Knie. Er versteifte sich, entfernte dann behutsam ihre Hand und schenkte ihr ein angespanntes Lächeln. Die Verärgerung in seinem Gesicht gab mir eine tiefe Befriedigung. Doch war es nicht seltsam, dass ich seine Emotionen nicht spüren konnte? Vielleicht war ich einfach zu müde.

Ich stellte meine leere Schale auf einen Beistelltisch und räusperte mich.

Alle drei Köpfe drehten sich in meine Richtung.

„Guten Abend", sagte ich und sah Sierra mit zusammengekniffenen Augen an. Nur weil sie ein Fernsehstar war, hieß das nicht, dass sie damit durchkommen würde, um meinen Mann herumzuscharwenzeln.

Kane stand auf und trat schnell an meine Seite. Während er seinen Arm um meine Taille legte, drückte er einen kurzen Kuss auf meine Schläfe.

„Jade! Da bist du ja." Sierra lächelte mich an, ihr freundlicher Gesichtsausdruck schien echt zu sein.

Verdammt, warum konnte ich das nicht fühlen? Und warum störte es mich so? Ich hatte den größten Teil meines Lebens damit verbracht, mir zu wünschen, kein Empath zu sein, und jetzt, da ich zu erschöpft war, um die Gefühle anderer zu lesen, machte es mich unruhig, als ob ich mein Augenlicht verloren hätte oder sowas in der Art.

„Wie geht es deinem Arm?", fragte sie.

„Schon besser", sagte ich und zwang mich, mich zu entspannen. Wenn sie sich freute, mich zu sehen, war es unwahrscheinlich, dass sie meinen Mann wirklich bewusst angeflirtet hatte – selbst wenn ihr Verhalten ein bisschen unangemessen gewesen war. „Was gibt's?"

Ich verwandle mich in einen Freak.

„Hm?" Ich sah mich um und suchte nach der Quelle der Phantomstimme.

Die anderen im Raum warfen mir seltsame Blicke zu, doch niemand sagte etwas.

„Ähm, Conor muss dir was zeigen." Sierra nickte in die Richtung des Schauspielers.

„Okay." Ich wandte mich ihm zu. Er trug Jeans und ein langärmliges Henley-Shirt. Verdammt, war ihm nicht heiß? Niemand trug lange Ärmel im Mai in New Orleans.

Er fing wieder an, auf- und abzugehen, seine Fäuste geballt, als er murmelte: „Das darf nicht passieren."

„Ich habe früher dasselbe gesagt, Bruder", sagte Kane mit einem sanften Lächeln im Gesicht.

Conor blieb stehen und starrte Kane trotzig an. „Ja? Nun, ich weiß nicht, was mit dir passiert ist, aber ich bezweifle, dass es eine Art Alien-Mutation war." Dann schob er den Ärmel seines Shirts hoch, streckte den Arm aus und gab den Blick frei auf schimmernde grüne Schuppen anstelle von menschlicher Haut.

KAPITEL FÜNF

„W hoa", sagte ich, meinen Blick auf Conors Arm gerichtet. „Ich nehme an, das ist neu?"

Er schloss die Augen, ein schmerzerfüllter Ausdruck auf seinem Gesicht, als er nickte. „Ich habe es bemerkt, kurz nachdem du in die Klinik gegangen bist."

Ich trat näher an ihn heran und wurde fast von seiner Angst umgeworfen. Heilige Scheiße. Zumindest schien meine empathische Gabe zurück zu sein … und das mit aller Macht. Ich hielt inne, holte tief Luft und stellte mir den vertrauten mentalen Glaszylinder vor, den ich regelmäßig benutzte, um die Emotionen der Menschen um mich herum abzuwehren. Doch als ich die Struktur in meinem Kopf errichtet hatte, verstärkte sich Conors Angst, und ich sehnte mich nach einer Xanax-Pille.

Zeit für Plan B. „Entspann dich", sagte ich und griff nach seinem Arm, in der Hoffnung, ich könnte ihn ein wenig beruhigen. Als meine Finger über die schimmernden Schuppen strichen, stellte ich überrascht fest, dass seine Haut glatt war und sich vollkommen normal anfühlte. Hätte ich die

Schuppen nicht sehen können, hätte ich nicht gewusst, dass sie da waren. „Tut es weh?"

„Nein. Aber sieh es dir an!" Ein Hauch von Hysterie lag in seinem Ton.

„Das tue ich", sagte ich leise und konzentrierte mich auf meine Magie, die an meinen Fingerspitzen pulsierte. Ich stellte mir vor, wie er entspannt in einer Hängematte lag, die Arme hinter dem Kopf verschränkt, und ein Nickerchen machte, als hätte er keine Sorgen. Dann zwang ich meine Magie in ihn hinein. Meine lavendelviolette Magie blitzte und sprühte Funken und löste sich dann in Wohlgefallen auf.

„Hey." Er zuckte zurück und rieb sich den Arm. „Hast du mich gerade geschockt?"

„Oh Göttin. Tut mir leid. Das hätte nicht passieren sollen." Ich biss mir auf die Unterlippe und schämte mich. „Ich habe nur versucht, … äh, dir zu helfen, dich ein bisschen zu beruhigen."

„Mich beruhigen? Machst du Witze?" Er schrie praktisch, als seine Angst und Empörung auf mich einstürzten.

Ich wich einen Schritt zurück und rieb mir die Stirn, versuchte, den pulsierenden Schmerz direkt über meinen Augen zu lindern.

„Ich bin ein Freak!", fuhr er fort. „Grundgütiger. Hast du eine Ahnung, was das mit meiner Karriere machen wird? Ich kann nicht so am Set aufmarschieren. Und was, wenn sich das auf meinen ganzen Körper ausbreitet?" Er verspannte sich, als sein verzweifelter Blick meinen suchte. „Ich habe keine Ahnung, was ich tun soll. Ich kann ja schlecht zu einem Arzt gehen. TMZ wird sich darauf stürzen, bevor ich es überhaupt zurück in meine Wohnung geschafft habe."

Jetzt konnte ich mir die Überschrift vorstellen … CONOR

WELLS, ALIEN BOY. „Berufsrisiko", sagte ich seufzend. „Lass uns sehen, ob ich irgendwas tun kann."

„Was zum Beispiel?" Conor jammerte praktisch.

Kane, der hinter mir stand, beugte sich zu meinem Ohr herunter und flüsterte: „Bist du sicher, dass das eine gute Idee ist? Vielleicht solltest du in Anbetracht deiner Umstände das hier aussitzen."

Ich nickte, denn ich stimmte ihm vollkommen zu. Was auch immer mit Conor passierte, war weit außerhalb des Machtbereichs eines kleinen Zaubers. Ein Mensch fing nicht plötzlich an, magische Schuppen zu entwickeln, wenn nicht ein ernsthafter Fluch im Spiel war.

„Jade?", fragte Sierra. „Kannst du ihm helfen?"

„Ich weiß nicht", sagte ich und hasste es, dass ich keine Antworten für sie hatte. „Ich habe ein paar Heilpillen, die wir ausprobieren könnten. Oder eine Reinigung." Diese beiden Vorschläge klangen sogar in meinen Ohren lächerlich. Der Mann hatte mich gebeten, ihm zu helfen, seine Drachenhaut loszuwerden, nicht seine Verdauungsstörung oder sein schlechtes Juju.

„Im Ernst?", fragte Sierra, ihr Tonfall skeptisch.

„Es kann nicht schaden, es zu versuchen", sagte ich, während ich mir einen Moment Zeit nahm, sie genauer zu mustern.

Ihre Hände waren zu Fäusten geballt, und ihr ganzer Körper war angespannt. Der Ausdruck auf ihrem Gesicht war eine Mischung aus Angst und Fassungslosigkeit. Nur fühlte ich nichts davon. Jedenfalls nicht von ihr. Es kam viel von Conor, aber nicht von ihr. Warum war das so? Blockierte sie mich? Es war nicht unmöglich, dass sie magische Kräfte besaß, die es ihr ermöglichten, sich abzuschotten. Aber was ich von ihr fühlen konnte und was nicht, war nicht wichtig.

„Das klingt nach Zeitverschwendung", schnaubte Sierra.
Auch wenn ich es nicht zugeben wollte, sie hatte recht.
Mein Bauchgefühl sagte mir auch, dass meine Vorschläge Mist
waren. Ich wandte mich Kane zu. „Meinst du, du kannst Bea
anrufen und sehen, was sie dazu sagt?"

„Sicher", sagte Kane und griff bereits nach seinem Handy.

„Nein!" Conor nahm Kane das Handy aus der Hand. „Du
darfst es niemandem sagen. Wisst ihr, wie schnell sich solche
Nachrichten verbreiten?"

Genervt streckte ich meine offene Hand in seine Richtung.
„Gib mir das Handy, Conor. Bea ist eine vertrauenswürdige
Hexe, die der Boulevardpresse niemals einen Tipp geben
würde. Sie ist die erfahrenste Hexe, die wir kennen."

Er zögerte.

„Wenn du uns nicht vertraust, bin ich mir nicht sicher, ob
wir dir helfen können." Ich verschränkte die Arme vor meiner
Brust.

„Conor", sagte Sierra und stellte sich vor ihn. „Es ist nicht
so, als hätten wir eine andere Wahl. Die Hexen des Rates
wollten nicht einmal mit uns reden."

„Wirklich?", fragte ich, ein ungutes Gefühl packte mich. Ein
Mensch, dem plötzlich Drachenschuppen wuchsen, nachdem
er mit Magie interagiert hatte, schien höchst
besorgniserregend zu sein. Man könnte meinen, sie würden
sich mehr dafür interessieren. „Du hast ihnen deinen Arm
gezeigt?"

Conor nickte. „Sie haben mir gesagt, ich solle mir keine
Sorgen machen, und es würde schon wieder weggehen. Aber
als ich es ihnen gezeigt habe, war es nur ein kleiner Fleck über
meinem Handgelenk. Wie du sehen kannst, ist es schlimmer
geworden."

Kane und ich tauschten einen Blick aus. Die Skepsis in

seinem Gesichtsausdruck spiegelte meine eigene wider. Zauber ließen manchmal nach, doch was auch immer mit Conor passierte, sah nicht nach einer Lappalie aus. Und solche Zauber wurden in der Regel schlimmer, bevor sie besser wurden.

„Wir brauchen Bea", sagte ich bestimmt. „Kane, bitte ruf sie an."

Er nickte, nahm Conor sein Handy aus der Hand und verschwand im Esszimmer.

Conor sah mich finster an.

„Versuch' dich zu entspannen", sagte ich und ging auf ihn zu. „Außer Kane gibt es niemanden, dem ich mehr vertraue als Beatrice Kelton. Sie wird dein Geheimnis bewahren. Und wenn sie die Antwort nicht kennt, wird sie uns helfen, eine zu finden."

Der Schauspieler stieß einen langen Seufzer aus. „Ich dachte, du wärst eine weiße Hexe. Die Anführerin des Zirkels von New Orleans." Mit zusammengekniffenen Augen musterte er mich von oben bis unten. „Scheint, du bist nicht so mächtig, wie du vorgibst."

„Hey!" Ich brauste bei seinen Worten auf, mein Rücken straffte sich, als ich sofort in eine Verteidigungshaltung überging. „Ich versuche dir zu helfen, ob du es glaubst oder nicht. Ich bin vielleicht nicht in allen Bereichen der Magie ausgebildet, aber ich bin dafür bekannt, Menschen zu helfen und mich durch alle möglichen kniffligen Situationen zu kämpfen."

„Wirklich?" Sierra musterte mich mit neuem Interesse. „Was zum Beispiel?"

Ich zuckte mit den Schultern. „Ach, weißt du, das Übliche. Kämpfe gegen Dämonen, böse Geister, schwarze Magie. Normales Hexenzeug."

Ihre Augen weiteten sich. „Dämonen? Gibt's die wirklich?"

„Natürlich nicht", schnaubte Conor.

Ich hob meine Augenbrauen und starrte demonstrativ auf seinen Arm. „Wenn dir gestern jemand gesagt hätte, dass dir Drachenschuppen wachsen würden, hättest du es geglaubt?"

Er knirschte mit den Zähnen und schüttelte widerwillig den Kopf.

„Dämonen", flüsterte Sierra. „Wow."

„Das kannst du laut sagen." Ich trat näher an Conor heran und fühlte mich durch seine Größe ein bisschen wie ein Zwerg. Kane war groß, doch Conor war gut fünf Zentimeter größer. Mit meinen eins zweiundsiebzig musste ich nicht oft den Hals strecken, um zu jemandem aufzublicken. Ohne ihn zu berühren, bewegte ich meine Hand über seinem Arm. Seine Behauptung, dass ich nutzlos sei, hatte mich wirklich getroffen. Vielleicht war ich etwas unsicher, was meine Fähigkeiten anging und die Tatsache, dass ich in Sachen Magie nicht alles wusste, doch plötzlich hatte ich das Gefühl, etwas beweisen zu müssen. „Hast du was dagegen, wenn ich was ausprobiere?"

„Was? Noch einen Fluch?"

„Nein. Eher ein Heilzauber. Ich gebe dir etwas von meiner Energie, die mit Absicht durchdrungen ist, damit dein Körper die Arbeit erledigen kann. Flüche werden mit Blut und schwarzer Magie ausgeführt. Ich bin eine weiße Hexe. Ich bekämpfe Flüche, ich spreche keine aus." Ihm etwas Heilmagie zu schicken, konnte nicht schaden, oder? Es war nicht so, als würde ich gegen jemanden kämpfen. Ich hatte in den ersten dreieinhalb Monaten meiner Schwangerschaft ohne Probleme dieselbe Magie angewendet. Das sollte jetzt also auch kein Problem sein.

„Wird es wehtun?", fragte er mit zusammengekniffenen Augen.

„Sollte es nicht."

„Lass sie es versuchen, Conor", sagte Sierra. „So kannst du nicht zur Arbeit gehen. Was willst du sonst tun? Abgesehen von den zickigen Hexen des Rates ist sie die einzige Hexe, die wir kennen."

Conor stieß ein gereiztes Grunzen aus, nickte dann aber. „Also gut. Ich denke, es ist einen Versuch wert."

„Alles wird gut. Versprochen." Ich lächelte ihn beruhigend an. „Bereit?"

Er nickte, doch ein Muskel pulsierte in seinem zusammengepressten Kiefer.

„Versuch' dich zu entspannen. Das wird uns beiden helfen." Seine emotionale Energie war zäh und von Stress durchzogen. Da durchzuwaten würde schwierig werden, zumal ich mich schon ausgelaugt fühlte.

Er schloss die Augen, atmete tief durch und rollte mit den Schultern. Die Spannung, die von ihm ausging, schien sich etwas zu lösen, und als er seine Augen wieder öffnete, betrachtete er mich mit einem ruhigen Ausdruck. „Okay. Lass uns das machen."

Verdammt. Er musste wirklich gut in seinem Job sein. Seine Verwandlung von völliger Panik zu relativ normal war geradezu unglaublich. „Beeindruckend", sagte ich und schenkte ihm ein aufmunterndes Lächeln.

„Hoffentlich sage ich in ein paar Minuten dasselbe über dich."

„Wir werden sehen." Ich richtete meine ganze Aufmerksamkeit auf seinen Unterarm, hob beide Hände und ließ sie knapp über seiner Haut schweben. Dann griff ich tief in mich hinein, erleichtert, als meine Magie sofort reagierte.

Gut. Was auch immer ich in der Praxis der Heilerin gefühlt hatte, war nur vorübergehend gewesen.

Als ich mir vorstellte, wie meine Kraft in meine Fingerspitzen strömte, stellte ich mir eher einen weichen Lichtfleck vor als den elektrischen Blitz, der sich normalerweise manifestierte. Ich brauchte beruhigende Kraft, keinen Schlag. Einen Moment später leuchteten meine Finger wie sanftes Kerzenlicht auf.

„Wow", hörte ich Sierra hinter mir sagen.

Ich ignorierte sie und legte beide Hände auf Conors Arm. Seine ungewöhnlich heiße Haut überraschte mich, und im Hinterkopf registrierte ich die Tatsache, dass er wahrscheinlich hohes Fieber hatte. Wenn ich ihm nicht helfen konnte, würde er auf jeden Fall zu einem Heiler gehen müssen. Doch ich wollte es zumindest versuchen. Ich stellte mir vor, wie meine Magie sanft in Conor floss, und sang einen Zauber, an dem ich gearbeitet hatte. „Erdgöttin, heile deinen Freund. Nutze die Erde zur Stärkung, die Luft zur Beruhigung, das Wasser zur Reinigung und das Feuer zum Binden. Von einer zu dreien und dreien zu einer, mein Wille geschehe."

Einen Moment lang passierte nichts. Wir standen schweigend da, meine Hände auf Conors Arm. Und gerade als ich dachte, es hätte nicht funktioniert, strömte Magie aus mir heraus und in Conor hinein. Nur, dass ich keine Kontrolle darüber hatte. Es war, als hätte die Göttin sie gepackt und würde sie aus mir herausreißen.

Conors Rücken war gebeugt, sein Körper steif, als er in reinweißes Licht gehüllt wurde. Sein Mund war zu einem lautlosen Schrei aufgerissen, und seine Augen waren geweitet vor Schock.

„Nein!", rief ich und versuchte erfolglos, meine Hände von seinem Arm zu nehmen. Wir waren in einer

Machtübertragung miteinander verbunden und keiner von uns hatte die Kontrolle. Mein Herz begann zu rasen, und Schweiß lief mir den Rücken hinunter, als meine eigene Temperatur anstieg. Wind toste in meinen Ohren, und ich hätte schwören können, Kane meinen Namen rufen zu hören, doch ich konnte nicht antworten. Mein Mund war trocken und alles begann zu verschwimmen.

Ich musste etwas tun, musste aufhalten, was auch immer passierte, bevor ich dem Baby schadete.

Das Baby.

Diese zwei Worte lösten etwas in mir, und plötzlich brach eine weitere Welle der Kraft aus mir heraus. Ein Knistern ertönte über mir, als eine große Wolke purpurner Magie um Conor herumwirbelte und ihn meiner Sicht entzog. Statisches Rauschen dröhnte in meinen Ohren, und alles, was ich sehen konnte, war die dicke Wolke aus Magie. Dann fingen meine Finger plötzlich an zu brennen. Noch einmal versuchte ich, sie von Conors Arm zu reißen, doch sie schienen magisch festgehalten zu werden.

Das brennende Gefühl bewegte sich von meinen Fingern zentimeterweise meine Arme hinauf. Die Magie, die ich versucht hatte, in Conor zu schicken, schoss direkt in mich zurück und schleuderte mich von ihm weg. Ich landete so hart auf der Couch, dass mir die Luft wegblieb. Atem- und fassungslos saß ich da, bis sich die violette Wolke verzog und Conor vor mir stand, einen Ausdruck der Ehrfurcht auf seinem Gesicht, während er seinen jetzt schuppenfreien Arm betrachtete.

„Wie hast du das gemacht?", fragte er.

Ich schüttelte den Kopf und stellte erleichtert fest, dass zumindest meine Kopfschmerzen verschwunden waren. Was auch immer gerade passiert war, war anders als alles, was ich jemals zuvor erlebt hatte. Ich war noch sehr anmutig gewesen, wenn ich meine Magie einsetzte, doch es endete normalerweise nicht mit einer magischen Explosion und damit, dass ich auf meinen Allerwertesten fiel, und der Frage, was gerade passiert war. Okay, manchmal vielleicht, aber das hier fühlte sich anders an. Noch unkontrollierter als sonst.

„Jade? Bist du in Ordnung?", fragte Sierra und eilte an meine Seite.

Die Sorge in ihrem Ton erschreckte mich. Unbewusst flogen meine Hände zu meinem Bauch, als ich mich aufrichtete. Nachdem ich einen Moment in mich hineingehorcht hatte, nickte ich. „Ja. Ich glaube schon."

Sie ist schwanger.

Die leise Stimme kam aus dem Nichts. Ich riss meinen Kopf hoch und sah mich um, mein Blick landete auf Kane, der gerade ins Zimmer zurückgekommen war.

„Hast du gerade was gesagt?", fragte ich ihn.

„Nein, es sei denn, du hast gehört, wie ich mich von Bea verabschiedet habe." Er runzelte die Stirn, während er mich ansah. „Was ist passiert?"

„Sie ist der Hammer", sagte Sierra mit einem breiten Grinsen im Gesicht. „Schau dir an, was sie getan hat." Die Schauspielerin gestikulierte in Conors Richtung. „Er ist geheilt."

Kane kniff die Augen zusammen, als sein Blick von Conor zu mir wanderte. Dann verzog er das Gesicht. „Du konntest nicht abwarten, bis ich mit Bea gesprochen habe, oder?"

Ich zuckte zusammen. Ich hatte ihn gebeten, sie anzurufen, nicht wahr? „Ich weiß nicht genau, was passiert ist. Alles, was ich versucht habe, war, ihm ein bisschen heilende Energie zu schicken. Das ist ... außer Kontrolle geraten. Hatte sie einen Vorschlag?"

Er verschränkte die Arme vor der Brust und starrte mich finster an. „Spielt das noch eine Rolle?"

„Wahrscheinlich nicht", sagte ich und fühlte mich schuldig, als Kane Bea noch einmal anrief und ihr sagte, sie solle sich nicht die Mühe machen, rüberzukommen, da alles unter Kontrolle zu sein schien. Wenn das nur wahr wäre. Was hatte ich mir dabei gedacht? Genau genommen nicht viel. Mein Stolz war mit Füßen getreten worden, und ich hatte etwas beweisen wollen. Aber meine Heilmagie hatte sich noch nie so verhalten. Wie hätte ich das wissen können?

„Sie sagt, du sollst anrufen, wenn du sie brauchst", sagte Kane, nachdem er das Telefonat beendet hatte, und sein Ton war immer noch gereizt.

Arschloch.

„Okay, woher kommt diese Stimme?", platzte ich heraus.

Alle drei starrten mich mit verwirrten Gesichtern an.

„Welche Stimme, Jade?", fragte Kane und setzte sich neben mich. Er schlang beschützend einen Arm um meine Hüfte und zog mich an sich. „Ist jemand … oder etwas anderes hier?"

„Ich … ähm, ich bin mir nicht sicher." Ich spürte niemanden sonst. Es war keine ungewöhnliche Energie im Raum. „Ich glaube nicht."

„Was hast du gehört?" Die Sorge in Kanes Stimme brachte mich dazu, mich aufzurichten.

„Ich bin sicher, es war nichts." Ich winkte ab und schenkte ihm ein müdes Lächeln.

Seine Augen wurden dunkel, und sein Kiefer spannte sich an. „Jade, tu das nicht. Wenn du –"

„Es müssen Touristen gewesen sein, die vorbeigelaufen sind", sagte ich, bevor er vorschlagen konnte, mich für den Rest meiner Schwangerschaft im Haus einzusperren. Sein Beschützerinstinkt war immer ausgeprägt gewesen, doch seit wir herausgefunden hatten, dass ich schwanger war, war er ein bisschen anmaßend. Ich verstand das und liebte ihn ehrlich dafür, doch der Gedanke, sechs Monate im Haus eingesperrt zu sein, war zu viel. Ich war nicht aus Glas.

Bevor er noch etwas sagen konnte, löste ich mich aus seiner Umarmung und ging zu Conor hinüber. Nachdem ich seinen Arm inspiziert hatte, sagte ich: „Sieht aus, als wärst du so gut wie neu."

„Danke, Jade", sagte Conor, ergriff und drückte meine linke Hand.

Ich zuckte zusammen, als meine Verbrennung bei seiner Berührung zu brennen begann.

„Tut mir leid!" Er riss seine Hand zurück. „Tut die Verbrennung so weh? Ich wusste nicht, dass es schlimmer werden würde, wenn ich deine Hand drücke."

„Schon gut, ist nicht deine Schuld." Ich drückte meinen verletzten Arm gegen meinen Bauch und fragte mich, was gerade passiert war. Ich hatte vollkommen vergessen, dass die Verbrennung da war. Tatsächlich war der Arm noch taub von der Spritze, die die Heilerin mir gegeben hatte. Doch warum hatte es wehgetan, als Conor mich berührt hatte? Vielleicht hatte er nur einen Nerv getroffen. „Das wird schon wieder."

„Wir sollten gehen", sagte Sierra, stand auf und legte einen Arm um Conors Taille. „Danke nochmal, Jade. Sehen wir uns morgen am Set?"

„Wozu?", fragte ich.

Sie schenkte mir ein geduldiges Lächeln. „Wir hatten nie die Gelegenheit, die Szenen durchzugehen, über die ich mit dir sprechen wollte. Wenn du dazu bereit bist – ich könnte sicher ein paar Tipps gebrauchen." Sie lächelte Kane an. „Du kennst uns Schauspieler, wir versuchen immer, unser Handwerk zu verbessern."

„Vielleicht sollte Jade es morgen ruhig angehen lassen", sagte Kane und legte seinen Arm fester um mich.

Ich sah zu ihm auf und runzelte die Stirn, fühlte mich mehr als nur ein bisschen erstickt. „Mir geht's gut ... nach einer gesunden Mütze Schlaf sieht alles anders aus." Ich richtete meine Aufmerksamkeit auf Sierra. „Wieviel Uhr?"

„Zehn?" Sie warf Kane ein entschuldigendes Lächeln zu. „Es gibt nur eine große Szene, die ich morgen Nachmittag drehen muss, und wir haben heute nicht wirklich geübt."

„Das passt", sagte ich, bevor Kane ihr antworten konnte. Die Göttin wusste, dass ich meinen Mann liebte, aber ich wollte verdammt sein, wenn ich die nächsten sechs Monate im Bett verbringen würde, während wir auf die Ankunft unseres kleinen kostbaren Bündels warteten. Solange ich nur beratend tätig war und niemand zauberte, war alles in Ordnung. „Ich werde da sein."

Kane seufzte, sagte aber nichts.

„Danke, Jade. Für alles." Sierra warf uns ihr Filmstar-Lächeln zu.

„Ja, danke", sagte Conor gedämpfter. „Ich weiß wirklich nicht, was ich ohne dich getan hätte."

„Mach dir keine Sorgen." Ich brachte sie zur Tür. Zwinkernd fügte ich hinzu: „Für eine Hexe war das ein ganz normaler Tag."

Conor schnaubte. „Dann bin ich wirklich froh, dass wir das nur fürs Fernsehen spielen."

Winkend verabschiedete sich das Paar und verschwand Hand in Hand in den Straßen des French Quarter.

„Ein ganz normaler Tag?", fragte Kane und hob eine Augenbraue.

Ich zuckte mit den Schultern. „Weitgehend. Ich meine, uns sind schon seltsamere Dinge passiert, oder?"

„Nicht jeden Tag", sagte Kane und schüttelte den Kopf. „Aber du hast recht. Willst du schlafen gehen?"

Ich warf einen Blick auf die Wanduhr. „Es ist erst acht."

Seine Lippen verzogen sich zu einem verspielten Lächeln. „Ich weiß, aber ich habe Käsekuchen."

„Wettrennen zum Bett!", rief ich und rannte lachend los.

KAPITEL SECHS

„*D*u bist mein Lieblingsehemann", sagte ich zu Kane, während ich im Schneidersitz auf dem Bett saß.

Lächelnd stach er die Gabel in den Schokoladen-Karamell-Käsekuchen, hielt sie hoch und bot sie mir an. Ich beugte mich vor, mehr als bereit, die cremige Köstlichkeit zu verschlingen, doch gerade, als ich meine Lippen um die Gabel schließen wollte, zog er sie zurück.

„Was war das von wegen *Lieblings*ehemann? Versteckt sich nebenan jemand, von dem ich nichts weiß?"

„Bitte", sagte ich und verdrehte die Augen. „Als hätte ich genug Energie für mehr als einen von deiner Sorte."

Er lachte, hielt das Dessert aber immer noch außerhalb meiner Reichweite. „Nimm das zurück, oder ich sehe mich gezwungen, das selbst zu essen."

Ich griff nach dem Teller, der zwischen uns stand, doch er schnappte sich auch den. „Oh meine Göttin, du bist so gemein", schmollte ich. „Also gut. Du bist mein Lieblingsmensch überhaupt. Mein Einer und Einziger, der mein Herz erwärmt und mich mit so viel Freude erfüllt, dass ich das Gefühl habe, dass ich platzen –"

„Ja, ja. Okay, hier ist dein Käsekuchen." Er reichte mir die Gabel und den Teller. „Iss auf, Käsekuchen-Süchtling. Ich will nicht zwischen einer schwangeren Frau und ihrem Lieblingsessen stehen."

Ich lachte und grinste ihn an. „Schlauer Mann."

„Rutsch runter", sagte er und deutete mit einer Handbewegung an, dass ich vom Kopfteil wegrutschen sollte.

„Warum?", fragte ich um eine Mundvoll Kuchen.

„Komm, mach's einfach", sagte er und schüttelte leicht genervt den Kopf.

Ich gehorchte und wurde belohnt, als er hinter mich kroch, sich gegen das Kopfteil lehnte und anfing, meine Schultern zu massieren.

„Das fühlt sich unglaublich an", sagte ich, schloss meine Augen und genoss seine Berührung. „Du hast gerade die Auszeichnung „Ehemann des Monats" gewonnen."

„Den Göttern sei Dank. Ich hatte Angst, dass Duke sie diesmal gewinnen würde."

Ich warf einen Blick ans Fußende des Betts, wo unser Golden Retriever-Geisterhund zusammengerollt lag und schnarchte. „Er ist eine ernstzunehmende Konkurrenz."

Kane lachte leise, beugte sich dann vor und küsste sanft meinen Nacken, dann meine Schulter, und schließlich schlang er seine Arme um mich, und seine Hände glitten über meinen immer noch recht flachen Bauch. „Wie fühlst du dich?"

„Besser, jetzt wo wir allein sind", sagte ich und schob mir einen weiteren Bissen Käsekuchen in den Mund. Angesichts der Mischung aus salzigem Karamell und reichhaltiger, süßer Schokolade stieg tief aus meiner Kehle ein genussvolles Stöhnen auf.

Kane zog mich fester an sich. Dann senkte er den Kopf und flüsterte: „Wenn du so weitermachst, denke ich, dass diese Massage in kürzester Zeit nicht mehr jugendfrei sein wird."

„Nicht, solange noch Käsekuchen auf diesem Teller ist", sagte ich vollkommen in Gedanken versunken.

„Das werden wir ja sehen." Seine Hände wanderten tiefer und glitten über meine Oberschenkel; seine Daumen machten winzige verführerische Kreise. Normalerweise würde ich alles fallen lassen, einschließlich Käsekuchen, wenn Kane anfing, mich auf diese Weise zu berühren, doch an diesem Abend hatte meine Libido anscheinend das Gebäude verlassen.

„Jade", sagte er mit vor Verlangen rauer Stimme. „Du fühlst dich so verdammt gut an."

Ich schluckte den letzten Bissen Käsekuchen herunter und lehnte mich an ihn, während ich darauf wartete, dass sein Verlangen mich ansteckte. Unsere Verbindung und die Art und Weise, wie ich seine Gefühle spüren konnte, brachten mich immer in Stimmung. Das war einer der Vorteile, mit einem Inkubus verheiratet zu sein. Sein magischer Sexappeal war allein genug, um ein Feuer in meinem Bauch zu entfachen, doch wenn sich unsere Energien vereinten? Wow. Unser Liebesspiel war geradezu explosiv. Aber heute Abend fühlte ich aus irgendeinem Grund nichts.

Sein Verlangen war durch seinen Ton, seinen harten Körper, der sich gegen meinen presste, und die Art, wie er mich berührte, offensichtlich. Doch diese Verbindung, der Faden des Verlangens, der immer von ihm ausging und meine Haut vor lauter Erwartung prickeln ließ, passierte nicht. Nicht einmal, als er hungrige, gierige Küsse meinen Hals hinunter verteilte und seine Hände unter mein T-Shirt glitten und meine Brüste packten.

„Kane", sagte ich, legte meine Hände auf seine und hielt ihn fest.

„Ja, hübsche Hexe?", sagte er, kurz bevor er sanft in die Stelle biss, wo mein Hals auf meine Schulter traf, und wo es mich sonst vor Verlangen verrückt machte.

„Ich glaube, das funktioniert nicht."

Er erstarrte. „Was?"

„Tut mir leid. Ich fühle es heute Abend einfach nicht." Ich biss mir auf die Unterlippe und hatte Schuldgefühle, obwohl ich wusste, dass es lächerlich war. Es ist nicht so, als hätte ich ihn noch nie abgewiesen ... obwohl es selten vorkam. Sehr selten.

Er zog seine Hände unter meinem T-Shirt hervor und legte sie sanft auf meine Hüften. „Schon gut. Bist du immer noch müde? Vielleicht sollten wir einfach schlafen."

Ich schüttelte den Kopf. „Nicht mehr. Ich schätze, du hast *diese* Wirkung auf mich."

Er zog mein T-Shirt herunter, sorgte dafür, dass es mich bedeckte, und drückte dann einen Kuss auf meine Schläfe. „Ich bin sicher, du bist nur erschöpft, nachdem du Conor geholfen hast."

Ich wollte nicken, hielt aber inne, weil ich instinktiv wusste, dass es das nicht war. Ich war nicht so müde. Es war das Fehlen der mentalen Verbindung, die ich so gewohnt war. Ich stellte den leeren Teller beiseite, drehte mich ganz herum, setzte mich auf Kanes Schoß und schlang meine Beine um seine Hüfte. „Lass mich was versuchen."

Er zog beide Augenbrauen hoch und runzelte dann die Stirn, während er mich ansah. „Wirklich, Jade, es ist okay."

„Ich weiß." Ich legte meine Hand an seine stoppelige Wange und beugte mich vor, presste meine Lippen auf seine. Und als seine Zunge auf meine traf, schmeckte und neckte, zapfte ich meine magische Quelle an und bemühte mich, meine Sinne für ihn zu öffnen.

Nichts.

Ich legte meine andere Hand auf sein Herz und drückte meine Magie in ihn.

Er zuckte erschrocken zurück. „Was war das?"

„Hm?" Ich blickte nach unten und sah, dass er sich die Mitte seiner Brust rieb. „"Was ist passiert?"

„Du. Oder deine Magie." Er holte tief Luft und atmete langsam aus, dann noch einmal. „Meine Brust hat angefangen zu prickeln, und dann wurde sie eiskalt, als hätte ich gerade eisige Luft eingesaugt."

„Das ist … nicht normal." Ich kletterte von seinem Schoß und stand auf. Ich ging auf und ab und rieb mir die Schläfe. „Irgendwas stimmt nicht."

„Das Baby?", fragte er sofort.

„Nein, das ist okay." Ich winkte ungeduldig ab. „Das ist meine Magie. Ich konnte … kann dich nicht so fühlen, wie ich es normalerweise tue."

Er ließ seine Hände sinken, während er mich aufmerksam beobachtete. „Du meinst, wenn du dein Empathie-Ding machst?"

„Ja." Ich nickte. „Wenn wir zusammen sind, weißt du, wirklich zusammen, ist ein Teil dessen, was mein Verlangen anfacht, wenn ich deines spüre. Auch wenn ich noch nicht ganz in Stimmung bin, wenn ich erlebe, was du fühlst, dauert es nicht lange, bis ich an Bord bin, wenn du verstehst, was ich meine."

Ein kleines Lächeln umspielte seine Mundwinkel. „Ich verstehe."

Natürlich tat er das. Wir waren lange genug zusammen, er kannte jede empfindliche Stelle und wusste genau, was zu tun war, um mein Feuer zum Lodern zu bringen. „Na ja, heute konnte ich dich nicht fühlen. Aber es war mehr als offensichtlich, dass deine Libido auf Hochtouren war. Das allein hätte ausreichen müssen, um mich anzumachen. Also habe ich versucht, dich zu lesen, weißt du, meine Energie in deine Richtung zu schicken, um deine anzuzapfen …"

„Das hättest du *wirklich* nicht tun müssen, Jade." beruhigte Kane mich erneut. „Ich möchte nicht, dass du jemals etwas tust, was du nicht tun willst. Das musst du wissen."

„Natürlich weiß ich das." Ich nickte und ging weiter auf und ab. „Aber ich *wollte* in Stimmung sein. Ich wollte diesen Ansturm von Hitze und Verlangen spüren und mich in dir verlieren. Ich liebe das. Ich liebe dich und will diese Intimität mit dir teilen."

Er streckte die Hand aus und ergriff meine. Ich blieb stehen und ließ mich von ihm zurückziehen. Er setzte sich auf die Bettkante, zog mich zwischen seine Knie und hob die Hand an meine Wange. „Es ist okay, Jade. Wir können auch ohne all das intim sein. Wie jetzt. Ich will nur meine Frau halten."

Die Weichheit in seinem Ton und die Sanftheit seiner Berührung ließen Tränen in meinen Augen brennen. Mein Herz schwoll vor so viel Liebe an, dass ich Angst hatte, es könnte eines Tages durch die Intensität unserer Verbindung platzen. Die echte, die mehr damit zu tun hatte, wie wir uns fühlten, als mit der Magie, die durch meine Adern floss. Es spielte keine Rolle, ob ich nie wieder eine seiner Emotionen lesen konnte. Ich wusste, wie sehr er mich liebte und wollte, und wenn ich mich nur genug anstrengte, wusste ich, dass ich ihn in meiner Seele spüren konnte.

Ich beugte mich hinunter und küsste ihn zärtlich auf die Lippen. „Du bist perfekt, weißt du das?"

Er lachte leise. „Denk daran, wenn ich das nächste Mal vergesse, das Geschirr abzuspülen, ja?"

„Das werde ich. Und jetzt mach Platz. Ich muss ins Bett und mich zu meinem Mann legen."

„Gerne." Er rutschte auf die andere Seite und streckte mir seine Arme entgegen.

Einen Moment später lag ich in seinen Armen und war zufrieden damit, mich einfach von ihm halten zu lassen. Doch trotzdem war da diese nörgelnde Stimme in meinem Hinterkopf, die sich Sorgen um meine Magie machte. Was war passiert? Und warum spielte sie verrückt? Ich stieß einen langen, müden Seufzer aus.

„Ich bin sicher, du wirst morgen so gut wie neu sein", sagte Kane und streichelte meine Schulter. „Du brauchst viel Energie, um unser Baby zu versorgen. Hat Bea nicht irgendwann gesagt, dass sich das auf deine Magie auswirken kann, während sich dein Körper anpasst?"

Ja, das hatte sie gesagt. Ich hatte den Eindruck, dass sie nur gemeint hatte, dass der Einsatz von Magie eher eine Belastung sein würde, nicht dass sie aus dem Ruder laufen würde. Trotzdem hatte Kane recht. Ich machte mir wahrscheinlich mehr Sorgen, als ich sollte. Doch als ich in seine satten, schokoladenbraunen Augen blickte und all seine Liebe sah, die zu mir zurückstrahlte, füllte sich mein Herz, und Zufriedenheit überflutete mich. Hier gehörte ich hin, genau hier in Kanes Arme, wo er sich um mich kümmerte, wenn ich ihn brauchte.

„Küss mich", sagte ich.

Er strich mir eine Strähne meines langen, rotblonden Haars hinter mein Ohr, beugte sich vor und drückte einen zärtlichen Kuss auf meinen Mundwinkel.

„Mehr", murmelte ich, als er sich zurückzog.

„So fordernd", sagte er und küsste dann meinen anderen Mundwinkel.

„Das ist schön, aber ich dachte etwas mehr in diese Richtung." Ich grub meine Finger in sein dichtes dunkles Haar und küsste ihn, ließ all meine Liebe aus mir herausströmen. Zuerst war es langsam und zärtlich, die Art von Kuss, die voll purer Emotion war. Und nicht die Art, die durch Magie ausgelöst wird. Die Art, die zwischen zwei Menschen blühte, die dem anderen alles von sich gegeben hatten.

„Jade", flüsterte Kane leise, „ich liebe dich."

„Ich liebe dich auch." Mein Körper reagierte plötzlich auf seine sanfte Liebkosung. „Und ich will dich."

„Du hast mich schon, Liebes", sagte er, und Fältchen tanzten um seine Augen, als er lächelte.

Ich ließ meine Hand zu seiner Schulter, seinen Rücken hinunter und dann zu seiner Hüfte gleiten und streichelte seine entblößte Haut direkt über dem Bund seiner Jeans. „Nein, Kane. Ich will alles von dir. Dass du mich berührst, mich küsst, dich in mir spüren."

Seine Augen verdunkelten sich und blitzten bei meinen Worten vor purer Begierde auf. Doch er bewegte keinen Muskel. Stattdessen sagte er: „Bist du sicher?"

„Absolut sicher."

Da rollte Kane herum und hielt mich unter sich fest. Sein Mund landete auf meinem und verschlang mich mit einer so heftigen Gier, dass man hätte meinen können, er wäre am Verhungern. Verlangen schoss durch mich an genau die richtigen Stellen. Ich bog mich an ihn, mein Körper brannte sofort vor Lust und Verlangen. Als ich meine Beine um seine Taille schlang, hob ich meine Hüften und presste mich gegen seine lange, harte Erektion.

„Gott, Jade", sagte Kane und zog mir die Kleider aus.

„Du kannst ihm später danken", sagte ich und griff nach dem Knopf seiner Jeans.

Innerhalb weniger Augenblicke hatten wir uns unserer Kleider entledigt, und Kane stützte sich wieder über mich. Ich strich mit meinen Händen über seine nackten Schultern, als er sich langsam an mich presste und mich ausfüllte. Und als er tief in mir war, seine Augen mit meinen verbunden, hörte der Rest der Welt auf zu existieren, während wir uns ineinander verloren.

Es war spät in der Nacht, als ich neben Kane lag, mein Körper erschöpft und mein Geist ruhig. Ich schmiegte mich an ihn, lauschte seinem tiefen, rhythmischen Atem und sah, dass er eingeschlafen war.

Und ich konnte es kaum erwarten, mich ihm anzuschließen. Ich wusste, sobald ich eingeschlafen war, würde er in der Traumwelt auf mich warten. Kane träumte nicht jede Nacht mit mir, doch nach einer Nacht, in der wir uns liebten, war er immer da.

Ich hielt ihn fest, schloss meine Augen und ließ mich von der Nacht umarmen.

KAPITEL SIEBEN

*A*m nächsten Morgen wachte ich auf, mein Körper war schwer vom Schlaf und meine Augen müde. *Göttin,* dachte ich. *Bin ich von einem Lastwagen angefahren worden?* Alles tat mir weh, und mein Kopf war wie Watte, als wäre ich gerade aus einem Koma erwacht.

Stöhnend drehte ich mich um und tastete nach dem Trost von Kanes Armen. Doch als ich sie nicht fand, blinzelte ich den Schlaf weg und starrte auf den leeren Platz neben mir. „Kane?", krächzte ich.

Stille.

Ich setzte mich auf, streckte die Arme über meinen Kopf und versuchte, mein Blut zum Fließen zu bringen. Sonnenschein strömte durch das Schlafzimmerfenster herein, und ich fand Duke zusammengerollt auf dem Sessel in der Ecke. „Guten Morgen, Duke."

Der Hund zuckte nicht einmal mit einem Ohr. Meine Güte, Golden Retriever-Geisterhunde waren genauso faul wie die lebenden Exemplare, nicht wahr?

Soviel zum Morgengespräch. Ich zwang mich, mich aus

dem Bett aufzurappeln, und schlurfte quer durchs Zimmer ins Bad. Zwanzig Minuten später kam ich frisch geduscht heraus und fühlte mich wieder annähernd menschlich.

Erst, als ich in der Küche war, bemerkte ich, wie spät es war. Halb elf. Du meine Güte ... Ich hätte vor einer halben Stunde am Set sein sollen. Kein Wunder, dass Kane nicht im Bett war, als ich aufgewacht bin. Zweifellos war er schon mindestens zwei Stunden bei der Arbeit.

Nachdem ich einen Muffin und einen Energieriegel gegessen hatte, nahm ich meine Handtasche und eilte hinaus, erleichtert, Kanes Auto zu sehen. Wenn er nicht mit seinen Inkubus-Brüdern Dämonen bekämpfte, besaß er einen Club und machte nebenbei Finanzberatung. Beide Büros waren zu Fuß erreichbar. Ganz zu schweigen davon, dass er schattenwandeln konnte, was bedeutete, dass er an einem Punkt in die Schattenwelt schlüpfen und sie an einem beliebigen anderen wieder verlassen konnte. Das machte das Reisen für ihn wirklich bequem.

Ich sprang in seinen silbern glänzenden Lexus und fuhr in Richtung Mid-City.

„HEY! DA BIST DU JA", sagte Sierra, als sie die Tür zu ihrer Umkleide öffnete. „Ich habe mir schon Sorgen gemacht."

„Tut mir leid. Ich hab' verschlafen. Nach all der Aufregung gestern Abend habe ich vergessen, den Wecker zu stellen." Ich verzog das Gesicht und strich mir die nassen Haare aus den Augen. Als ob die Verspätung nicht schon schlimm genug gewesen wäre, waren auf dem Weg hierher große dunkle Wolken aufgezogen und hatten ihre Schleusen geöffnet. Und natürlich war kein Regenschirm im Auto gewesen, nicht dass das geholfen hätte, wenn man bedachte, dass der Wind den Regen seitwärts blies.

„Oh, mach dir deswegen keine Sorgen. Komm rein." Sierra packte mich am Arm und zog mich in ihr kleines Cottage. „Conor, hol ihr ein Handtuch, ja?"

Der andere Schauspieler verschwand im Badezimmer und kam einen Moment später mit einem Stapel Handtücher und einem dicken Frottee-Bademantel wieder heraus. „Hier. Nimm das, während wir was Trockenes zum Anziehen für dich finden."

Ich warf einen Blick auf meine weiße Bluse und schnappte nach Luft. Sie war komplett durchsichtig und zeigte meinen Spitzen-BH und meine vor Kälte aufgerichteten Brustwarzen. „Ähm, danke, Weiß war heute nicht die ideale Wahl, oder?"

Sierra schenkte mir ein mitfühlendes Lächeln. „Dieser Sturm ist schon was, nicht wahr? Ich weiß, dass sich das Wetter hier schnell ändert, aber laut Wettervorhersage sollte es die nächsten Tage sonnig sein."

Ich nahm dankbar ein Handtuch von Conor entgegen und wickelte mich ein, um sicherzustellen, dass ich angemessen bedeckt war. „Es ist Mai. Gewitter sind ziemlich normal."

„Ja, das habe ich gehört." Sie setzte sich an den Tisch und schlug ein Drehbuch auf. „Ich habe ungefähr eine Stunde vor meiner Szene. Glaubst du, du könntest mir zeigen, wie man einen Kräutertrank herstellt, nachdem du dich umgezogen hast?"

„Sicher." Tränke waren leicht herzustellen und relativ harmlos, besonders da ich nicht die Absicht hatte, meine Magie zu benutzen, um irgendwas zu aktivieren. Ihr die Schritte zu zeigen, wäre wie einen Kochkurs zu unterrichten. Ich ging zum Tisch hinüber und stolperte, als mir der Kopf schwirrte. Ich hielt mich an der Rückenlehne des Stuhls fest, atmete tief durch und wartete darauf, dass das Schwindelgefühl aufhörte.

„Jade?" Sierras Stimme war hoch und voller Sorge. „Geht's dir gut?"

Ich ließ mich auf den Stuhl nieder, und als mein Kopf wieder klar wurde, sah ich sie an. „Ich denke schon. Hatte nur einen kleinen Schwindelanfall, das ist alles." Ich warf einen Blick auf meinen Bauch. „Das passiert manchmal, wenn man schwanger ist."

Sie presste ihre Hand auf ihren Mund, als sich ihre Augen weiteten. „Du bist schwanger! Herzlichen Glückwunsch! Das ist so aufregend." Sie streckte die Hand aus, ergriff meine und drückte sie.

„Ja, das ist es", stimmte ich zu. „Nur, dass ich die ganze Zeit müde bin. Kann man hier irgendwo was zu essen bekommen? Ich könnte wahrscheinlich ein paar Proteine gebrauchen."

„Conor." Sie drehte sich zu ihm um. „Kannst du den Service bitten, unser Mittagessen zu bringen?"

Er nickte und nahm sein Handy.

„Danke", sagte ich und nickte dann in Richtung Bad. „Dann gehe ich mal meine nassen Klamotten ausziehen."

„Absolut", sagte sie, und ihre Augen funkelten, während sie ihren Blick auf Conor richtete und seufzte. Dann fügte sie mit sehr leiser Stimme hinzu: „Ich will schon lange ein Baby."

Ich blickte zwischen den beiden hin und her und fragte mich zum ersten Mal, wie ernst es zwischen ihnen war und ob Conor wusste, was Sierra für ihn empfand. Denn von meiner Warte aus war es verdammt offensichtlich, dass sie bis über beide Ohren in ihn verliebt war. Wer brauchte dazu empathische Fähigkeiten? Jetzt, wo ich aufpasste, erkannte ich es auch so.

Sobald ich aus meinen nassen Klamotten raus und in den

luxuriösen Bademantel gehüllt war, setzte ich mich mit Sierra und Conor an den Tisch. In den fünf Minuten, die ich im Bad gewesen war, war das Mittagessen schon geliefert worden, und ein frisches Roastbeef-Sandwich wartete auf mich. Conor hatte seines schon halb aufgegessen, während Sierra in einem kleinen grünen Salat stocherte. Der Göttin sei Dank, dass ich um Proteine gebeten hatte.

Zwanzig Minuten später, satt und glücklich, wandte ich mich Sierra zu. „Bereit?"

Ihr Gesicht leuchtete vor Begeisterung. „Mehr als bereit. Wo fangen wir an?"

„Nun, egal welchen Trank du braust, du wirst zuerst Zutaten brauchen, und es wäre schön, wenn wir Mörser und Stößel hätten. Aber wenn nicht, reichen ein Löffel und eine Edelstahlschüssel."

Verschmitzt lächelnd griff sie unter den Tisch und holte eine Papiertüte hervor, auf der THE HERBAL CONNECTION stand. „Ich war heute Morgen ein bisschen einkaufen."

Ich grinste. „Du bist an der richtigen Stelle gelandet. Das ist der Laden, der meiner Mentorin gehört."

„Bea war reizend! Sie hat gesagt, du weißt genau, wie man damit umgeht." Sierra packte alles aus, bis eine weiße Stumpenkerze, ein Mörser mit Stößel und eine Vielzahl von Kräutern vor ihr ausgebreitet lagen. „Sie sagte, diese Zutaten wären gut für einen Absichtszauber und ich könnte ihn an meine Bedürfnisse anpassen. Hast du sowas schonmal gemacht?"

„Sicher. Ein Absichtszauber weist das Universum nur in die richtige Richtung." Typisch für Bea, einer Anfängerin zu helfen, den perfekten Einstieg zu finden. Absichtszauber konnten von jedem gewirkt werden, einschließlich Leuten, die keine Spur Magie besaßen. Es war eher so, als würde man Energie ins Universum hinausschicken und darauf warten, dass die Welt auf seine positiven Absichten reagiert. „Hast du dir schon überlegt, was du mit dem Zauber zu erreichen hoffst?"

Sie biss sich auf die Lippe, als ihre Wangen rot wurden. „Ähm, ja. Aber ..." Sie blickte zu Conor hinüber und dann wieder zu mir. „Das ist ziemlich intim. Muss ich aussprechen, was es ist?"

Ich schüttelte den Kopf und versuchte, ein Lächeln zu verbergen. Der Ausdruck auf ihrem Gesicht, als sie Conor angesehen hatte, machte deutlich, dass ihre Absichten mit ihrem Co-Star zu tun hatten. Eine feste Beziehung? Ehe? Familie? Es war im Grunde egal. Der Zauber war ziemlich harmlos. Emotionen ins Universum zu schicken, war etwas ganz anders als ein Fluch, der jemanden dazu zwang, etwas gegen seinen Willen zu tun. „Nein. Nicht, wenn du nicht willst. Schreib es einfach auf. Der Zauber muss entweder gesprochen oder aufgeschrieben werden. Irgendeine Art und Weise, deine Absichten in den Zauber einfließen zu lassen."

Ihre Miene hellte sich auf und sie nickte. „Dann mache ich das so."

„Okay, fangen wir an." Ich schob Mörser und Stößel in ihre Richtung und stellte dann die Kerze genau zwischen uns. „Zuerst die Kamillenblätter. Gib sie in den Mörser und zerstoße sie."

Sierra gehorchte, und als sie fertig war, legte ich meine Hände mit den Handflächen nach oben auf den Tisch und wies sie an, dasselbe zu tun. „Die Kamille dient dazu, uns zu zentrieren, uns zu erden."

Sie legte ihre Hände auf den Tisch und ahmte mich nach.

„Gut. Konzentriere dich jetzt auf die Stumpenkerze und sag dann *Illuminate*."

Sie starrte mich nur einen Moment lang an, dann richtete sie ihre Aufmerksamkeit auf die Kerze. Die Veränderung in ihrem Verhalten passierte augenblicklich. Sie war nicht länger die nervöse Schülerin. Auf ihrem Gesicht lag ein selbstbewusster, entschlossener Ausdruck, als sie befahl: „*Illuminate!*"

Ihre Haut glühte, als ein Schwall Magie aus ihr hervorbrach, und sich der Docht zu einer stetigen Flamme entzündete, so, wie es sein sollte.

„Wow, Sierra! Das hast du gemacht!", sagte ich und lehnte mich vor, um sie anzusehen. „Wusstest du, dass du magische Fähigkeiten hast?"

„Das war ich?", fragte Sierra mit Ehrfurcht in ihrem Ton. „Das kann nicht sein. Oder doch?" Sie starrte mich mit großen Augen an.

„Nun, ich war es nicht." Ich lächelte sie an und blickte dann zurück zu Conor. Er lehnte sich vor und beobachtete uns aufmerksam. „Beeindruckend, oder?", fragte ich ihn.

Er stand auf und kam zum Tisch, stellte sich zwischen mich und Sierra. „Du hast das mit deinem Willen gemacht?"

„Ich denke schon. Ich habe mich nur auf den Docht konzentriert und mir die Flamme vorgestellt. Im nächsten Moment habe ich ein Ziehen in meinem Bauch gespürt, und die Flamme ist aus dem Nichts aufgetaucht."

„Das bestätigt es", sagte ich. „Dieses Ziehen, das du gespürt hast? Das war deine Magie."

„Heilige Scheiße!" Sie sprang von ihrem Stuhl auf und fing an, auf und ab zu gehen. Sie ging zwei Kreise, hielt dann inne, stemmte ihre Hände in die Hüften und sagte: „Ich kann das nicht fassen. Bedeutet das, dass ich eine echte Hexe bin?"

„Scheint so", sagte ich, und Wärme breitete sich in mir aus. Als ich zusah, wie Schock überraschtem Staunen Platz machte, fühlte ich mich wie eine stolze Mutter.

„Oh Gott." Sie legte ihre Hand auf ihr Herz und atmete tief und bedächtig ein. „Ich bin eine Hexe."

„Das ist eine gute Sache", platzte Conor heraus, als er zu ihr hinüberging und einen Arm um ihre Schultern legte. „Es ist perfekt."

Sie blickte zu ihm auf, Verwirrung in ihren Augen. „Inwiefern?"

„Oh … äh", stammelte er.

Ich runzelte die Stirn. Was meinte er?

„Conor?", fragte Sierra und wartete auf seine Antwort.

„Ich weiß nicht. Ich meine nur, dass es cool ist, das ist alles. Und denk' darüber nach, wie du das mit dem Sender nutzen kannst. Ich kann mir vorstellen, dass Dimas es für Werbezwecke nutzen wollen wird." Seine Augen leuchteten auf. „Denk an die Werbedeals, die es für eine echte Hexe aus *Witchin' Hills* gibt."

„Whoa, Kumpel", sagte Sierra sanft. „Lass uns nichts überstürzen. Ich habe nur eine Kerze angezündet. Und ich bin mir nicht einmal sicher, wie ich das gemacht habe. Vielleicht sollte Jade mir noch ein paar Sachen zeigen, bevor ich zu meinem Agenten laufe, um Werbedeals an Land zu ziehen." Sie drehte sich erwartungsvoll zu mir um. „Ist es okay für dich, mir mehr zu zeigen?"

Ich nickte, von ihrer Aufregung angesteckt. „Sicher. Wie wäre es, wenn wir zuerst diesen Absichtszauber machen?"

Sie richtete ihren Blick erneut auf Conor, und ihr Lächeln wurde weicher, ihre Augen leuchteten. „Ja. Das klingt gut."

Ich kicherte. „Okay. Dann lass uns wieder an die Arbeit gehen."

Sie setzte sich an ihren Platz und sah mich erwartungsvoll an. „Was kommt als Nächstes?"

Ich nickte in Richtung Mörser. „Nimm die Kerze in die Hand und verbrenn' die Kamillenblätter."

Sie gehorchte, und während sie brannten, wies ich sie an, einen einfachen Erdhexenzauber zu sagen.

„Sprich nach mir", sagte ich. „Von der Erde über die Luft zum Feuer und Meer, binde mich an meine Macht über dich."

Ihre Stimme war kaum ein Flüstern, als sie meine Worte wiederholte. Aber als sie fertig war, schossen die Flammen, die über der Kamille flackerten, mit einem Zischen hoch und erloschen dann, die Schale war ganz leer und keine Asche zu sehen.

„Wow", sagte ich. „Das war noch beeindruckender als das Anzünden der Kerze."

Sie starrte auf die Steinschale und blinzelte. „Mann. Das fühlte sich … seltsam an."

„Seltsam gut?", fragte ich.

Sie nickte und warf mir ein zufriedenes Lächeln zu.

„Willst du weitermachen und sehen, was passiert?"

„Unbedingt." Sie setzte sich aufrecht und rieb erwartungsvoll ihre Hände. „Wäre es nicht wild, wenn sich herausstellen würde, dass ich genauso mächtig bin wie meine Rolle?"

„Es gibt keinen Grund, warum du es nicht sein solltest", sagte ich. „Ich habe meine Kräfte erst vor ein paar Jahren gefunden."

Conor setzte sich auf einen der Stühle und lachte. „So mächtig wie deine Rolle?" Er spottete. „Glaubst du nicht, dass du das früher bemerkt hättest?"

Sierras Lächeln verschwand, als sie dem spöttischen Blick ihres Costars begegnete. „Was weißt du schon über sowas?

Außerdem dachte ich, wir würden uns gegenseitig unterstützen. Hast du das nicht erst gestern Abend gesagt, als du wolltest, dass ich dein Interesse an der Drachenskulptur unterstütze?"

„Was ist mit der Skulptur?", fragte ich, *mein* Interesse plötzlich geweckt. Es war definitiv etwas Seltsames daran, und ich konnte verstehen, warum Conor das Problem nicht einfach vergessen wollte. „Haben die Ratshexen sie dir nicht weggenommen?"

„Das haben sie", bestätigte Sierra. „Aber Conor will danach suchen und hat sich aufgeregt, als ich ihm gesagt habe, er solle es lassen. Wir können keinen Ärger gebrauchen."

Conor stand auf und funkelte sie an. „Du bist nicht diejenige, der Drachenschuppen gewachsen sind, oder? Sieh dich an. Du hattest eine Zauberlektion, und plötzlich denkst du, du bist eine allmächtige Hexe. Und nur, weil ich mir ein Urteil vorbehalte, bis du angepisst und verlangst gleichzeitig von mir, dass ich ignoriere, was gestern passiert ist."

„Whoa, whoa, whoa", sagte ich und hob meine Hände, um den bevorstehenden Streit zu entschärfen. „Wenn ich etwas bei meiner eigenen Entdeckungsreise gelernt habe, dann dass Magie und das Paranormale ... bestenfalls unberechenbar sind." Ich begegnete Conors Blick. „Ich verstehe deinen Wunsch, Antworten auf gestern zu finden. Aber vielleicht wäre es besser, etwas zu recherchieren, bevor jemand sich auf die Suche nach der Skulptur macht. Vor allem, nachdem die Hexen des Rates sie haben. Sierra hat recht. Ihr wollt euch wirklich keinen Ärger einhandeln."

„Und was, wenn ich es tue?", fragte er trotzig.

„Was? Dir Ärger einhandeln?", fragte ich.

„Ja."

Ich schüttelte den Kopf. „Dann musst du allein damit

zurechtkommen. Ich bin im Moment aus dem paranormalen Ermittlungsspiel heraus."

„Aber du bist bereit, Sierra zu helfen, Zaubersprüche zu lernen?", sagte er, Ärger ging in Wellen von ihm aus. Seine Emotionen trafen mich so hart, dass sie mich fast auf meinen Hintern warfen.

Heilige Scheiße. Wo war das hergekommen? Es war das erste Mal an diesem Tag, dass ich die Gefühle von jemandem gespürt hatte.

„Conor, hör auf, ihr Vorwürfe zu machen", sagte Sierra und legte sanft eine Hand auf seinen Arm. „Ich weiß, dass du frustriert bist. Ich bin frustriert um deinetwillen. Aber Jade ist auf unserer Seite, erinnerst du dich? Es hat keinen Sinn, deinen Ärger an ihr auszulassen."

Schweigen breitete sich aus, dann nickte Conor knapp und setzte sich mit steifen Schultern auf die Couch.

Sierra schenkte mir ein entschuldigendes Lächeln. „Es waren ein paar seltsame Tage."

Ist es jemals anders als seltsam?, dachte ich. Und die Wahrheit war, dass ich auch mehr über die Geschichte des Drachens wissen wollte, doch da es Conor anscheinend gutging, wollte ich einen weiten Bogen um dieses Wespennest machen. Zu jeder anderen Zeit hätte ich mich wahrscheinlich mit ihm auf die Suche gemacht, doch diesmal wollte ich mich wirklich aus Ärger heraushalten. Ich legte meine Hand an meinen Bauch und nickte. „Du hast recht. Das waren sie. Wie wäre es, wenn wir den Zauber zu Ende bringen?"

Sie warf Conor einen besorgten Blick über meine Schulter zu, doch als sie sich wieder auf mich konzentrierte, war sie ganz bei der Sache. „Was kommt als Nächstes?"

„Du fügst einfach deine Zutaten hinzu – Anis für

Bewusstsein, Jasmin für Klarheit, Ginseng für Verlangen, Salbei für Wünsche und Ringelblume für Energie."

Sie streute die Kräuter schnell in den Mörser.

„Jetzt zermahle sie und während du das tust, konzentriere dich auf die Absicht, die du ins Universum aussenden willst."

Sie blickte auf, um Conor noch einmal anzusehen, wandte sich aber schnell wieder ihrer Aufgabe zu.

Als sie fertig war, sagte ich: „Und jetzt schreibst du deine Absicht auf und legst den Zettel zu den Kräutern."

„Geht das?", fragte sie und hielt ein Stück liniertes Papier hoch.

„Pergament ist besser, aber zur Not geht alles."

„Oh, ich habe Pergament." Sie wühlte in der Herbal-Connection-Tüte herum und holte ein handgemachtes Notizbuch hervor, dann kritzelte sie etwas auf eine der Seiten.

„Perfekt", sagte ich, als sie sie herausriss, zusammenfaltete und in die Schüssel warf. „Und jetzt nimmst du die Kerze und zündest die Kräuter an, während du dich auf deine Absicht konzentrierst."

„Wird gemacht." Ihr Gesicht verspannte sich vor Konzentration, als sie die Kerze in die Schale neigte. Ein winziges Flackern tanzte über die Kräuter.

„Und jetzt fügst du das Drachenblut hinzu, um alles zu binden."

„Drachenblut?", fragte Conor, als er vom Sofa aufsprang und eilig zum Tisch kam, um zu sehen, was wir taten.

„Das ist das Harz eines Baumes, Conor", sagte Sierra und verdrehte die Augen. „Nicht das Blut eines echten Drachen."

„Oh", sagte er und setzte sich neben mich auf den Stuhl.

„Konzentrier' dich", sagte ich zu Sierra, während ich Conor von der Seite ansah. Glaubte er, irgendjemand sei tatsächlich verrückt genug, Drachenblut abzulassen? Ich verdrängte

Conor aus meinen Gedanken und richtete meine Aufmerksamkeit wieder auf Sierra.

Sie warf mir einen erwartungsvollen Blick zu. „Was jetzt?"

„Konzentrier' dich auf die Kräuter und deine Absicht und wiederhole diese Worte: Göttin der Erde, hör' meinen Ruf. Hör' auf mein Herz, lass meine Absichten wahr sein, und mögen meine Wünsche und Sehnsüchte einen Weg zu dir finden."

Sierra richtete ihren Blick auf das Feuer, und als sie die Worte sagte, war ihre Stimme voller Überzeugung. Das Feuer schoss gerade in die Höhe und nahm das Stück Pergament mit sich. Die Notiz drehte und wand sich, die Ränder brannten langsamer als erwartet, und dann ging das Pergament auf einmal in Rauch auf, und das Feuer verschwand, nur ein Rauchschwaden blieb zurück.

„Das ist es, du hast deinen ersten Zauber gewirkt!", rief ich und lächelte sie an.

Sie lehnte sich zurück, ihre Hand auf ihrem Herzen und ihr Mund geöffnet. „Das habe ich wirklich, nicht wahr?"

Ich nickte. „Absolut. Warte einfach ab. Ich bin sicher, was auch immer du auf dieses Pergament geschrieben hast wird wahr werden."

Ihre Lippen verzogen sich zu einem selbstzufriedenen Lächeln, als sie ihren Blick auf Conor richtete. „Sieht so aus, als würde bald jemand zu Kreuze kriechen."

Er schnaubte. „Das werden wir ja sehen."

KAPITEL ACHT

„Ich muss mich auf meine Szene vorbereiten", sagte Sierra und stieß sich vom Tisch ab. „Jade, wirst du kommen und zusehen, wie wir sie filmen?"

„Gerne", sagte ich und freute mich, dass sie mich dabei haben wollte. Ich hatte noch nie zuvor Zeit damit verbracht, jemandem etwas über Magie beizubringen. Ehrlich gesagt gab es dafür besser qualifizierte Hexen wie Bea oder Lucien. Sie wussten viel mehr über Hexerei als ich, doch es hatte mir Spaß gemacht, sie zu unterrichten. Es hatte etwas wirklich Befriedigendes, zu sehen, wie jemand seine Berufung fand. „Vielleicht können wir, wenn du fertig bist, noch ein paar Dinge ausprobieren, um zu sehen, was du sonst noch kannst."

„Das wäre fantastisch." Ihre Augen glitzerten vor Begeisterung. Dann ließ sie ihren Blick über mich schweifen. „Du wirst dich allerdings umziehen müssen."

„Oh ja." Ich warf einen Blick auf den bequemen Bademantel und unterdrückte ein Stöhnen, als mir auffiel, dass etwas mehr von meiner Brust zu sehen war, als mir lieb war. Ich zog den

Bademantel mit beiden Händen zu. „Ich nehme nicht an, dass meine Kleidung auch nur annähernd getrocknet ist, oder?"

Sie schüttelte den Kopf. „Unwahrscheinlich. Conor?"

„Was? Soll ich ihr meine geben?" Er war immer noch wütend, und obwohl ich mit ihm mitfühlte, fing er an, mir auf die Nerven zu gehen.

„Natürlich nicht." Sie warf ihm einen schiefen Blick zu. „Wie wäre es, wenn du bei der Garderobe anrufst und fragst, ob sie was haben?"

„Ruf den Service an, ruf die Garderobe an. Natürlich, Sierra. Es ist nicht so, dass ich was anderes zu tun hätte."

Wir starrten ihn beide an. Die ganze Zeit, die wir an dem Zauber gearbeitet hatten, hatte er nur dagesessen und leise in seiner Wut gesimmert.

„Schon gut." Sierra schüttelte genervt den Kopf. „Vergiss es. Ich kümmere mich darum."

„Nein, ich mach' das schon." Er stand auf, ging in die Küchenecke und nahm sein Handy.

„Wie du meinst." Sie warf mir einen Blick zu, der andeutete, dass sie keine Ahnung hatte, was sein Problem war, dann verschwand sie im Bad.

Conor sprach kurz mit jemandem und warf mir dann einen Blick zu. „Ist ein Kleid okay?"

„Sicher, danke."

Zufriedenheit ging von ihm aus, als er das der Garderobe gegenüber bestätigte und dann das Handy zurück auf die Theke warf. „Jemand wird in ein paar Minuten hier sein."

„Danke nochmal."

Sein Blick wanderte über meinen Körper und plötzlich spürte ich Lust von ihm ausgehen, was mir mehr als ein bisschen unangenehm war. Es war sicherlich nicht das erste Mal, dass mich jemand anderes als mein Mann bewunderte, und ich hatte keine Zweifel, dass es nicht das letzte Mal sein würde, doch von jemandem, der mit meiner neuen Freundin zusammen war … Das war mehr als nur ein bisschen unbehaglich.

Ich räusperte mich. „Also, wie lange seid du und Sierra schon ein Paar?"

Sein Verlangen verwandelte sich sofort in Schuldgefühle, als er zur Badezimmertür blickte. „Seit etwas mehr als vier Jahren, würde ich sagen. Wir halten es geheim, damit die Medien damit nicht Amok laufen."

„Verständlich."

Eine unangenehme Stille breitete sich zwischen uns aus, und ich öffnete den Mund, um mehr über seine Karriere zu fragen, wurde aber von einem Klopfen an der Tür unterbrochen.

Conor öffnete, plauderte mit einer der PAs, drehte sich dann um und reichte mir einen Kleidersack. „Das sollte funktionieren."

„Danke." Ich öffnete den Reißverschluss und fand ein Pinup-Girl-Kleid im Fifties-Stil, das mit winzigen Hexenhüten bedruckt war. „Oh, meine Göttin, das ist bezaubernd!"

„Ich dachte, es könnte dir gefallen." Er zwinkerte, als er in Richtung Schlafzimmer winkte. „Du kannst dich da drin umziehen."

„Danke." Meine Irritation über ihn schwand, und ich musste über mich selbst lachen, als ich im Schlafzimmer verschwand. War ich so oberflächlich, dass es nur ein hübsches Kleid brauchte, um mich auf seine Seite zu ziehen? Scheinbar war die Antwort ja. Sobald ich die Tür hinter mir geschlossen hatte, zog ich den Bademantel aus und das Kleid an. Es passte perfekt, und als ich in den bodenlangen Spiegel starrte, sehnte ich mich nach einem Paar hochhackiger Mary-Janes, um den Look zu vervollständigen.

Die Tür öffnete sich, und Sierra kam mit langen Schritten ins Zimmer. „Hast du gesehen ..." Sie blieb wie angewurzelt stehen, als sie mich anstarrte. „Woher hast du das?"

Ich zuckte angesichts der Schärfe ihres Tons zusammen. „Jemand von der Garderobe hat es mir gebracht." Ich stricht den Rock des Kleides glatt. „Stimmt was nicht?"

Einen Moment lang sagte sie nichts. Dann wischte sie sich den Pony aus den Augen und schüttelte den Kopf. „Nein. Alles okay", sagte sie, und ihr Gesicht wurde vorsichtig neutral. „Ich war nur überrascht, das ist alles. Ich dachte, der Designer hätte es zurückgenommen."

„Ich ziehe gern was anderes an, falls –"

„Nein, nein." Sie schüttelte den Kopf und zwang sich zu einem Lächeln. „Sei nicht albern. Es ist nur ein Kleid. Wirklich." Sie sah sich im Zimmer um, und ihr Blick blieb an einem Skript hängen, das auf dem Nachttisch lag. „Das habe ich gesucht." Nachdem sie es genommen hatte, drehte sie sich zu mir um. „Bereit?"

„Absolut." Ich folgte ihr aus dem Zimmer.

Conors Augen leuchteten auf, als er mich sah. „Ich wusste, dass dir dieses Kleid perfekt stehen würde." Er wandte sich Sierra zu. „Es ist wie für sie gemacht, findest du nicht?"

Sierra presste offensichtlich verärgert die Lippen aufeinander. „Ja, wie für sie gemacht."

„Ich bin mir sicher, dass es an Sierra tausendmal besser aussieht", sagte ich und versuchte, die Situation zu entschärfen. Dann, bevor irgendjemand mehr zu dem dummen Kleid sagen konnte, fragte ich: „Also, wer filmt heute noch?"

„Niemand", sagte Sierra. „Oder zumindest nicht bis später. Das ist meine Szene."

„Ja, auf meinem Terminplan steht neunzehn Uhr, also habe ich fast den ganzen Tag frei", fügte Conor hinzu. „Ich werde einfach mit dir abhängen, während Sierra zaubert." Er schenkte ihr ein zärtliches Lächeln. All die Spannung, die sich zwischen ihnen zusammengebraut hatte, verschwand, und sie schmolz fast auf der Stelle, als sie zu ihm aufblickte und dann ihren Arm um seine Taille legte. „Das ist mein Mädchen", flüsterte er und küsste sie auf den Kopf.

„Ihr zwei seid wirklich süß", sagte ich, erleichtert, sie wieder als glückliches Paar zu sehen.

„Warte nur, bis du sie siehst", schwärmte Conor. „Wenn sie vor der Kamera steht, ist es fast so, als ob sie sich in eine ganz andere Person verwandelt. Sie wird buchstäblich zu Madison Lucas, der mächtigsten Hexe von *Witchin' Hills*. Ich habe noch nie jemanden gesehen, der so komplett umschalten kann."

„Klingt toll", sagte ich, als sie sich umdrehten, um zur Tür zu gehen. „Warte! Vergiss deine Requisiten nicht." Ich eilte zum Tisch und sammelte Mörser und Stößel und die Kräuter ein, die Bea ihr gegeben hatte. „Die wirst du brauchen."

„Oh ja, richtig." Sie warf mir ein aufrichtiges Lächeln zu, hakte sich bei mir unter und führte mich zur Tür hinaus.

Es dauerte nicht lange, bis wir vor einem Steingebäude mit der Aufschrift *Archiv der Unerklärlichen Dinge* standen.

„Ihr filmt hier drin?", fragte ich, als Conor uns die Tür aufhielt.

„Ist es nicht wunderschön?", schwärmte Sierra. „Denk nur an all die Geschichte und Überlieferungen, die in den Archiven liegen. Ich würde alles dafür tun, mich nur einen Tag lang hier durchwühlen zu dürfen."

„Das wäre was", stimmte ich zu. Das Gebäude im neogotischen Stil war mit seinen Spitzbögen, großen Fenstern und Türmen genau die Art von Ort, an dem man Hexen erwarten würde. Und als ich mich der Tür näherte, zerrte etwas Unerklärliches an mir und lockte mich einzutreten. Von dem Gebäude ging eine Anziehung aus, der ich nicht widerstehen konnte.

Der Flur mit seiner Gewölbedecke war mit Stumpenkerzen erleuchtet und von Porträts eleganter Männer und Frauen aus der Vergangenheit gesäumt.

„Wow." Ich stand ehrfürchtig da, als eine Welle berauschender Magie auf mich einschlug. Sie war überall, als würde sie in den Mauern des alten Gebäudes wohnen. Macht elektrisierte mich und lud meine Energiereserven so auf, dass ich mich wirklich lebendig fühlte. Es war herrlich.

Conor schauderte. „Was ist das?"

„Was ist was?", fragte Sierra und beäugte uns beide.

„Könnt ihr nicht die Magie hier drin spüren?", fragte ich sie. „Es ist fast wie ein Strom, der sich um die Haut legt und pulsiert, als hätte er ein Eigenleben."

Sie sah sich um, die Stirn gerunzelt. „Mag sein. Aber das spüre ich nicht. Irgendwas ist hier jedoch anders." Sie lächelte völlig entspannt. „Behaglich, würde ich sagen. Ein bisschen so, als würdest du das Haus deiner Lieblings-Oma besuchen. Als gehörte ich hierher."

„So fühlt es sich für mich überhaupt nicht an." Conor verzog das Gesicht, während er sich die Arme rieb. „Was zum …? Als ich das letzte Mal hier war, war es nicht so."

Ich blickte zu ihm auf. „Wie hat es sich vorher angefühlt?"

Er schüttelte den Kopf. „Ganz anders. Ich habe mich von diesem Ort angezogen gefühlt, wie Sierra gerade gesagt hat, als ob ich hierher gehöre. Und jetzt will ich nur noch raus." Er schauderte erneut und knirschte mit den Zähnen. „Tut mir leid, Sierra, ich muss gehen."

„Okay", sagte sie, doch Sorge blitzte in ihren Augen auf.

Conor drehte sich abrupt um und eilte aus dem Gebäude.

Sierra legte sanft eine Hand auf meinen Arm. „Bitte geh mit ihm. Vergewissere dich, dass es ihm gutgeht."

„Bist du dir sicher? Was ist mit deiner Szene?"

„Ich kann damit umgehen. Ich bin nur ... Er war die ganze letzte Woche nicht er selbst." Sie presste eine Hand an ihren Hals. „Was mit ihm passiert, ist nicht normal, oder?"

Ich schüttelte den Kopf. „Nein. Abgesehen von der Sache mit dem Drachen scheint seine Stimmung ... unausgeglichen zu sein." Ich drückte ihre Hand. „Ich werde nach ihm sehen und versuchen, zurückzukommen."

„Unausgeglichen", wiederholte sie. „Ja. Genau das ist es. Im einen Moment ist er liebenswert und aufmerksam, im nächsten ist er gereizt und benimmt sich irgendwie wie ein Idiot."

Irgendwie war eine Untertreibung. Aber ich nickte nur. „Wahrscheinlich liegt es am Stress."

„Ich hoffe, dass das alles ist." Sie runzelte die Stirn und musterte mich dann einen Moment lang. „Die Magie stört dich nicht, oder?"

„Überhaupt nicht. Sie ist ..." Ich hielt inne und ließ die Magie des Gebäudes über mich strömen, als würde ich sie kosten. „Magie wirkt auf jeden anders. Für uns fühlt sich das natürlich an. Für jemand anderen könnte es überaus verwirrend sein. Mach dir keine Sorgen. Ich bin sicher, Conor geht's gut."

„Okay." Sie schloss die Augen und atmete tief durch. „Dieses magische Zeug ist kein Scherz."

Ich lachte. „Da hast du recht. Ich gehe jetzt nach Conor sehen."

Sie blickte an mir vorbei, und wieder schwamm Sorge in ihren dunklen Augen.

„Keine Sorge, ich bin mir sicher, dass es ihm gutgeht."

„Das hoffe ich", sagte sie, als ich widerstrebend zurück zum Ausgang ging. Und als ich näherkam, bremste mich ein unsichtbares Ziehen. Ich warf einen Blick in einen Flur auf der linken Seite und fühlte mich fast unkontrolliert davon angezogen. Ich schwankte, als würde ich zu etwas gedrängt, das in dieser Richtung lag. Bei der Göttin, ich brauchte all meine Willenskraft, um weiterzugehen und das Gebäude zu verlassen, damit ich Conor finden konnte.

Er saß auf der Treppe vor dem Haus, den Kopf in seine Hände gestützt.

Ich setzte mich neben ihn, die Ellbogen auf meinen Knien.

„Bist du okay?"

Er schüttelte den Kopf. „Was ist gerade passiert?"

„Sag du's mir."

Er holte lange und zittrig Luft. „Ich habe keine Ahnung. Ich denke, es ist die Magie. Es hat sich angefühlt, als würde sie über mich kriechen, und wenn ich gekonnt hätte, wäre ich direkt aus meiner Haut gesprungen." Er setzte sich auf, rieb sich die Arme und schüttelte den Kopf. Frustration strömte von ihm aus und ließ meine Haut prickeln. „Es ist nicht so schlimm hier draußen, aber ich kann es immer noch spüren, als würde es versuchen, in meinen Körper einzudringen oder so." Er stand abrupt auf. „Ich muss mich bewegen."

„Warte." Ich streckte die Hand aus und ergriff seine, um mich hochzuziehen.

Er blieb wie angewurzelt stehen und starrte auf unsere verbundenen Hände. „Wie hast du das gemacht?"

„Was meinst du?" Ich wollte meine Hand zurückziehen, doch er hielt sie fest und ließ mich nicht los.

„Du hast mich berührt und es verschwinden lassen." In seinem Ton lagen Ehrfurcht und Staunen. „Warum, Jade

Calhoun, bist du jedes Mal, wenn mir irgendwas Seltsames passiert, diejenige, die mir zu Hilfe kommt?"

„Ähm", ich stieß ein verlegenes Lachen aus. „Es ist wahrscheinlicher, dass ich die Ursache für deine Probleme bin. Oft sind mächtige Hexen ein Katalysator dafür, dass sich alltägliche Situationen plötzlich in eine magische Apokalypse verwandeln. Dunkle Mächte werden vom Licht angezogen und so weiter."

Er schüttelte den Kopf. „Meine Probleme haben angefangen, bevor du aufgetaucht bist, erinnerst du dich? Ich bin derjenige, der die Drachenskulptur aus dem Archiv der Unerklärlichen Dinge geholt hat. Mir scheint, das war der Anfang von allem, was jetzt mit mir passiert."

„Ähm, ja, aber …"

„Schh", sagte er und drückte zwei Finger auf meine Lippen. „Mach dir keine Vorwürfe. Du bist diejenige, die mich gerade rettet."

Ich versuchte, einen Schritt zurückzuweichen, ein bisschen Abstand zwischen uns zu bringen. Doch aus irgendeinem Grund bewegte sich mein Körper nicht.

Conor bohrte seinen Blick in meinen, pure Verzweiflung und Entschlossenheit starrten mich an. Etwas bewegte sich in mir, und ein Gefühlsausbruch drohte mich zu überwältigen. Tränen brannten in meinen Augen, und ich hatte keine Ahnung warum.

„Conor", sagte ich. „Ich denke, du solltest jetzt loslassen."

Er schüttelte den Kopf. *Du bist die, die ich brauche.*

Seine Stimme war in meinem Kopf so klar wie der Tag, doch ich wusste, dass er die Worte nicht laut ausgesprochen hatte. Bildete ich mir das ein, oder hatte ich seine Gedanken gehört? War seine Stimme die, die ich die letzten paar Tage gehört hatte? Mein Herz raste vor Nervosität, sowohl bei dem

Gedanken, dass ich eine Telepathin sein könnte, als auch, dass Conor Gefühle für mich entwickelte. Es reichte, um den Zauber zu brechen, der mich festgehalten hatte. Ich trat zwei Schritte zurück, zog meine Hand aus seiner und verschränkte die Arme vor der Brust, um deutlich zu machen, dass ich tabu war.

„Sierra macht sich Sorgen um dich", sagte ich, um von dem abzulenken, was in seinem Kopf vorging.

Sein Blick ließ meinen nicht los. „Es gibt nichts, weswegen du dir Sorgen machen müsstest."

„Wirklich?", fragte ich und starrte ihn an. „Warum siehst du mich dann so an?"

Er blinzelte. Dann schüttelte er den Kopf und sah sich um, als würde er die Umgebung zum ersten Mal sehen. „Ich weiß nicht … Ah, was ist gerade passiert?"

Ich runzelte die Stirn. „Du erinnerst dich nicht?"

„Das schon." Er runzelte konzentriert die Stirn. „Was ich meine ist, was genau ist gerade zwischen uns passiert?"

„Nichts", sagte ich automatisch. „Zumindest nicht von meiner Seite. Ich bin glücklich verheiratet, und du hast eine Freundin. Eine, die ich wirklich mag."

„Das war nicht nichts." Er kniff die Augen zusammen, während er mich studierte. „Ich bin nicht verrückt, oder? Du hast diesen Zug auch gespürt, oder?"

In gewisser Weise hatte ich das. Ich hatte seine Gedanken gehört, war in einem seltsamen Moment mit ihm eingesperrt gewesen, doch all das war meinerseits nicht freiwillig gewesen. Kane war meine Liebe, mein Leben, und was auch immer diese Sache mit Conor war, es bedeutete mir nichts.

„Jade?", fragte er mit verwirrtem Gesichtsausdruck. „Sag mir, dass ich nicht verrückt bin."

„Du bist nicht verrückt", sagte ich widerwillig. „Vielleicht liegt es an der Magie. Ich weiß nicht. Aber was mich angeht, können wir das einfach vergessen, okay?"

„Ja, schon vergessen", nickte er und fasste sich an den Nacken, als er den Blick abwandte.

Wir standen beide unbeholfen da, dann schwang die Tür auf und Sierra rief panisch: „Jade! Hilfe!"

KAPITEL NEUN

„*W*as ist passiert?", rief ich, als ich zwei Stufen auf einmal nahm und ihr zurück in die Bibliothek folgte. Tröstende Magie hüllte mich ein und beruhigte wieder einmal jeden Teil meiner Seele.

„Ich habe den Absichtszauber gewirkt, und ich weiß nicht, was passiert ist", keuchte sie, als sie zum Ende des Flurs sprintete. „Im einen Moment habe ich Kräuter angezündet und im nächsten bin ich um mein Leben gerannt."

Am Eingang eines runden Raums blieben wir abrupt stehen. Die Wände waren von eingebauten Mahagoniregalen und -vitrinen gesäumt, staubige Kronleuchter hingen von der Decke, und an einer Seite wartete die Kameraausrüstung auf das Filmteam. Doch es sah nicht so aus, als würde in nächster Zeit jemand darin filmen, denn Blitze zuckten durch den Raum und hinterließen bei jedem Einschlag Spuren der Verwüstung.

Bücher explodierten, Glas splitterte, und Artefakte wurden zerstört.

„Was haben Sie getan?", ertönte eine schrille Stimme hinter uns. Ich wirbelte herum und sah niemanden. „Raus hier! Raus! Raus!", fuhr die Stimme fort, so laut, dass es klang, als würde sie mir ins Ohr schreien. „Meine Bibliothek! Sie ist ruiniert", heulte eine Frau.

Madame Lacroix. Das musste sie sein.

„Ich kann dem ein Ende setzen", sagte ich, hob meine Arme und spürte, wie die Kraft durch meine Glieder strömte.

„Gehen Sie einfach", wimmerte Madame Lacroix.

Ich schüttelte den Kopf und dachte, sie könnte mich sehen, auch wenn ich sie nicht sehen konnte. „Zeus, Gott des Himmels, höre meinen Ruf. Hilf mir, diesen Sturm zu beenden, Ruhe zu bringen und die Ordnung wiederherzustellen."

Donner grollte.

„Es funktioniert nicht!", jammerte Madame Lacroix.

Weitere Blitze zuckten, und ein weiterer Schrank zersplitterte.

„Zeus, allmächtiger Gott! Höre meinen Ruf!", rief ich, Magie summte durch mich, meine Arme vibrierten davon. „Beende diesen Sturm. Stell' die Ruhe wieder her!"

Dunkelviolette Magie schoss aus meinen Handflächen und breitete eine dicke, bedrohliche Wolke hoch über uns in dem Raum mit der Kathedralendecke aus. Weitere Blitze zuckten, schlugen aber nicht ein.

„Sag es mit mir", befahl ich Sierra.

Sie stand Schulter an Schulter neben mir, während wir weiter sangen: „Beende diesen Sturm. Stell' die Ruhe wieder her!"

Die dunkle Wolke der Magie verdichtete sich und pulsierte mit unserem Gesang.

Ein weiterer Blitz schlug ein, und dieses Mal zielte er genau auf uns. Sierra hechtete zur Seite. Ich blieb trotzig stehen und schrie: „Beende es! Jetzt!"

Die dicke stürmische Magie strömte aus meinen Fingerspitzen und löste den Blitz auf, kurz bevor er mich treffen konnte. Der Blitz verschwand. Dann strömten fette, schwere Regentropfen aus meiner magischen Wolke und durchnässten alles und jeden.

Ich stand da und zitterte. Was war gerade passiert? Meine Magie hatte sich noch nie so verhalten. Sturmwolken? Das war neu. Ganz zu schweigen davon, dass ich gerade ohne zu zögern gegen etwas Verrücktes gekämpft hatte. Was hatte ich mir dabei gedacht? Sicherlich gab es Ratshexen, die sich um das magische Missgeschick hätten kümmern können. Verdammt. Ich hob den Kopf und ließ den Regen auf mein Gesicht prasseln.

„Gute Göttin. Was hast du getan?" Die Stimme von Madame Lacroix war geschockt und voller Ehrfurcht.

„Sieht aus, als hätte ich die Blitze gestoppt", sagte ich und öffnete die Augen, als der Regen nachließ. Die Zauberwolke hatte sich verzogen und alles, was übrig blieb, war Zerstörung.

„Du meine Güte!", sagte eine neue Stimme hinter uns. Als ich mich umdrehte, sah ich eine streng dreinblickende Hexe auf uns zukommen. Sie trug eine waldgrüne Robe und hatte ihr langes schwarzes Haar mit einem Pentagramm-Fascinator hochgesteckt. „Was geht hier vor?"

„Ähm …", begann Sierra. „Ich habe einen Zauber geübt, den Jade mir beigebracht hat, und …"

Erschöpfung machte sich breit, als ich Sierra ausblendete. Meine Glieder waren schwer vor Müdigkeit, und meine Augen schmerzten, als hätte ich seit Tagen nicht geschlafen. Ich bewegte mich langsam durch die Trümmer und Wasserpfützen, bis ich einen Klappstuhl erreichte, der direkt neben einer Filmkamera stand. Es sah so aus, als wäre das teure Gerät so ziemlich das Einzige, was überlebt hatte – vorausgesetzt, das Wasser hatte es nicht ruiniert.

Ich setzte mich, lehnte mich zurück und sehnte mich nach meinem Bett. Nach Kane, der neben mir lag. Duke, der zu meinen Füßen hechelte. Alles war besser, als in der durchnässten Bibliothek auf einem Metallstuhl zu sitzen und mich zu fragen, wann zum Teufel ich die Fähigkeit erworben hatte, eine echte Sturmwolke zu erschaffen, komplett mit Regen.

„Jade?", sagte Conor, der von hinten auf mich zukam.

Ich sah zu ihm hinüber. Er spielte mit einer Hand am Saum seines T-Shirts und kratzte sich mit der anderen am Hals. In seinem Gang war ein nervöses Stocken, und ich rechnete fest damit, dass er jeden Moment anfangen würde zu zucken. „Du solltest wahrscheinlich wieder rausgehen, wenn dich dieser Ort so sehr belastet."

Er atmete zitternd aus. „Ich kann Sierra nicht verlassen. Sie wird befragt wegen dem, was passiert ist."

Tatsächlich standen jetzt drei offiziell aussehende Hexen bei Sierra, die sie mit Fragen bombardierten. Vor einer schwebte ein Notizbuch, in das ein Kugelschreiber Notizen machte.

Ich schnaubte vor Lachen. Keine Federn im einundzwanzigsten Jahrhundert.

„Irgendwas Lustiges?", fragte Conor, dessen eines Auge zu zucken begann, während er sich stärker am Hals kratzte.

Meine Güte, war er erbärmlich. Ich schüttelte den Kopf, und Schuldgefühle ließen mich eine Grimasse schneiden. Was war los mit mir? Conor stand kurz vor dem Zusammenbruch und Sierra wurde verhört, nachdem ein Zauber schiefgegangen war. „Nein, überhaupt nicht lustig." Ich streckte ihm meine Hand entgegen: „Hier. Nimm sie. Letztes Mal hat es dir geholfen, dich zu beruhigen."

Er zögerte nicht. In dem Moment, in dem sich seine Finger um meine legten, spürte ich seine Erleichterung, gefolgt von einer seltsamen Mischung aus Schuld und Befriedigung.

Ich runzelte die Stirn und sah ihn an. Warum fühlte er sich schuldig? Weil er meine Hand hielt? Aber warum sollte das befriedigend sein? Ich zog sofort meine Hand zurück und versagte offensichtlich bei dem Versuch, eine professionelle Beziehung aufrechtzuerhalten.

„Hey", sagte er leise und griff wieder nach meiner Hand. „Das hat mir wirklich geholfen, mich zu beruhigen."

Es war wahr. Sobald ich ihn berührte, verschwand sein Unbehagen. Er freute sich, meine Hand zu halten, zufrieden, als wäre das eine Sehnsucht, die ich für ihn erfüllte. Es war mir sehr unangenehm.

„Tut mir leid, Conor. Ich sollte wirklich gehen. Nachdem ich so viel Magie benutzt habe, bin ich erschöpft. Vielleicht solltest du draußen auf Sierra warten."

„Aber die Ratshexen müssen wahrscheinlich mit dir reden", sagte er und starrte sie quer durch den Raum an.

„Sie können mich später kontaktieren." Ich löste meine Hand aus seiner und ging zurück zu Sierra. Madame Lacroix beschwerte sich immer noch über die Zerstörung und verlangte, dass jemand für den Schaden bezahlte, den wir angerichtet hatten. Niemand schien sie zu beachten.

„Merken Sie sich meine Worte!", rief sie von irgendwoher aus dem Raum. „Es wird eine Untersuchung geben. Jemandes Kopf wird dafür rollen!"

Die Hexen des Rates, die Sierra befragten, schienen jedoch

nicht annähernd so aufgebracht zu sein, und als ich sagte, ich müsse gehen, gab mir eine von ihnen eine Karte und sagte, sie würden sich melden, wenn sie Fragen hätten.

Ich bedankte mich und ging hinaus. Als ich den Fuß der Treppe erreichte, hörte ich, wie sich die Tür hinter mir öffnete.

„Jade?", rief Conor.

Ich hielt inne, holte tief Luft und drehte mich dann um. „Ja?"

„Werden wir dich bald wiedersehen?"

Das Wort nein lag mir auf der Zunge. Ich mochte die beiden, und unter anderen Umständen hätte ich Sierra gerne geholfen, aber Conor … ich wusste nicht, was mit ihm vor sich ging. Ich war mir nicht einmal sicher, ob er es wusste. Doch was auch immer es war, seine Freundschaft war den Keil nicht wert, den sie zwischen Kane und mich treiben könnte.

Bevor ich antworten konnte, sagte er: „Danke für das, was du heute getan hast. Dafür, dass du ihr geholfen hast … und mir. Wir wissen das wirklich zu schätzen."

„Gern geschehen", sagte ich automatisch und ging, ohne ihm eine Antwort zu geben.

„JADE?", rief Kane aus dem Wohnzimmer. Es war nach sieben, und er war gerade nach Hause gekommen.

„Ich bin hinten!", rief ich aus der Küche, wo ich Cupcake-Teig rührte. Nach dem Tag, den ich gehabt hatte, hatte ich das Gefühl, dass reichlich Schokolade vollkommen akzeptabel war.

Seine Schritte hallten auf dem Parkettboden wider, als er durch das Schrotflintenhaus ging, das seine Großmutter ihm vererbt hatte.

„Du würdest nicht glauben, was ich für einen Tag hatte", sagte er, schlang seine Arme von hinten um mich und schmiegte sein Gesicht gegen meinen Nacken.

Ich lachte. „Dasselbe wollte ich gerade auch sagen."

Er hielt mich länger als sonst fest und drückte mich an sich, als hätte er den ganzen Tag auf diesen Moment gewartet.

„Alles okay?", fragte ich ihn.

„Jetzt schon." Er tauchte seinen Finger in den Teig und probierte ihn.

„Was ist passiert?", fragte ich, und ein kleiner Ball des Unbehagens bildete sich in meiner Magengrube. Kane war ein Dämonenjäger. Wenn er einen schlechten Tag hatte, konnte das alles sein, von einem langweiligen Tag im Büro bis hin zu einem unerwarteten Ausflug in die Hölle.

„Du zuerst."

Ich warf ihm einen irritierten Blick zu, doch als er sich nicht rührte, begann ich mit der Zusammenfassung meines Tages und verharmloste die kurze Verbindung, die ich mit Conor geteilt hatte. Es hatte keinen Sinn, Misstrauen wegen etwas zu wecken, das nicht existierte.

„Sturmwolke, hm?", sagte er mit hochgezogenen Augenbrauen. „Das klingt beeindruckend."

„Na ja, war es irgendwie." Ich warf ihm ein schiefes Grinsen zu und zuckte mit den Schultern. „Es kommt nicht jeden Tag vor, dass deine Frau es regnen lässt."

„Das hätte ich gern mitangesehen", stimmte er zu und ging zum Kühlschrank, während ich Teig in die bereitstehenden Cupcake-Förmchen goss.

„Vielleicht nächstes Mal." Ich fing an, die Schokoladensplitter-Frischkäsefüllung in den Schokoladenteig zu träufeln. „Jetzt du. Wo bist du so früh hin verschwunden?"

„Früh? Ich bin um neun Uhr gegangen. Ich habe sogar

versucht, dich zu wecken, aber du warst so tief weg, dass ich dich einfach schlafen gelassen habe."

„Wirklich? Ich habe dich überhaupt nicht gehört."

Er zuckte mit den Schultern. „Ich konnte letzte Nacht auch nicht mit dir träumen. Du hast so fest geschlafen, dass sogar dein Unterbewusstsein dichtgemacht hat. Ich schätze, du hast einfach die Ruhe gebraucht."

Ich hielt inne und starrte ihn an, als mir zum ersten Mal an diesem Tag klar wurde, dass er recht hatte. Ich war eingeschlafen, bereit, ihn im Traum zu sehen, doch es war alles schwarz gewesen, bis ich kurz nach zehn meine Augen geöffnet hatte. „Das ist noch nie passiert."

„Nein. Nicht bei uns. Aber es gab Zeiten, in denen ich nicht in der Lage war, in jemandes Träume zu kommen." Er holte übrig gebliebene Enchiladas von gestern aus dem Kühlschrank. „Hühnchen oder Rind?"

„Hühnchen." Als er unser Abendessen in die Mikrowelle stellte, schob ich die Cupcakes in den Ofen, und nachdem ich den Timer eingeschaltet hatte, ließ ich mich auf einen der Stühle am Esstisch fallen und seufzte erleichtert. „Ich bin erledigt."

Kane brachte mir ein Mineralwasser und öffnete eine Flasche Guinness für sich. „Vielleicht solltest du die Schauspielerei vorerst den Profis überlassen", sagte er mit einem Hauch von Sorge in seiner Stimme.

Ich hob den Kopf, um ihn anzusehen. Seine Lippen waren zu einem Lächeln verzogen, und seine dunklen Augen waren amüsiert. Wenn sein Ton nicht gewesen wäre, hätte ich nicht gewusst, dass er sich immer noch Sorgen um das Baby und mich machte. Meine empathischen Fähigkeiten hatten sich offenbar wieder verabschiedet. Warum hatte ich Conor gespürt und Kane nicht? Die Frage nagte an mir, bis Kane sich räusperte.

„Jade?"

„Ja?"

Die Mikrowelle piepste, und er holte unser Abendessen heraus. Als er sich neben mich setzte, sagte er: „Ich denke nur, du solltest es ruhig angehen lassen, okay? Du siehst wirklich blass aus und bist offensichtlich erschöpft."

„Ich bin blass?" Meine Güte. Ich musste es wirklich langsamer angehen lassen.

„Wirklich blass." Dann griff er nach seiner Gabel und stieß versehentlich meinen bandagierten Arm an.

Ich zuckte zusammen und drückte ihn an meinen Bauch, während ich darauf wartete, dass der Schmerz nachließ. Es hatte den ganzen Tag nicht wehgetan. Nicht ein einziges Mal, und ich hatte es bis zu diesem Moment so gut wie vergessen.

„Das sieht auch nicht nach einem Picknick aus", fügte er hinzu.

„Ist es auch nicht", stimmte ich zu. „Du hast recht mit dem langsamer angehen lassen. Morgen treffe ich mich mit Pyper und Kat im Blumenladen, aber ansonsten verspreche ich, mit Duke auf der Couch zu faulenzen und nichts sonst zu tun. Wie klingt das?"

„Klingt perfekt für mich, aber während du unterwegs bist, wirst du noch was für mich tun?"

„Und das wäre?", fragte ich und schob mir einen Bissen von meiner Enchilada in den Mund.

Er nahm vorsichtig meine Hand in seine und presste seine Lippen auf meine Finger. „Schau' bei Bea vorbei und sieh, ob sie irgendwas hat, das sowohl gegen das Brennen als auch gegen deine Müdigkeit hilft?"

„Das ist eine gute Idee." Ich beugte mich vor und küsste ihn. „Und jetzt erzähl mir alles über deinen Tag."

Und da erfuhr ich, dass jemand versucht hatte, seinen Club niederzubrennen.

KAPITEL ZEHN

„Oh du meine Göttin", sagte ich mindestens zum zwölften Mal. „Warum in aller Welt hat mich niemand angerufen?"

Kane und ich standen im *Wicked* im hinteren Flur und starrten in Kanes Büro. Das Feuer war an seinem Schreibtisch ausgebrochen und hatte sich durch den halben Raum gefressen, bevor die Feuerwehr eingetroffen war und den Brand gelöscht hatte. So ziemlich alles im Büro war Toast. Zum Glück war der Rest des Clubs verschont geblieben, abgesehen von einem kleinen Rauchschaden.

„Pyper sagt, sie hat es versucht. Du bist nicht rangegangen."

Ich kramte in meiner Tasche nach meinem Handy und fand es nicht. „Verdammt. Wo ist das Ding?"

Kane schüttelte nur den Kopf. „Schwangerschaftshirn."

Ich verdrehte die Augen, obwohl ich wusste, dass er recht hatte. Seit ich schwanger war, hatte ich angefangen, Dinge zu vergessen und Gegenstände zu verlegen. Es nervte mich.

„Komm. Heute Abend können wir sowieso nichts mehr zu tun." Kane zog mich zurück in den Gastraum des Clubs.

Normalerweise wäre der Laden um diese Zeit mit Tänzerinnen und Gästen bevölkert gewesen, doch Kane hatte geschlossen, nachdem die Feuerwehr gesagt hatte, dass das Feuer wahrscheinlich Brandstiftung war. Bis sie einen Hinweis darauf hatten, wer dafür verantwortlich war, wollte Kane niemanden im Club haben. Er würde es sich nie verzeihen, wenn der Brandstifter es erneut versuchte und jemand verletzt würde.

„Was ist mit Pyper, Julius und Beau?", fragte ich. „Sie können nicht in der Wohnung bleiben, wenn jemand es auf den Club abgesehen hat." Pyper und ihr Verlobter wohnten zusammen mit Pypers jüngerem Bruder über dem Café, das direkt neben dem Club lag.

„Sie besteht darauf, dass es besser ist, wenn sie bleibt und alles im Auge behält." Ein Muskel in Kanes Kiefer zuckte irritiert. „Und da der Brandmeister gesagt hat, dass beide Gebäude strukturell in Ordnung sind, kann niemand sie zwingen zu gehen."

„Und die Wohnungen oben?", fragte ich, besorgt um unsere Mieter.

„Ich habe mit allen gesprochen. Eine übernachtet bei einer Freundin." Er stieß einen gequälten Seufzer aus. „Die anderen beiden haben Haustiere, die sie nicht allein lassen können. Du kannst es ihnen nicht verübeln. Würde ich auch nicht wollen."

„Vielleicht können wir einen Sicherheitsdienst beauftragen, den Club im Auge zu behalten?", fragte ich. „Brandstiftung ist … Himmel, Kane, wer würde sowas tun?"

Er legte seinen Arm um mich und zog mich an sich. „Ich weiß nicht, Liebes. Es könnte jeder sein. Der Ex-Freund einer Tänzerin oder ein verärgerter Gast. Die Polizei geht die Sicherheitsbänder durch, und morgen sollten wir mehr wissen."

„Das tut mir leid", sagte ich leise und schmiegte mich an ihn. „Ich hätte hier sein sollen."

„Auf keinen Fall." Er zog sich zurück und legte seine Hände auf meine Schultern. „Nicht bei dem Rauch und der Verwirrung danach. Der einzige Grund, warum ich dich heute Abend hergebracht habe, ist, dass ich dich nicht hätte daran hindern können, hierher zu kommen. Aber heute Nachmittag, als es noch chaotisch war? Nein."

Ich verdrehte die Augen, lächelte ihn aber an. „Okay, großer Beschützer. Verstanden. Weißt du, wenn du nicht so sexy wärst, wenn du Papa-Bär spielst, würde mir das sehr schnell auf die Nerven gehen."

„Dann ist ja gut, dass ich sexy bin, denn ich werde wahrscheinlich nicht aufhören, mir Sorgen um euch beide zu machen. Weiße Hexen geraten in viel zu viele Schwierigkeiten."

„Genau wie Dämonenjäger", schnaubte ich.

Er grinste mich an. „Dann passen wir ja perfekt zusammen."

„JADE! WAS FÜR EINE SCHÖNE ÜBERRASCHUNG." Bea lächelte und breitete ihre Arme weit aus, dann umarmte sie mich. „Wie geht es meiner zukünftigen Lieblingsmutter?"

„Immer noch schwanger", witzelte Pyper hinter uns.

„Gott sei Dank", flüsterte mir Bea ins Ohr.

Ich drückte meine Mentorin und lehnte mich zurück, um sie genauer anzusehen. Sie trug eine weiße Leinenhose und eine pfirsichfarbene ärmellose Bluse, und ihr frisch gefärbtes, kastanienbraunes Haar war zu einem eleganten Zopf gebunden. „Du siehst fantastisch aus. Gibt es einen besonderen Anlass?"

Ihre Augen glitzerten in der Morgensonne. „Ich gehe mit Maximus zum Mittagessen. Er führt mich ins Coquette aus."

„Französisch. Wie romantisch!" Pyper zog die Augenbrauen hoch und nahm auf Beas Veranda Platz.

„Sieht aus, als würde die Liebe dir gut zu Gesicht stehen", sagte ich schmunzelnd. Es war so schön, sie glücklich zu sehen. Es war nicht so, dass sie nicht glücklich gewesen wäre, bevor sie angefangen hatte, mit dem Anführer der Bruderschaft auszugehen – der Gruppe von Inkubus-Dämonenjägern, die die Stadt beschützten – es war nur so, dass sie jetzt praktisch vor Glück strahlte, und es war nicht zu leugnen, dass Maximus der Grund dafür war.

Sie winkte ab. „Dasselbe könnte ich über euch beide sagen."

Pyper seufzte zufrieden. „Julius ist ziemlich wunderbar."

Wir drehten uns beide um und starrten sie an.

Sie starrte zurück. „Was?"

„Hast du gerade über einen Mann geschwärmt?", lachte ich.

„Oh, sei du still." Sie lehnte sich zurück und setzte ihre Sonnenbrille auf, um ihre Augen zu verstecken.

„Ich finde es schön", sagte Bea. „Und machst du Fortschritte mit den Hochzeitsplänen? Brauchst du Hilfe bei irgendwas?"

„Oh, nein." Pyper winkte ab. „Bis jetzt war es ein Kinderspiel … weitgehend zumindest."

Ich lachte. „Pypers Planung war ein Kinderspiel. Kat ist eine ganz andere Geschichte. Ich schwöre, wenn ich nicht schwanger wäre, würde ich jetzt mit dem Gesicht nach unten in einem Fass Whisky liegen."

„Wirklich so schlimm?" Bea blickte zwischen uns hin und her.

„Sie war in zwanzig verschiedenen Konditoreien, in der

Hälfte davon schon zweimal und sie hat sich immer noch nicht für einen Kuchen entschieden."

„Nun, es ist eine wichtige Entscheidung", sagte Bea diplomatisch.

„Es ist ein verdammter Kuchen", schnaubte Pyper. Dann richtete sie sich auf und strahlte Bea an. „Vielleicht solltest du ihr anbieten, ihr zu helfen und ihr ein paar Chill Pills zustecken. Dann werden weder Jade noch ich dazu gezwungen sein, sie zu erwürgen."

„So schlimm ist es auch wieder nicht", sagte ich lachend. Bea war eine erfahrene Heilerin, und ihre Kräuter hatten sich des Öfteren als sehr nützlich erwiesen, doch es war unwahrscheinlich, dass wir Kat dazu bringen würden, sie zu nehmen. Sie war ein viel zu großer Kontrollfreak, um Chill Pills zu schlucken.

„Doch, das ist es", sagte Pyper, während sie aufstand. „Bea, ich hole uns ein paar Drinks, wenn es dir nichts ausmacht."

Bea wollte aufstehen. „Ich kann –"

„Nein. Bleib sitzen. Ich mach' das schon. Außerdem ist Jade für mehr als nur einen Freundschaftsbesuch hier." Sie wedelte mit den Fingern, als sie im kleinen gelben Kutschenhaus verschwand. Beas Haus war auf einem Familienanwesen im Garden District hinter einem großen viktorianischen Haus, das ihre Cousinen bewohnten. Nur hatte ich bei keiner der Gelegenheiten, zu denen wir Bea besucht hatten, je eine von ihnen gesehen.

Bea legte ihre Hand auf meine. „Du hast was auf dem Herzen."

Ich nickte. „Ein paar Dinge. Aber zuerst hatte ich gehofft, du könntest mir mit ein paar Heilkräutern helfen."

Ihre Augenbrauen hoben sich, als sie mich ansah. „Für Kat?"

„Nein", kicherte ich. „Dafür." Ich schlüpfte aus dem dünnen Pullover, den ich trug, und hielt ihr meinen Arm entgegen. „Ich habe vor ein paar Tagen eine Verbrennung erlitten. Doch es scheint nicht besser zu werden, eher schlimmer."

„Bist du bei einem Heiler gewesen?", fragte sie und wickelte schon den Verband ab.

„Ja. Sie hat mir eine Creme gegeben, die die Heilung beschleunigen soll, aber ich glaube nicht, dass sie das tut."

Sobald der Verband weg war, starrte Bea auf meine Wunde, dann lehnte sie sich zurück und runzelte die Stirn. „Das ist eine magische Verbrennung."

Ich nickte. „Kannst du sagen, welcher Art?"

Sie schüttelte den Kopf. „Nein. Aber da ist eine magische Signatur. Dämon?"

„Drache."

Ihre Augen weiteten sich, und dann beugte sie sich vor und warf einen zweiten Blick auf meinen Arm. Im nächsten Moment strich sie mit der Fingerspitze über den Rand der Brandwunde.

Ich holte scharf Luft.

„Tut mir so leid, Liebes." Sie stand auf und sagte: „Ich bin gleich wieder da. Lass mich ein paar Zutaten zusammensuchen."

Ich saß an dem kleinen Tisch auf ihrer Veranda und blickte auf den perfekt gepflegten Garten hinaus. Alles blühte, sogar die Blumen, die nicht Saison hatten. Es hatte Vorteile, eine Hexe zu sein, das war sicher. Bea nutzte ihre Magie, um ihre Blumen gedeihen zu lassen und gleichzeitig Ungeziefer fernzuhalten.

Pyper und Bea kamen aus dem Haus und unterhielten sich über magische Hochzeitsgeschenke. Etwas über personalisierte Glückskekse.

„Ich kann es mir schon vorstellen", sagte Pyper, als sie ein Tablett mit Eistee und Keksen auf den Tisch stellte. „Irgendein Perverser wird darüber nachdenken, es mit meiner Trauzeugin zu treiben, und sein Glückskeks wird ihm sagen, dass er sich mit Selbstbefriedigungs-Gleitgel eindecken soll."

„Du hast eine blühende Fantasie, Pyper." Bea setzte sich neben mich und öffnete ihren Kräuterkorb.

Ich kicherte, als ich einen der Kekse nahm und ihn mir in den Mund schob.

Pyper grinste. „Gibt dein Mann dir nichts zu essen?"

„Ich hatte Hunger", sagte ich, und ein kleiner Schimmer von Schuldgefühlen machte sich breit. Wie viele Cupcakes hatte ich gestern Abend gegessen? Drei? Ich blickte hinunter auf meinen kleinen Babybauch. Wenn ich nicht aufpasste, würde sich mein Bäuchlein schnell in einen Strandball verwandeln.

„Mach dir keine Sorgen, Jade. Hexen haben einen schnellen Stoffwechsel." Bea zog ein Glas aus ihrem Korb, dessen Inhalt sehr nach Honig aussah. „Du kannst es dir wahrscheinlich leisten, ein, zwei Kekse zu genießen."

„Versuch's mit sechs", kicherte Pyper und zwinkerte mir zu. „Ich musste ihr verbieten, die Backwaren im Café zu probieren. Sonst wären sie aus gewesen, bevor der morgendliche Ansturm vorbei war."

„Das ist nicht wahr", protestierte ich und starrte auf meine Hände, damit ich ihr nicht in die Augen sehen musste. „Außerdem war es nur dieses eine Mal."

Bea lachte, während Pyper amüsiert schnaubte.

„Okay, lacht ruhig, ihr zwei." Dann richtete ich meinen Blick auf Pyper. „Warte nur ab, bis du schwanger bist."

Sie zuckte mit den Schultern und lachte immer noch. „Als

ob mich interessieren würde, was du sagst. Mir gehört der Laden. Ich esse so viele Kekse, wie ich will."

„Das ist einfach nur gemein." Ich nahm mir einen weiteren Keks, lehnte mich zurück und schwor mir, ihn zu genießen.

Bea lächelte uns liebevoll an. „Es ist schön, euch beide hier zu haben. Das habe ich vermisst."

Ich legte meine Hand auf ihre und drückte sie. „Ich auch. Ich wünschte aber, wir wären nur zum Spaß hier."

„Du bist hier für alles, jederzeit und aus jedem Grund willkommen. Das weißt du, Jade."

„Danke. Jetzt sag mir nochmal, dass es normal ist, dass die Magie einer schwangeren Hexe unzuverlässig ist."

Sie hob ihre Augenbrauen. „Hast du Probleme beim Zaubern?"

„Ein bisschen. Es scheint, als könnte ich plötzlich Sturmwolken beschwören und habe gleichzeitig Probleme, meine empathische Gabe zu nutzen."

„Klingt nach Schwangerschaftsmagieproblemchen. Vollkommen normal, vor allem zu Beginn der Schwangerschaft. Ich würde mir noch keine Sorgen machen."

Ich stieß einen erleichterten Seufzer aus, als sie meinen Arm drehte, um die Verbrennung besser sehen zu können. „Jetzt erzähl mir von diesem Drachen. Woher kommt er und wie hast du dich verbrannt?"

Ich erzählte ihr so schnell wie möglich die Geschichte. Als ich fertig war, lehnte sich Bea mit einem erstaunten Gesichtsausdruck zurück.

„Okay, welcher Teil schockiert dich am meisten? Die Manifestation eines echten Drachens oder die Tatsache, dass er in einer Skulptur gefangen war?"

„Ganz ehrlich? Beides gleichermaßen." Sie zog ein kleines Notizbuch aus ihrer Hosentasche und fing an, sich Notizen zu machen. „Es gibt Legenden über Drachen, aber ich habe noch nie von jemandem gehört, der tatsächlich einen gesehen hat." Sie schüttelte den Kopf. „Aber wenn jemand einen findet, dann war es klar, dass du diejenige bist."

„Ich war es nicht. Das war Conor", korrigierte ich.

„Ja, aber ich gehe jede Wette, dass er sich manifestiert hat, weil du im Raum warst." Bea tätschelte meine Hand. „Mach dir keine Sorgen, Liebes. Solche Sachen sind mir früher auch dauernd passiert. So lernt man."

Ich sackte auf meinem Stuhl zusammen, als sie ihren Honigkleister auf meinen Arm schmierte. „Ich denke, ich wäre vorerst mit ein bisschen weniger Lernen zufrieden, wenn du mich fragst."

Pyper schnaubte zustimmend. „Amen."

KAPITEL ELF

*E*ine Stunde später, bewaffnet mit Energieboostern und Beas Versprechen, sich über Drachen zu informieren, betraten Pyper und ich *Bloomin' Idiot* auf der Oak Street in Uptown. Der Blumenladen war eine Institution in der Stadt und von einem halben Dutzend Leuten empfohlen worden.

„Interessanter Name", sagte Pyper.

„Ich bin mir sicher, dass dahinter eine Geschichte steckt", sagte ich. „In dieser Stadt gibt es immer eine."

„Meine Mama hat mir immer gesagt, dass ich nie etwas anderes werden würde als ein *bloomin idiot*. Und ich habe viel Zeit damit verbracht, das zu bestätigen", sagte eine ältere Frau, als sie hinter der Theke hervorhumpelte. Ihr Haar war schneeweiß und ihre Hände waren von jahrelanger harter Arbeit wie knorrige Äste. Doch ihre Augen leuchteten, und sie hatte ein herzliches Lächeln im Gesicht. „Ich wollte nicht das Gefühl haben, diese Jahre verschwendet zu haben, also als mein Mann den Namen vorgeschlagen hat, dachte ich, dass sich der Kreis meines Lebens geschlossen hat."

„Ich liebe es", sagte Pyper.

Die ältere Frau ergriff Pypers Hand mit ihren beiden. Sie sah Pyper in die Augen und nickte. „Wir sind aus demselben Holz geschnitzt, Sie und ich."

„Das sind wir? Wie kommen Sie darauf?", fragte Pyper und lächelte sie an.

„Wir haben beide Herzschmerz gesehen und sind stärker aus der Sache hervorgegangen."

Pyper nickte ernst. „Ja, Ma'am. Das könnte man so sagen."

„Nennen Sie mich Maybelle", sagte die Frau und führte Pyper zum Tresen. „Und dann erzählen Sie mir, was Sie heute in meinen Laden führt."

Die Emotionen überwältigten mich, und plötzlich musste ich Tränen zurückblinzeln.

„Jade?" Kats Stimme kam aus dem Nichts. „Was ist los?"

„Hm?" Ich drehte mich um und entdeckte sie ein paar Meter zu meiner Linken. „Wie lange stehst du schon da?"

„Ich bin gerade erst reingekommen. Aber warum weinst du?"

„Es ist nichts." Ich lachte verlegen. „Ich … Miss Maybelle ist wunderbar."

„Machen Sie sich keine Sorgen. Jade besteht gerade nur aus Schwangerschaftshormonen", sagte Pyper zu Miss Maybelle, während sie eine perfekt geformte rote Rose befingerte.

„Ohhh, ein Baby." Miss Maybelles Gesicht leuchtete vor Freude auf, als sie ihre Aufmerksamkeit auf mich richtete. „Wann kommt sie zur Welt?"

„Sie?" Ich hob eine Augenbraue. „Haben Sie ein Gespür für sowas?"

Sie zuckte unverbindlich mit den Schultern, als sie meinen Bauch betrachtete. „Oktober?"

„Verdammt, sie ist gut", staunte Pyper.

„*Sie*", flüsterte ich und legte eine Hand auf meinen Bauch. Dann lachte ich. „Ja, Ende Oktober ist der Geburtstermin."

„Herzlichen Glückwunsch! Ich sage immer, dass Herbstbabys aus Magie gemacht sind."

„Das kann sie laut sagen", flüsterte Pyper Kat zu. Sie lachten beide.

Miss Maybelle hatte sie entweder nicht gehört oder ignoriert. Stattdessen nahm sie mich am Arm und führte mich zum Tresen. „Setz' dich, werdende Mama. Seid ihr drei deswegen hier? Eine Babyparty?"

Ich nahm glücklich auf dem Polstersessel Platz. „Nein. Die beiden kommen unter die Haube. Wir sind wegen ihrer Hochzeiten hier."

„Ausgezeichnet." Sie sah zu Pyper und Kat hinüber. „Wollt ihr beide Brautsträuße oder eher traditionell?"

„Wie bitte?", fragte Pyper.

Kat runzelte die Stirn, eindeutig verwirrt. „Was ist traditioneller als ein Blumenstrauß?"

„Nun, Darling, normalerweise trägt eine das Kleid und hat einen Brautstrauß, während die andere einen Anzug mit einer Boutonniere trägt. Aber wir können machen, was immer ihr zwei Turteltäubchen wollt. Je weniger traditionell, desto besser, wenn ihr mich fragt." Sie tippte sich an ihre Schläfe. „Hält den Verstand scharf."

Kats Mund stand offen, während Pyper zu lachen begann.

Ich schüttelte den Kopf. „Ich glaube, da liegt ein Missverständnis vor", sagte ich und legte Miss Maybelle eine Hand auf den Arm. „Die beiden sind nicht das Brautpaar. Sie haben beide Verlobte."

„Ach herrje." Miss Maybelle lachte vor sich hin. „Da bin ich wirklich bis Oberkante Unterlippe in den Fettnapf gestiegen, oder?" Sie streckte sowohl Pyper als auch Kat die Hände entgegen. „Entschuldigen Sie bitte. Ich hoffe, ich habe niemanden beleidigt."

„Oh, Sie müssen sich nicht entschuldigen", sagte Pyper mit einem amüsierten Lächeln.

Kat mischte sich schnell ein. „Sie hat recht. Keine Entschuldigung nötig." Dann sah sie Pyper an und musterte sie. „Obwohl ich sagen muss, dass Pyper nicht mein Typ wäre, wenn ich lesbisch wäre. Ich würde mich wahrscheinlich eher für jemanden wie Charlie entscheiden."

„Hey!", sagte Pyper mit gespielter Empörung. „Was stimmt nicht mit mir?"

„Du bist zu feminin. Ich würde die Konkurrenz nicht wollen."

Während die beiden darüber debattierten, ob sie ein gutes lesbisches Paar abgeben würden, stand ich auf und sah mich im Laden um. Miss Maybelle hatte alles, von Rosen über Gerbera bis hin zu Orchideen. Aber sie hatte auch andere interessante Mustersträuße mit Glyzinien, Passionsblumen und Strelitzien.

Ich beugte mich hinunter, um eine der roten Passionsblumen zu betrachten. Gerade als ich die Hand ausstreckte, um die Blume in meine Richtung zu neigen, strahlte ein stechender Schmerz von der Brandstelle an meinem Arm aus. Ich richtete mich auf und holte tief Luft, dann keuchte ich, als eine Gestalt, die draußen auf der anderen Straßenseite stand, meine Aufmerksamkeit auf sich zog. Ich trat näher an das Spiegelglasfenster heran und blinzelte in Richtung des vertraut aussehenden Mannes. Er stand hinter einem großen schwarzen Geländewagen, trug eine dunkle Sonnenbrille und eine Saints-Baseballmütze. Doch die Breite seiner Schultern und die Art, wie er sich bewegte, als er sich umdrehte und schnell davonging, verriet ihn.

Conor.

Was tat er hier, am anderen Ende der Stadt, und warum beobachtete er den Blumenladen? Die Verkleidung erschien mir sinnvoll. Die meisten Film- und Fernsehstars gaben sich alle Mühe, nicht erkannt zu werden. Doch hinter einem Auto herumzulungern und den Blumenladen zu beobachten, als wolle er nicht gesehen werden ... das war seltsam. Hatte er mich verfolgt? Und wenn ja, warum? Unbehagen breitete sich in mir aus, und ich wünschte mir plötzlich, ich hätte ihn oder Sierra nie getroffen. Konnte ich nicht einfach die nächsten fünfeinhalb Monate in Ruhe verbringen, während wir uns auf die Ankunft des Babys vorbereiteten?

„Jade, komm her!", rief Pyper. „Ich brauche deine Hilfe beim Aussuchen."

Ich warf einen letzten Blick die Straße hinunter und schloss mich dann wieder den Bräuten an.

„Denkst du, ich sollte mich für Schwarz oder Silber entscheiden?" Pyper hielt zwei Rosen hoch. Eine war tatsächlich tiefviolett und die andere hatte einen hübschen Lavendelton.

„Beides", sagte ich. „Silber für die Brautjungfern und Schwarz für dich." Die Farben waren perfekt für ihren großen Tag. Subtil, elegant, aber ein Statement.

„Das dachte ich mir auch." Sie wandte sich Miss Maybelle zu. „Entscheidung getroffen."

Miss Maybelle nickte. „Gute Wahl, Darlin'. Einfach schön." Miss Maybelle wandte sich erwartungsvoll Kat zu. „Und Sie, meine Liebe? Was haben Sie sich gedacht?"

Kat blickte auf, einen überraschten Ausdruck auf ihrem Gesicht. „Oh, ich bin noch nicht einmal ansatzweise dabei, eine Entscheidung zu treffen." Sie deutete auf den Stapel Fotoalben der Ladenbesitzerin. „Ich würde mir gerne erst einmal alle Bilder ansehen. Dann habe ich sicher noch ein paar Fragen."

„Ein paar?", flüsterte Pyper mir zu.

„Wir hätten sie früher herkommen lassen sollen", flüsterte ich zurück.

Pyper warf mir einen gequälten Gesichtsausdruck zu. „Ich bin am Verhungern. Sie wird uns eine Ewigkeit hier festhalten, nicht wahr?"

„Ich könnte auch was zu essen gebrauchen, aber wir können sie nicht einfach zurücklassen."

„Hallo? Ich bin auch hier", fauchte Kat, ohne uns anzusehen. „Glaubt nicht, dass ich euch nicht hören kann."

„Ähm, Kat, das *war* für deine Ohren bestimmt", sagte Pyper und zog mich dann wieder zu den Sesseln. „Aber lass dir Zeit. Jade und ich werden einfach hier drüben sitzen und von Langusten-Étouffée und Po'Boys träumen."

„Hier." Kat holte zwei Energieriegel aus ihrer Handtasche und warf sie uns zu. „Ich bin vorbereitet hergekommen."

Pyper und ich tauschten einen gequälten Blick aus, dann rissen wir beide ohne ein weiteres Wort die Verpackung der Schokoladen-Erdnussbutter-Energieriegel auf.

„ENDLICH." Ich bestrich ein Stück Brot mit Butter und schob es mir in den Mund. Die warme Köstlichkeit schmolz auf meiner Zunge, und ich schloss die Augen und stieß ein zufriedenes Stöhnen aus.

„Wieso wiegst du nicht dreihundert Pfund?", fragte Kat und beäugte den Brotlaib, der in der Mitte des Tisches lag.

„Hexen haben einen schnellen Stoffwechsel", sagte Pyper und wiederholte damit Beas Worte von vorhin. Sie warf mir einen Seitenblick zu und schnitt dann eine Grimasse. „Miststück."

„Als würdest du dein Gewicht nicht in Brownies essen", schnaubte ich und nahm mir ein weiteres Stück Brot.

„Jade hat recht." Kat schlug die Speisekarte auf und studierte sie, als wären wir noch nicht hundertmal im Gumbo Shop gewesen. Es war einer der Lieblingsladen der Einheimischen, mitten im French Quarter, der die besten Grundnahrungsmittel von New Orleans auf der Speisekarte hatte.

Pyper grinste, stützte ihre Ellbogen auf den Tisch und beugte sich vor. „Okay, du hast lange genug durchgehalten. Erzähl' uns, wie glamourös es ist, mit Fernsehstars zusammenzuarbeiten."

Ich runzelte die Stirn. „Ich habe dir schon gesagt, was passiert ist. Blitze, große magische Wolke, Regen – das kannst du nicht vergessen haben."

„Der Teil ist langweilig", sagte Kat, während sie immer noch die Speisekarte las. „Wir wollen wissen, wen du sonst noch gesehen hast, was als Nächstes in *Witchin' Hills* passiert, und Pyper will wissen, ob du glaubst, dass es eine Chance gibt, dass sie eine Rolle als Statistin bekommen könnte."

„Das habe ich nie gesagt", schnaubte Pyper.

„Wirklich? Was hast du dann gemeint, als du gesagt hast, und ich zitiere: ‚Denkst du, Jade kann mir eine kleine Rolle als eine von Conors vorübergehenden Freundinnen besorgen?'" Wenn Conors Rolle in *Witchin' Hills* nicht Sierra den Hof machte, war er andauernd mit einem neuen Mädchen zusammen, meistens, bis sie mitten in einem magischen Kampf getötet wurde. Es war eine der wahren Tragödien der Show, dass ihm seine wahre Liebe nie vergönnt war.

„Okay." Pyper nickte. „Das habe ich in einem Moment

vorübergehender Unzurechnungsfähigkeit gesagt, als meine Lust mich überwältigt hat. Wie sonst kann man als Frau kosten, wenn man anderweitig vergeben ist? Ich meine, ich würde nur meinen Job machen. Dafür kann ich keinen Ärger bekommen."

Kat lachte, und ich verdrehte die Augen. „Wenn dein Verlobter herausfindet, dass du den Job nur angenommen hast, um deinen Filmpartner zu betatschen", sagte ich.

Sie presste die Lippen aufeinander. „Wo du recht hast, hast du recht. Vielleicht bleibe ich besser beim Bodypainting." Ihre Lippen verzogen sich zu einem verschmitzten Grinsen. „Er hat gesagt, ich könnte irgendwann seine Bauchmuskeln unter die Finger bekommen."

„Du bist unmöglich." Kat legte die Speisekarte beiseite, als die Kellnerin kam. Wir bestellten alle dasselbe wie immer: eine Schale Gumbo und Langusten-Étouffée.

„Wann gehst du zurück zum Set?", fragte Kat, als die Kellnerin in die Küche verschwand.

„Werde ich nicht." Ich nahm mir das letzte Stück Brot.

„Aber ich dachte, du würdest Sierra helfen?", sagte Pyper.

„Nicht nach gestern. Ich habe Kane versprochen, dass ich es ruhig angehen werde." Ich sah Kat an. „Vielleicht könnte Lucien ihr helfen."

Sie schüttelte den Kopf. „Das bezweifle ich. Er hat eine Vernissage nach der anderen vor sich und hat sich bereit erklärt, dem Hexenrat mit irgendwelchem Archivkram zu helfen. Bei all dem und der Hochzeitsplanung ist er ziemlich ausgelastet. Und ich habe Anspruch auf seine Freizeit."

„Aber wenn du einen Teil seiner Freizeit mit Sierra teilst, kannst du regelmäßig ans Set gehen", sagte Pyper hilfsbereit.

Kat horchte auf. „Oh, das ist eine Idee."

Genau in diesem Moment fing mein Handy an zu summen.

Ich warf einen Blick auf den Bildschirm, erkannte die Nummer aber nicht. Ich lehnte den Anruf ab und widmete mich wieder voll und ganz dem Brot. Das Handy klingelte erneut.

Ich seufzte. „Jemand ist hartnäckig."

„Könnte wichtig sein", sagte Kat.

Ich glaubte es nicht, doch nahm den Anruf trotzdem an. „Hallo?"

„Jade, oh gut. Ich bin's, Sierra", sagte die Frau. „Ich muss dich um einen riesigen Gefallen bitten."

Mein Magen zog sich vor Unbehagen zusammen. „Was ist?"

„Gestern, nachdem du gegangen bist, hatte ich ein Treffen mit den Produzenten der Show. Sie sind überglücklich darüber, dass ich eine echte Hexe bin. Kannst du das glauben? Sie sind nicht einmal wütend, dass das Set ruiniert wurde."

„Du meinst das Archiv der Unerklärlichen Dinge?" Es Set zu nennen, machte *mich* wütend. Das Gebäude beherbergte wichtige Artefakte und fühlte sich irgendwie heilig an … Zumindest für mich.

„Ja, das. Wie auch immer, sie zahlen dafür, dass es wieder in den ursprünglichen Zustand versetzt wird. Sie haben eine Versicherung."

„Gut, das zu hören."

„Aber das ist nicht das Beste. Ich habe gerade erfahren, dass es viel Geld bedeuten könnte, wenn ich meine Fähigkeiten entwickeln kann, bis mein Vertrag zur Verlängerung ansteht. Die Verhandlungen beginnen nächsten Monat. Ich muss so schnell wie möglich lernen, damit ich ihnen beweisen kann, dass ich keine wandelnde Katastrophe bin. Und es wäre wirklich toll, wenn du meine Lehrerin sein könntest."

Oh Scheiße. Ich schloss die Augen und versuchte, einen netten Weg zu finden, nein zu sagen.

„Ich weiß, es ist viel verlangt, besonders nach dem, was gestern passiert ist. Aber ich würde dich bezahlen." Sie schlug eine Summe vor, die so groß war, dass sie mit den richtigen Investitionen ausreichen würde, mein Kind durch vier Jahre College zu bringen. Nun, vielleicht keine Ivy League-Schule, aber definitiv LSU.

„Das ist sehr großzügig von dir, Sierra, aber ..."

„Sag nicht *aber*. Bitte. Ich kenne sonst niemanden, den ich um Hilfe bitten könnte. Und selbst wenn würde ich dich immer noch zuerst anrufen. Was du für Conor getan hast und wie du gestern den Tag gerettet hast, du bist einfach ... Verdammt, Jade, du bist unglaublich."

Ich warf Kat einen Blick zu, deckte das Mikrofon zu und fragte: „Glaubst du wirklich, Lucien hat keine Zeit, einem Starlet zu helfen? Sie will lernen, wie man eine Hexe wird."

„Besitzt sie überhaupt Magie?", fragte Pyper.

Ich nickte und wartete immer noch auf Kats Antwort.

Kat zuckte mit den Schultern. „Du kannst fragen, aber er ist gerade ziemlich ausgelastet."

„Oh bitte, Jade. Schieb' mich nicht an jemand anderen ab. Ich fühle mich wohl bei dir. Ich bin mir nicht sicher, ob du weißt, wie selten das für mich ist. Eine Person des öffentlichen Lebens zu sein, ist nicht so toll, wie es vielleicht im ersten Moment scheint."

Ich überlegte kurz, Bea um Hilfe zu bitten. Ich hatte Kane versprochen, dass ich mich ausruhen würde. Sie würde es wahrscheinlich tun, doch die ältere Hexe hatte sich aus dem Hexenzirkel zurückgezogen und arbeitete immer noch mehr als Vollzeit in ihrem Laden. Wahrscheinlich hatte der Tag nicht genug Stunden, um Sierra so schnell auszubilden, wie sie es brauchte. Außerdem war da etwas Sehnsüchtiges in Sierras

Ton, das mich berührte. Als ob es hier um viel mehr ging als nur um einen Vertrag.

„Lass mich dich eines fragen", sagte ich. „Wenn der Produzent keinen Pfifferling auf deine magischen Fähigkeiten geben würde, würdest du mich dann immer noch um Unterricht bitten?"

„Ja." Die Antwort kam schnell und voller Überzeugung. „Du weißt, dass ich schon immer von Magie fasziniert war. Und jetzt, wo ich weiß, dass ich welche besitze ... Nun, ich fürchte, es wird zu meiner neuen Obsession. Ich kann es kaum erwarten, loszulegen."

Ich schloss die Augen und spürte schon, dass ich nachgab. „Wo würden wir den Unterricht abhalten?" Denn wenn es auch nur in Conors Nähe war, war ich raus. Dem Typen ging es in der einen Minute gut und in der nächsten war er einfach nur gruselig. Die Erinnerung daran, wie er vor dem Blumenladen rumgeschlichen war, blitzte in meinem Kopf auf und festigte meinen Entschluss.

„Wo immer du willst", sagte sie. „Du sagst wo, und ich werde da sein."

Die Begeisterung in ihrem Ton nagte an meiner Abwehr. Ganz zu schweigen davon, dass ich schon den Beweis dafür gesehen hatte, dass Sierra Magie besaß, und sie brauchte unbedingt jemanden, der ihr half, sie zu lenken und zu kontrollieren. Ohne irgendeine Art von Ausbildung würde sie sich wahrscheinlich mehr als ein bisschen Schwierigkeiten einhandeln. Conor war das Einzige, was mich zurückhielt. Nach dem Vorfall vor dem Archiv der Unerklärlichen Dinge am Vortag wollte ich so wenig Zeit wie möglich in seiner Gegenwart verbringen.

„Tut mir leid. Ich hätte nicht fragen sollen", sagte Sierra in die ausgedehnte Stille. „Du bist sicher zu beschäftigt. Ich habe ein Buch hier, aus dem ich wahrscheinlich das Meiste lernen kann, was ich wissen muss."

Ich unterdrückte ein Stöhnen. Ein Buch würde ihr wahrscheinlich keine Nuancen oder, was viel wichtiger war, magische Ethik beibringen. Die meisten Bücher waren nur eine Auflistung von Zaubersprüchen mit dem absoluten Minimum an Anweisungen.

„Nein, schon okay", sagte ich und brachte die Stimme in meinem Hinterkopf, die mir sagte, dass ich einen Fehler machte, zum Schweigen. Alles, was ich tun würde, war zu erklären, sonst nichts. Und definitiv nicht mit Conor in der Nähe. Was bedeutete, dass wir uns an einem Ort treffen mussten, an den er ihr nicht folgen würde. Ich räusperte mich. „Lass uns einen Deal machen. Wenn du den Rat dazu bringen kannst, uns einen Raum im Archiv der Unerklärlichen Dinge zur Verfügung zu stellen, dann bin ich dabei. Von so viel Magie umgeben zu sein, sollte dir helfen, schneller voranzukommen." Ich hatte keine Ahnung, ob der letzte Teil wahr war, doch es hörte sich gut an.

„Du bist einverstanden?", quietschte sie. „Oh mein Gott! Ich kann es nicht glauben. Du wirst es nicht bereuen."

„Du musst zuerst das Zimmer organisieren", erinnerte ich sie.

„Kein Problem. Absolut kein Problem." Sie lachte. „Kannst du heute Nachmittag vorbeikommen? Ich würde wirklich gerne anfangen."

Kanes Bitte hallte in meinen Gedanken wider. *Ruh dich ein bisschen aus.*

Ich schüttelte den Kopf, obwohl Sierra mich nicht sehen konnte. „Morgen früh reicht, vorausgesetzt, du hast das Zimmer."

„Okay." Ich hörte die Enttäuschung in ihrer Stimme, doch

sie war sofort wieder munter. „Morgen früh um neun dann. Oder um zehn, wenn das besser für dich ist. Ich bringe Cupcakes mit. Schokolade. Und Zuckerkekse. Alles, was du willst, ich sorge dafür, dass es da ist."

Ein Lächeln umspielte meine Lippen. Mit solchen Rahmenbedingungen würde dieses Unterfangen wahrscheinlich gut funktionieren.

KAPITEL ZWÖLF

*A*ls ich die Stufen zu dem Haus hinaufging, das ich mit Kane teilte, waren alle meine guten Gefühle, Sierra zu helfen, verflogen, und Zweifel hatten sich breitgemacht. War ich dumm, zuzustimmen, sie zu unterrichten? Während meiner gesamten Zeit, in der ich mit Bea und Lucien trainiert hatte, war während unserer Sitzungen nie etwas schiefgegangen. Warum sollte jetzt mit Sierra etwas passieren?

Weil in deiner Nähe einfach immer irgendwelcher Mist passiert, antwortete meine innere Stimme.

Ich seufzte und schlurfte ins Haus.

„Hey, hübsche Hexe", sagte Kane von seinem Platz auf dem Sofa. Er hatte seinen Laptop auf dem Schoß und eine Kaffeetasse in der linken Hand. „Wie läuft die Hochzeitsplanung?"

„Wie immer. Pyper hat sich schnell entschieden und eine fabelhafte Entscheidung getroffen. Kat hat einen Folgetermin vereinbart."

Kane lachte, als er seinen Laptop zuklappte und auf den Beistelltisch legte. „Wenigstens sind sie konsequent."

Ich warf einen Blick auf die Uhr. Es war noch früh, kurz vor vier. „Hast du Zeit für einen Spaziergang?"

„Sicher. Jetzt?"

Ich nickte, Nervosität flatterte in meinem Bauch.

Er stand auf und folgte mir zur Tür. Aber kurz bevor ich sie öffnete, legte er seine Hand auf den Rahmen und fragte: „Hast du dich heute zwischendurch ausgeruht?"

Verdammt. Ich blickte zu ihm zurück und warf ihm ein schiefes Lächeln zu. „Nein, noch nicht. Aber sobald wir zurück sind, habe ich vor, die Füße hochzulegen und mich von dir verwöhnen zu lassen."

„Hört sich gut an." Er griff um mich herum und zog die Tür auf. „Nach dir."

Ich blickte in sein hübsches Gesicht und bemerkte sein warmes Lächeln und die Fältchen um seine Augen. Er war glücklich. Zufrieden. Und das schon seit ich ihm gesagt hatte, dass er Vater werden würde. Es war, als wäre die Gründung einer Familie das letzte Stück gewesen, das gefehlt hatte, um ihn ganz zu machen.

Schuldgefühle überkamen mich. Warum schaffte ich es immer wieder, mich in irgendwelche Schlamassel zu bringen?

„Komm schon, Jade", sagte Kane und führte mich zur Tür hinaus. „Was auch immer es ist, du wirst dich besser fühlen, wenn du es ausspuckst."

Ich wartete auf dem Bürgersteig auf ihn, während er die Tür abschloss. Einen Moment später schlenderten wir die Straße entlang und steuerten auf das Flussufer zu.

„Wie machst du das?", fragte ich ihn.

„Was?" Er nahm meine Hand und blieb an der Straßenecke stehen.

„Dass du immer weißt, was mit mir los ist, bevor ich überhaupt etwas sage." Eine von Maultieren gezogene Kutsche rollte vorbei, voller Touristen, und der Kutscher, den wir zwischenzeitlich kannten, winkte uns zu. Ich winkte zurück, als der Mann seinen Passagieren erklärte, dass wir die Besitzer des *Wicked* waren. Nicht weniger als drei Leute hoben ihre Handys und fingen an, Fotos zu machen. Großartig. Zweifellos würden sie uns am Ende auf ihren Social-Media-Seiten posten. Wenn der Club nicht geschlossen wäre, wäre das wahrscheinlich gut fürs Geschäft gewesen.

„Weil ich aufmerksam bin." Er trat auf die Straße und zog mich hinter sich her. „Man muss kein Empath sein, um die Zeichen zu sehen, Liebes."

„Ja." Natürlich musste man kein Empath sein. Ich war nur schrecklich unfähig, Gefühle zu lesen, nachdem ich mich mein ganzes Leben lang auf meine Gabe verlassen hatte.

Er drückte meine Hand, um mir zu zeigen, dass er mich gehört hatte, doch er schwieg, als wir uns auf den Weg zum Fluss machten.

Vom Mississippi wehte eine sanfte Brise herüber, und ich stand an der Brüstung der erhöhten Promenade und starrte auf das braune Wasser, das unter uns aufgewühlt war.

Kane, der hinter mir stand, legte seine Arme um meine Taille und sagte: „Bereit, mir zu sagen, was du denkst?"

Ich stieß ein humorloses Lachen aus. „Nein, aber da ich dich hierher geschleift habe, gibt es wohl keine bessere Zeit." Ich drehte mich in seinen Armen um und begegnete seinem neugierigen Blick. „Es gibt etwas, das du wissen musst."

Seine Lippen verzogen sich zu einem kleinen Lächeln. „Ich denke, das ist ziemlich offensichtlich."

Ich schüttelte den Kopf und hasste es, dass ich seine gute Laune ruinieren würde. „Es geht um Conor."

All seine Belustigung verschwand, ersetzt durch diesen ausdruckslosen Blick, den er immer hatte, wenn er gegen

DEANNA CHASE

Dämonen kämpfte. In diesem Moment vermisste ich meine Gabe am meisten. Kane war sehr gut darin, seine Gefühle vor der Außenwelt zu verbergen, doch nie vor mir. Ich fühlte mich leer und vollkommen abgeschnitten. Ich hasste es.

„Na ja, eigentlich sind es zwei Dinge", fuhr ich fort.

Er wartete, sagte nichts.

„Sierra hat heute angerufen. Sie will, dass ich ihr beibringe, wie man eine Hexe ist. Sie sagt, das Studio spricht von einer deutlichen Gagenerhöhung für ihren nächsten Vertrag, wenn sie beweisen kann, dass sie wirklich eine Hexe ist. Weißt du, da sie ihre eigenen Zauber wirken könnte und sie nicht so sehr auf Spezialeffekte angewiesen wären. Und ich vermute, sie wollen das auch in der Werbung ausnutzen."

„Was hat das mit dir zu tun?"

„Sie will, dass ich ihr helfe. Sie hat mir angeboten, mich dafür zu bezahlen …"

„Wir brauchen kein Geld", unterbrach er mich.

„Nun, nein, nicht jetzt. Aber wenn unser Baby kommt" – ich legte eine Hand auf meinen Bauch – „würde ein bisschen extra nicht schaden. Außerdem wäre es genug, um ihr College zu finanzieren."

Er blinzelte überrascht und richtete sich auf. Dann wurden seine Augen weicher, als er auf meinen Bauch blickte. „Sie? Wann haben wir das erfahren?"

Ich winkte ab. „Miss Maybelle sagt, sie hätte ein Händchen dafür. Sie scheint zu glauben, dass wir ein kleines Mädchen bekommen werden."

„Oh." Die Begeisterung in seinen Augen verschwand, als sein Gesichtsausdruck ausdruckslos wurde, ein klares Zeichen dafür, dass er Maybelles Vorhersage verworfen hatte.

„Manche Leute haben wirklich die Fähigkeit, sowas zu spüren, weißt du?", erinnerte ich ihn. Als Hexe und

136

Dämonenjäger war für uns nichts vom Tisch, wenn es um die mystische Welt ging.

„Sicher", stimmte er zu. „Aber in diesem Fall glauben alle immer, dass sie es wissen. Verdammt, allein heute haben drei verschiedene Leute gesagt, dass wir einen Jungen bekommen. Wer sagt also, dass sie nicht wissen, wovon sie reden?"

Ich neigte den Kopf und betrachtete ihn mit zusammengekniffenen Augen. „Wer war das?"

Er zuckte mit den Schultern. „Nur Leute, die ich kenne."

Ich kicherte. „Also der Versicherungssachverständige? Sein Assistent? Charlie?" Keiner von ihnen war qualifiziert, das Geschlecht meines Kindes vorherzusagen.

„Nein."

„Wer dann? Sax oder vielleicht Bone?", fragte ich und meinte damit die beiden älteren Musiker, die praktisch jeden Tag an der Ecke unserer Straße und der Bourbon Street als Straßenmusikanten unterwegs waren.

Seine Lippen zuckten, als er versuchte, nicht zu lächeln. „Vielleicht."

Ich rollte mit den Augen. „Und wer ist der Dritte? Der Lieferfahrer von Pypers Café?"

Jetzt rollte er mit den Augen. „Vinny? Nein, er ist zu sehr damit beschäftigt, Tickets für die nächste VIP-Party im *Wicked* zu ergattern, als dass er seine Intelligenz für irgendwas anderes verwenden könnte."

Ich lachte. „Da hast du wohl recht. Dann ist es –"

„Jade", sagte er und schüttelte amüsiert den Kopf. „Ich dachte, wir reden davon, dass du Sierra helfen willst."

„Oh ja, richtig." Ich holte tief Luft. „Was denkst du?"

Er runzelte die Stirn. „Willst du?"

„Ja", sagte ich automatisch, obwohl mir bis zu diesem Moment nicht ganz klar gewesen war, wie sehr ich ihr helfen wollte. Die Brise frischte auf, und mein Haar wehte mir ins Gesicht, als ich hinzufügte: „Ich weiß, dass ich es wahrscheinlich nicht tun sollte."

„Warum nicht?" Er streckte die Hand aus und strich mir eine Haarlocke hinter mein Ohr. „Das ist doch keine große Sache, oder?"

Ich blickte hinunter auf meinen Bauch. „Du weißt, warum. Ich habe versprochen, dass ich mich jetzt, da wir eine Familie gründen, von Magie fernhalten werde."

Er lachte. „Wirklich, Jade? Egal was deine Absichten sind, wir wissen beide, dass das nicht passieren wird."

„Warum lachst du mich aus?", fragte ich gereizt. „Du warst auch der Meinung, dass ich der Magie abschwören soll. Schon vergessen?"

Er wurde ernst. „Natürlich habe ich das nicht vergessen. Aber du bist eine Hexe. Deine Magie ist ein Teil von dir. Du kannst sie nicht einfach ausschalten, als ob sie nicht existiert."

„Aber –"

Er hob eine Hand. „Ich habe nicht gesagt, dass du dich auf eine Jagd nach Benutzern schwarzer Magie oder Dämonen einlassen oder mit anderen mächtigen Zaubersprüchen herumspielen sollst. Aber wie anstrengend kann es sein, einer neuen Hexe beizubringen, wie sie ihre Kräfte einsetzen kann? Sie wird diejenige sein, die die Zauber wirkt, nicht du, oder?"

„Ja, so funktioniert das." Es war das gleiche Argument, das ich benutzt hatte, um mich zu beruhigen, als ich zugestimmt hatte, Sierra zu helfen. „Doch was, wenn irgendwas schiefgeht? Ich kann mich nicht einfach zurücklehnen und zusehen, wenn sie versehentlich jemanden in eine Kröte verwandelt."

„Eine Kröte?" Er schüttelte den Kopf. „Jetzt bist du melodramatisch. Wann hast du sowas das letzte Mal gesehen?"

VERFLUCHT AUF DER BOURBON STREET

„Nie", gab ich zu. „Du weißt aber, was ich meine. Seltsame Dinge passieren."

„Und das werden sie immer. Der Magie ganz abzuschwören wird das nicht verhindern. Sieh dir die letzten Tage an. Ist es dir gelungen, keine Magie zu benutzen?"

Ich starrte in seine ruhigen Augen. „Denkst du wirklich, es ist keine große Sache, ihr beizubringen, was ich weiß?"

„Ich bin mir absolut sicher, dass du eine mächtige Hexe bist, und egal was du tust, Ärger wird dir folgen. Ich wette, wenn du dich für die nächsten fünf bis sechs Monate einsperren würdest, würdest du selbst in unserem Wohnzimmer immer noch knietief in magischem Bullshit landen. Ich denke, wenn du Sierra helfen willst, dann solltest du es tun. Wenn du es aus irgendeinem Grund nicht tun willst, kannst du ihr eine andere Hexe empfehlen." Seine Lippen verzogen sich zu einem wissenden Lächeln. „Ich bin bereit zu wetten, dass du das nicht tun wirst. Habe ich recht?"

Ich nickte. „Ja. Ich würde gerne weitergeben, was Bea für mich getan hat. Sierra hat gerade herausgefunden, dass sie Magie besitzt, und hat nicht die geringste Ahnung, wie man sie benutzt."

„Genauso wie du damals."

„Genau."

„Dann mach es einfach, hübsche Hexe. Ich werde dir nicht im Weg stehen. Und ich habe sowieso nicht erwartet, dass du bis Oktober der Magie abschwören kannst." Er strich mit seinen Händen über meinen Rücken und legte sie dann auf meine Schultern. „Das liegt nicht in deiner Natur."

„Da ist noch was."

„Mit Conor meinst du", sagte er, und sein Gesichtsausdruck wurde wieder ausdruckslos. „Was auch immer mit ihm los ist, lass es auf sich beruhen, Jade."

„Das tue ich. Und werde ich auch weiter tun. Aber bevor ich mehr Zeit mit Sierra verbringe und riskiere, ihm zu begegnen, musst du wissen, was gestern passiert ist."

„Gestern?" Überrascht zog er die Brauen hoch.

„Und heute."

Er nahm meine Hand und führte mich zu einer Bank. Als wir saßen, sagte er: „Okay, was muss ich wissen?"

„Ich kann seine Gedanken hören", platzte ich heraus und zuckte dann zusammen, als ich hinzufügte, „und seine Gefühle spüren."

Kanes Augen weiteten sich überrascht. „Du hörst seine Gedanken?"

„Ja. Ich habe sie an dem Abend gehört, als er wegen dieser Drachenschuppen hier war, aber ich habe es damals nicht begriffen. Und gestern habe ich sie wieder gehört. Seine Gefühle ..."

„Du kannst meine nicht spüren, aber du fühlst seine. Das ist es, was du mir sagen willst, nicht wahr?"

„Ich kann niemandes Gefühle spüren. Nur seine."

Kane lehnte sich zurück und ließ meine Worte auf sich wirken. Dann richtete er sich auf und starrte mich eindringlich an. „Du bist irgendwie mit ihm verbunden."

„Das denkst du?" Es würde den seltsamen Moment erklären, den wir auf den Stufen des Archivs der Unerklärlichen Dinge geteilt hatten. „Wie?"

„Vielleicht, als du seine Schuppen geheilt hast?", sagte Kane. „Oder jemand hat einen Zauber gesprochen."

Ich schauderte bei dem Gedanken. „Darüber muss ich mit Bea reden."

„Das ist wahrscheinlich ein guter Ansatz." Er verstummte und konzentrierte sich auf den Fluss.

„Da ist noch was", sagte ich.

Er richtete seinen Blick wieder auf mich und wartete.

„Ich habe ihn heute vor dem Blumenladen gesehen. Er hat auf der anderen Straßenseite rumgelungert und sich verdächtig verhalten."

„Hat er dich angesprochen?"

Ich schüttelte den Kopf. „Nein. Und das mag jetzt verrückt klingen, aber es war fast so, als ob er mir folgt."

Er runzelte die Stirn. „Während du mit Bea sprichst, werde ich mich bei Maximus erkundigen und sehen, ob er etwas über Drachen oder Drachenseelen weiß." Er hob seine Hand und strich mit dem Daumen über meine Wange. „So sehr du dich aus Ärger raushalten willst, sieht es so aus, als hätte der Ärger dich gefunden."

„Ich weiß", seufzte ich. „Ich werde Sierra absagen."

„Warum? Du hattest doch keine seltsamen Interaktionen mit ihr, oder?"

„Nein, aber sie ist Conors Freundin und … ich weiß nicht. Ich sollte mich wahrscheinlich von beiden fernhalten." Mein Magen verknotete sich bei der Vorstellung, dass Sierra Zaubersprüche ganz allein ausprobieren könnte. Vielleicht konnte ich jemanden aus dem Zirkel bitten, ihr zu helfen. Nicht, dass das eine Garantie wäre, dass *sie* mit dem- oder derjenigen zusammenarbeiten wollen würde. Sie war ziemlich entschlossen gewesen, nicht mit einem Fremden lernen zu wollen.

„Aber du hast es doch schon so eingerichtet, dass du Conor nicht sehen musst, oder?", fragte Kane.

„Ja, aber –"

„Jade." Er lächelte auf mich herab. „Du wirst im Auge behalten wollen, was Conor treibt. Oder?"

„Ja. Das schon", stimmte ich zu.

„Dann ist das doch perfekt. Und wie ich dich kenne, kannst

du Sierra nicht sich selbst überlassen, also kannst du ihr auch genauso gut helfen, so gut du kannst. Geh es nur langsam an."

Ich starrte ihn an, mehr als nur ein wenig überrascht von seinem Vorschlag. „Was ist aus dem Ganzen der Magie abschwören geworden? Ich dachte, du wolltest nicht, dass ich meine Kräfte benutze, während ich schwanger bin."

Er lachte. „Ich habe dir nie gesagt, dass du sie nicht benutzen sollst. Ich habe dich nur gebeten, dich aus dem Schlimmsten rauszuhalten. Ich würde sagen, wenn man deine Erfolgsbilanz betrachtet, ist das ziemlich zahm. Lass mich und Bea an dem arbeiten, was dich mit Conor verbindet, und du sorgst dich nur darum, Sierra davon abzuhalten, irgendwas in die Luft zu jagen. Okay?"

Ein unsichtbares Gewicht löste sich plötzlich von meinen Schultern, und ich lehnte mich an ihn und schmiegte meinen Kopf an seine Schulter. Ich hätte nie gedacht, dass ich je einen Partner haben würde, der mich so voll und ganz versteht. „Danke", flüsterte ich und umarmte ihn fest.

„Wofür?" flüsterte er zurück.

„Dafür, dass du mich liebst."

„Immer, hübsche Hexe. Immer."

KAPITEL DREIZEHN

„Kane hat recht. Sierra zu helfen ist gut für dich", sagte Pyper und reichte mir meine koffeinfreie Latte. „Das wird dich wahrscheinlich von Ärger fernhalten."

„Mich von Ärger fernhalten. Natürlich", schnaubte ich und schob einen Fünfer über die Theke, um meinen Kaffee zu bezahlen, doch sie winkte ab.

„Du bezahlst hier nicht." Sie warf mir einen strengen Blick zu. „Das weißt du aber."

Auf dem Weg zu Sierra hatte ich im *Grind*, dem Café, das Pyper gehörte, Halt gemacht. Seit ich vor ein paar Jahren nach New Orleans gezogen war, hatte ich immer mal wieder dort gearbeitet. Pyper ließ ihre Angestellten nie etwas bezahlen, selbst wenn sie freihatten. Oder in meinem Fall schon seit Wochen nicht arbeiteten. Es war weniger los als sonst, und anstatt dass sie einem Angestellten, der das Geld brauchte, um seine Miete zu bezahlen, die Stunden kürzte, hatte ich angeboten, stattdessen auszusetzen. Kane verdiente mehr als genug für uns beide, also war das kein Problem.

„Danke." Ich steckte den Schein in das Trinkgeldglas und warf ihr ein selbstzufriedenes Lächeln zu.

Sie schüttelte grinsend den Kopf. „Charlie und Holly sind dankbar, da bin ich mir sicher."

Mein Lächeln verschwand. „Charlie arbeitet wieder hier?"

„Ja. Nur bis Kane den Club wieder aufmacht."

Charlie Keller war früher Barkeeperin im *Wicked* gewesen, bis Kane sie zum Manager befördert hatte. Sie arbeitete sich gerade durch die Business School, und bei ihr war mit Miete und Studiengebühren das Geld immer knapp. Ich hätte wissen müssen, dass Pyper sie arbeiten lassen würde. „Geht's ihr gut?"

„Mir geht's gut", sagte Charlie hinter mir. „Die eigentliche Frage ist, wie geht's dir, kleine Mama?"

Ich wirbelte herum und lächelte die Frau mit dem hübschen herzförmigen Gesicht an, die gerade von der Bourbon Street hereingekommen war. „Charlie." Ich streckte ihr meine Arme entgegen und bat um eine Umarmung.

Sie schlang ihre Arme um mich und hielt mich wie immer einen Moment länger als nötig fest. Als sie sich zurückzog, betrachtete sie mich von oben bis unten und stieß einen leisen Pfiff aus. „Verdammt, Mädchen. Schwangerschaft steht dir gut. Ich wette, du kannst dir deinen Ehemann nicht von der Wäsche halten."

Hitze kroch mir über die Wangen. Charlie flirtete immer und egal wie lange ich sie schon kannte, sie schaffte es immer, mich mit ihren Komplimenten aus der Fassung zu bringen. Ich schüttelte den Kopf. „Nicht."

Sie lachte und sah sich dann in dem leeren Café um. „Schwer beschäftigt, was?"

„Ida May ist beschäftigt." Pyper winkte mit der Hand auf die Speisekarte, die direkt über ihrem Kopf hing. Die Worte fingen an, von selbst über die Tafel zu kriechen, dank Ida May, dem Geist, der hier wohnte.

Zu heiß da draußen? Zieh dich aus und iss einfach Kuchen.

Kirschkuchen ~ 4,95 $ pro Stück.

Ich stöhnte.

Charlie kicherte. „Der Kuchen, den ich esse, ist billiger."

„Nein, ist er nicht", entgegnete Pyper. „Ich wette, du musst sie zuerst zum Abendessen einladen."

Charlie nickte. „Wo du recht hast ..."

Ich stöhnte erneut.

Beide lachten.

„Mit wem gehst du dieser Tage aus, Charlie?"

„Es wäre einfacher aufzulisten, mit wem sie nicht ausgeht", sagte Pyper mit einem Grinsen.

„Oh, du bist wiedermal auf der Pirsch?", fragte ich. „Was ist mit Candy passiert, der Schauspielerin aus dieser Showtime-Serie?"

„Ah, sie hat angefangen, jemanden zu daten, der jünger, heißer und männlicher war." Charlie zuckte mit den Schultern, was eindeutig zeigen sollte, dass es keine große Sache war, doch ein Schatten huschte über ihre blauen Augen. „Wie auch immer. Wenn sie nicht mit mir Schluss gemacht hätte, hätte ich Fiona, Tamara, Cori und Winnie nicht kennengelernt." Das Funkeln kehrte in ihren Blick zurück, als sie hinzufügte: „Und das wäre eine Tragödie gewesen."

„Auf jeden Fall", stimmte ich zu und drückte ihre Hand. Sie drückte zurück, und ich wurde wieder daran erinnert, dass ich gerade niemandes Energie spüren konnte. Wenigstens wurde ich besser darin, Gesichtsausdrücke zu lesen.

„Ich muss gehen", sagte ich. „Die Arbeit ruft." Ich winkte ihnen zu und rief: „Benimm dich, Ida May!"

Ich war mir sicher, dass der Geist mich ignoriert hatte, doch gerade, als ich die Tür öffnete, spürte ich, wie eine kleine Hand meinen Po packte. Ich schrie auf, machte einen Satz nach vorn, und verfluchte Ida May im Stillen, obwohl ich praktisch darum gebeten hatte.

Meine beiden Freundinnen brachen in Gelächter aus, als ich hinaus auf die Bourbon Street eilte. Ich blickte mit vollem Herzen zurück und wusste, dass ich mich immer darauf verlassen konnte, dass sie mich aufmuntern würden, egal welche verrückte Scheiße gerade passierte.

AUF DEM GELÄNDE des Hexenrats herrschte reges Treiben. Das Fernsehteam war damit beschäftigt, ein Set zu bauen, das der Hölle sehr ähnlich sah. Und ich sollte es wissen, da ich mehr als einmal dort war. Das dreiseitige Set hatte zerklüftete Wände und war mit Steinskulpturen und einer Art Podium dekoriert, vor dem sich eine widerliche Lache aus Blutlava ausbreitete.

Und genau in der Mitte entdeckte ich Conor, der die Crew anleitete.

„Nein, nicht so", sagte er und deutete auf eine der Skulpturen. „Habe ich nicht gesagt, dass es grotesk sein muss? Die sieht nach etwas aus, das man auf jedem Kunstmarkt kaufen kann."

Ich betrachtete den Phönix und musste zustimmen. Der steinerne Vogel war viel zu majestätisch und hübsch, um auch nur ansatzweise wie etwas auszusehen, das man in der Hölle finden könnte.

„Er muss gequält aussehen, nicht stolz." Er übergab den Phönix an eine Assistentin und ging weiter zur Blutlache. „Das ist besser, aber sorgt dafür, dass wir es anzünden können. Sonst sieht es so aus, als würden wir das Opfer in ein Schlammbad werfen."

Gute Göttin. Er wies sie tatsächlich an, die Hölle zu bauen. Und wenn ich mich nicht irrte, filmten sie eine Feueropferszene, in der sich die Dämonen von menschlicher Energie nähren. Ich bekam bei der Erinnerung an meinen Ex Dan, der beinahe in einer solchen Zeremonie geopfert worden wäre, bevor wir ihn vor ein paar Jahren aus der Hölle gerettet hatten, eine Gänsehaut.

Ich verdrängte die Erinnerung und betrachtete das Set. Die Grube war nicht ganz richtig. In der Hölle war es ein großes feuriges Inferno. Doch um das Ritual für das Fernsehen nachzubilden, war Conors Version verdammt gut. Ich presste eine Hand an meinen Hals. Woher wusste Conor, wie die Hölle aussah? Oder dass es Opferzeremonien gab? Es ist nicht so, dass man sowas in Nachschlagewerken finden könnte. Die meisten Menschen, die das Pech hatten, in der Hölle zu landen und Zeuge eines Feueropfers zu werden, entkamen nicht.

Ein Schauder durchfuhr mich, und ich fragte mich, was Conor erlebt hatte.

„Jade", sagte Sierra und eilte an meine Seite. „Da bist du ja. Ich dachte schon, du hättest deine Meinung geändert."

„Nein, musste nur für einen Muntermacher anhalten." Ich hob den Becher und deutete auf meinen Milchkaffee. „Entkoffeiniert, aber ich rede mir einfach ein, dass der Geschmack das Gehirn austrickst."

Sie rümpfte die Nase. „Ich glaube nicht, dass das so funktioniert."

„Schh", sagte ich und ließ mich von ihr vom Set wegführen.

„Wir sollten startklar sein. Ich habe es geschafft, uns einen privaten Raum im Archiv der Unerklärlichen Dinge zu besorgen. Da werden wir ungestört sein."

„Perfekt." Ich warf Conor einen Blick zu und stellte erleichtert fest, dass er immer noch damit beschäftigt war, den Aufbau des Sets zu dirigieren. Gut. Mit etwas Glück hatte er gar nicht bemerkt, dass ich da war. „Wofür ist das?" Ich deutete mit dem Daumen auf das Set.

Sie verdrehte die Augen. „Conor besteht auf eine Szene, in der seine Rolle meine rettet, nachdem ich entführt und in die Hölle gebracht wurde. Ich meine, das ist jetzt nicht gerade neu, aber egal. Nur, dass er angefangen hat, die Set-Crew zu micromanagen und das Set in etwas aus einem Horrorfilm zu verwandeln. Er sagt, es muss authentisch sein." Sie verdrehte die Augen. „Als hätte er eine Ahnung, wie die Hölle aussieht."

Ein eiskalter Schauer lief mir den Rücken hinunter, und ich schlang die Arme um meinen Körper und versuchte, mich zu wärmen. Obwohl ich verschwitzt war, konnte ich die innere Kälte nicht loswerden.

Sierra berührte sanft meinen Arm. „Was ist los?"

„Ähm, nichts, denke ich. Es ist nur so, dass Conor so sicher zu sein scheint, wie die Hölle aussieht. Das ist irgendwie ungesund, findest du nicht?"

Sie zuckte mit den Schultern. „Du kennst uns Künstlertypen, immer ein Gespür für das Dramatische." Sie lachte und öffnete die Tür zum Archiv der Unerklärlichen Dinge. „Vergiss Conor. Lass uns zaubern."

Ich betrat die Eingangshalle und fühlte mich sofort wohl. Die Magie schien mein Gleichgewicht wiederherzustellen, und die Kälte verschwand, ersetzt durch etwas Warmes und Beruhigendes in meinem Bauch. Meine Bedenken wegen Conor verschwanden nicht, doch ich konnte sie für den

Moment verdrängen, als mich die Magie des Gebäudes einhüllte.

„Es ist fast wie nach einer richtig tollen Massage, findest du nicht?", überlegte Sierra, als sie mich einen der Korridore hinunter führte.

„Eher so, wie ich mich nach wirklich großartigem Sex fühle", bemerkte ich und presste dann meine Hand auf den Mund, entsetzt, dass ich das laut gesagt hatte. Nach all den Anspielungen, die Charlie und Pyper gemacht hatten, waren meine Gedanken in der Gosse. Verdammt, sie waren ein schlechter Einfluss.

Sierra lachte nur. „Ja, das auch."

Sie stieß eine kunstvoll geschnitzte Holztür auf und führte mich in einen achteckigen Raum, der mit alten Zauberbüchern, Vorräten an Kerzen, Kräutern, Tränken, Zauberstäben, Kristallen und Pentagrammen vollgestopft war. Hier war so viel gelagert, dass der Raum Beas Kräuterladen dreimal hätte bestücken können.

„Wow." Ich stand in der Mitte des Raumes und drehte mich langsam im Kreis, betrachtete die Schätze. „Das ist unglaublich."

„Das ist ein Lager für gescheiterte Experimente", sagte Madame Lacroix, und ihre schrille Stimme hallte durch den Raum. Es folgte eine Pause, dann: „Warum sie Vandalen wie Sie nochmal hier reinlassen, während gegen Sie ermittelt wird, werde ich nie verstehen."

„Ermittelt?", fragte ich.

„Es geht hauptsächlich um Conor, wegen der Drachenskulptur. Madame Lacroix ist wirklich verärgert, dass sie aus ihrer Obhut gestohlen wurde. Sie hat ihm Hausverbot erteilt."

„Das wirft ein schlechtes Licht auf mich", sagte Madame

Lacroix steif. „Und ihr zwei seid nicht besser. Ihr hättet das Gebäude mit eurer Rücksichtslosigkeit vor ein paar Tagen für immer beschädigen können. Wenn es nach mir ginge, würdet ihr alle sofort vom Gelände eskortiert. Aber wenn man ein Geist ist, interessiert es niemanden, was man denkt, selbst wenn man Mitglied des Hohen Rates ist. Oh nein, sobald man tot ist, hört man auf zu existieren."

Sie zeterte weiter über die Ratshexen, bis ich mich räusperte und sagte: „Wir werden heute nur ein paar einfache Zaubersprüche wirken. Ist das in Ordnung?"

„Sie. Fassen. Nichts. An. Wir verstehen uns?"

„Ja, Madame Lacroix", sagte Sierra sofort. „Wir verstehen."

„Was ist mit der weißen Hexe? Versteht sie, dass die Dinge in diesem Raum aus einem bestimmten Grund hier sind?" Ihr herablassender Ton brachte mich fast zum Lachen, doch ich schaffte es, das Lachen zu unterdrücken.

„Ja, Ma'am", nickte ich. „Nichts anfassen. Ich hab's verstanden."

„Und um Himmels willen, behalten Sie die Novizin im Auge."

„Deshalb bin ich hier", versicherte ich ihr. „Keine Sorge, wir fangen mit den Grundlagen an."

Sie räusperte sich laut. Dann murmelte sie wieder etwas von der Ermittlung. Ein Luftzug rauschte an mir vorbei, gefolgt von einem so heftigen Zuschlagen der Tür, dass die Wände erzitterten.

„Ich glaube, sie ist gegangen", sagte ich.

„Gut. Es ist gruselig, sich vorzustellen, dass ein Geist uns die ganze Zeit beobachtet." Sierra ging zu einem der Regale und zog eines der staubigen Bücher heraus. Bevor sie es öffnen konnte, riss ich es ihr aus der Hand und schob es wieder an seinen Platz.

„ICH SAGTE, NICHTS ANFASSEN!" Die Stimme von Madame Lacroix hallte von den Wänden wider und ließ den alten Lüster erzittern.

Ich sah Sierra mit hochgezogenen Augenbrauen an. „Am besten lernst du das jetzt. Geister sind überall, und es ist wahrscheinlich einfacher, wenn du davon ausgehst, dass immer jemand zusieht."

Ihre Augen weiteten sich, und sie wurde bleich. „Immer? Wie kannst du …?" Sie räusperte sich. „Ich meine, was passiert, wenn du und dein Mann … du weißt schon. Ist das nicht seltsam?"

„Du meinst Sex?", fragte ich nur, weil ich wusste, dass sie rot werden würde.

Sie verdrehte die Augen. „Ja, natürlich meine ich Sex."

„Wenn ich wüsste, dass sie da sind, sicher. Doch als Hexen können wir sie nicht wirklich spüren." Zumindest die meisten konnten es nicht. Ich hatte eine Vorgeschichte, in der ich Geister gespürt hatte, aber das war ein Empathen-Ding. „Wie jetzt wissen wir nur, dass Madame Lacroix da ist, wenn sie mit uns spricht, sonst würden wir denken, wir wären allein. Also würde ich mir keine Sorgen machen."

„Klar", sagte sie, und ihr Ton triefte vor Sarkasmus. „Als würde ich dieses Gespräch vergessen." Schließlich setzte sie sich an den Tisch. „Okay, lass das Lernen beginnen."

Ich setzte mich ihr gegenüber und zog eine neue Stumpenkerze, Salbei, Magnolienblätter und eine Taubenfeder aus meiner Tasche.

Sie nahm die Feder in die Hand und strich damit über ihre Wange. „Was machen wir damit? Einen Bannzauber wirken?"

„Ähm, nein. Warum, gibt es jemanden, den du gerne verbannen würdest?"

Sie schwieg einen Moment, als würde sie nachdenken,

schüttelte dann aber den Kopf. „Nein. Ich habe nur gehört, dass Salbei gut dafür ist."

„Salbei dient der Reinigung." Ich nahm ihr die Feder ab und legte sie in die Mitte des Tisches. „Nicht der Verbannung. Tatsächlich ist Verbannung etwas, das nur eine sehr mächtige Hexe bewirken kann, und sie würde wahrscheinlich die Hilfe ihres Zirkels brauchen. Ganz zu schweigen davon, dass Verbannung nie etwas ist, das man auf die leichte Schulter nehmen sollte. Das ist hauptsächlich ... ähm ... Dämonen vorbehalten." Ich verzog das Gesicht. Dämonen waren etwas, worüber ich nicht oft mit Leuten außerhalb meines magischen Zirkels sprach. Niemand wollte hören, dass es Dämonen gab, die aktiv versuchten, die Seelen der Menschen zu stehlen.

Doch Sierra nickte nur und sagte: „Klar, das ergibt einen Sinn."

Die Tatsache, dass sie nicht im Geringsten beunruhigt war, beunruhigte *mich* ein wenig. „Du weißt, dass es Dämonen gibt?"

„Natürlich." Sie sah mich überrascht an. „Du hast es neulich erwähnt. Außerdem habe ich viel gelesen. Weißt du, für die Show und weil ich neugierig auf die Wicca-Künste bin. Seit ich diese Rolle bekommen habe, habe ich alles gelesen, was ich in die Finger bekommen konnte."

„Na dann." Wenigstens musste ich nicht viele Fragen stellen. „Lass uns anfangen. Heute wollen wir nur herausfinden, was deine Fähigkeiten sind."

Ich zeigte auf die vier Gegenstände auf dem Tisch. „Jeder dieser Gegenstände wird uns sagen, wo deine Stärken liegen. Feuer, Wasser, Erde und Luft."

Sie konzentrierte sich auf die Gegenstände und wartete auf weitere Anweisungen.

„Ich vermute, da dieser Raum voller Magie ist, wird

nichts davon zu schwer sein. Aber ich möchte, dass du dir bei jedem Test so viel Mühe wie möglich gibst, damit ich deine natürlichen Fähigkeiten einschätzen kann. Verstehst du?"

„Ja. Ich bin bereit." Sie vibrierte praktisch vor Aufregung auf ihrem Stuhl.

Ich fing langsam an und wies sie an, die Feder schweben zu lassen, den Salbeizweig im Geiste zu zerbrechen, sich vorzustellen, wie sich ein Wassertropfen auf dem Blatt bildet, und schließlich die Kerze anzuzünden. Die ersten drei schienen alle eine Herausforderung sein, doch schließlich schaffte sie es. Dann konzentrierte sie sich auf die Kerze. Das Ergebnis war sofort sichtbar. Feuer schoss in die Höhe, die Flammen so dicht und heiß, dass die Hitze fast unerträglich war. Wir sprangen beide von unseren Stühlen auf und weg vom Inferno.

„Lass es los!", rief ich.

„Ich weiß nicht wie!", rief sie von der anderen Seite des Raumes.

„Verdammt!" Ich konzentrierte mich auf die Oberseite der Kerze und stellte mir vor, wie ich die Flamme auslöschte, genau dort, wo der Docht auf das Wachs traf.

Magie prickelte an meinen Fingerspitzen. Sie fühlte sich anders an als normal, gezwungen, nicht wirklich meine eigene. Ich griff tiefer, drängte mich durch das seltsame Gefühl und stieß einen Triumphschrei aus, als die dunkelviolette Magie aus mir hinausschoss und den Feuerstrom umkreiste. Sie blieb einen Moment lang so, dann kam ein Windstoß aus dem Nichts und blies die riesige Flamme aus. Die violette Magie verwandelte sich in Rauch und verschwand dann genauso wie beim letzten Mal, als sie aus meinen Fingerspitzen explodiert war.

„Heilige Scheiße", flüsterte Sierra, dann gaben ihre Knie nach, und sie sank zu Boden.

„Sierra?" Ich eilte zu ihr und fühlte ihren Puls. Er war langsam und schwach. „Sierra, wach auf!"

Ihr Kopf fiel zur Seite.

„Oh, verdammt nochmal …" Ich drückte ihre Hände und versuchte automatisch, etwas von meiner Energie auf sie zu übertragen. Es war etwas, das ich schon immer tun konnte. Doch jetzt nicht mehr. Meine Magie schlug zurück in mich und hatte keine Wirkung auf Sierra.

„Hey", sagte ich noch einmal und fühlte mich hilflos. Sie bewegte sich nicht. Panik packte mich, denn die mächtige Hexe, zu der ich in den letzten Jahren geworden war, hatte scheinbar aufgehört zu existieren. „Hilfe!"

„Was habt ihr jetzt wieder angestellt?" Die schrille Stimme von Madame Lacroix erfüllte den Raum. „Hat es hier drin gebrannt?"

„Ich brauche Hilfe. Holen Sie jemanden, der einen Krankenwagen rufen kann", sagte ich zu dem Geist, weil ich annahm, dass sie irgendeine Verbindung zu den anderen Hexen des Rats hatte.

„Keinen Krankenwagen", sagte Sierra, ihre Stimme kaum mehr als ein Flüstern.

„Oh, den Göttern sei Dank", sagte ich seufzend. Wenn sie sprach, war das ein gutes Zeichen. Ich sah Sierra an. „Du bist verletzt."

Sie schüttelte den Kopf. „Nein. Ich bin nur erschöpft." Die Schauspielerin versuchte, sich aufzurappeln, doch ihre Beine waren immer noch zu schwach, um ihr Gewicht zu halten. „Anscheinend sehr erschöpft."

„Hier." Ich beugte mich hinunter und legte meinen Arm um ihre Taille. „Lass mich dir helfen."

Sie legte ihren Arm um meine Schultern und benutzte mich als Stütze. Und nachdem wir uns abgemüht hatten aufzustehen, trug ich sie fast aus dem Archiv der Unerklärlichen Dinge hinaus. Sobald wir aus der Tür traten, kam Conor auf uns zu gerannt. Seine Augen waren wild, und er hatte einen verzweifelten Ausdruck im Gesicht.

„Sierra, jetzt geht's dir gut. Du bist okay." Dann riss er sie von mir weg, hob sie hoch und rannte über das Gelände.

KAPITEL VIERZEHN

*I*ch stand auf den Stufen des Archivs der Unerklärlichen Dinge und beobachtete, wie Conor wohlmeinenden Kollegen und Ratshexen gleichermaßen auswich. Sirenen von Einsatzfahrzeugen kreischten in der Ferne und verrieten, dass jemand tatsächlich einen Krankenwagen gerufen hatte. Ich machte einen Schritt, um Conor zu folgen und sicherzustellen, dass es Sierra gutgehen würde, doch mir schwirrte der Kopf, und die Welt drehte sich.

„Whoa", sagte ich leise, als ich mich niederließ und mich auf die Stufen setzte. Große Ausbrüche von Magie und der Adrenalinschub forderten ihren Tribut.

„Miss Calhoun?" Ein junger Mann in Jeans und T-Shirt, auf dessen Vorderseite PRODUKTION gedruckt war, kam die Stufen hinauf. „Geht's Ihnen gut?"

Ich nickte. „Nur ein bisschen schwanger, das ist alles."

Seine Augenbrauen schossen in die Höhe und verschwanden unter seinem langen Pony. „Oh. Brauchen Sie ... ähm, irgendwas?"

„Haben Sie einen Energieriegel dabei?"

„Ja, habe ich", sagte er und kramte in seiner Tasche. „Hier."

„Perfekt. Danke. Ich sollte es dieser Tage besser wissen, als das Haus ohne Snacks zu verlassen. Es scheint, als hätte die kleine Erdnuss immer Hunger."

„Ja, ich auch", sagte er mit einem sanften Lächeln, während er zum Energieriegel in meiner Hand nickte. Dann wurde er ernst, als er in die Richtung sah, in der ich Conor verschwinden gesehen hatte.

Sein Funkgerät knisterte, als jemand sagte: „Produktion Zwei, wir brauchen Sie so schnell wie möglich in der Umkleide von Whitmore. Notfall, roter Alarm."

„Ich bin unterwegs", sagte er in das Gerät. Dann drehte er sich zu mir um. „Passen Sie auf sich auf, okay? Es sieht so aus, als würden wir heute unsere Drama-Quote überschreiten."

Er drehte sich schnell um und eilte die Treppe hinunter. Ich folgte ihm und ging schneller, um ihn einzuholen. „Was ist ein roter Alarm?"

„Das bedeutet, dass einer der Stars einen Ausraster hat. Jemand aus der Crew muss sie beruhigen."

„Sie? Warum nehmen Sie an, dass es Sierra ist?", fragte ich irritiert. Herrgott nochmal, hatte Conor sie nicht gerade halb bewusstlos hier rausgetragen? Wie konnte sie schon einen Ausraster haben?

„Weil es meistens sie ist", sagte er und joggte dann in Richtung von Sierras Umkleide davon.

Verunsichert von dem, was passiert war, und besorgt um Sierra folgte ich ihm, ließ mir aber Zeit, während ich den Energieriegel aß. Es dauerte nicht lange, bis meine Energiereserven aufgetankt waren und ich mich wieder wie ich selbst fühlte … bis ich Conor vor Sierras Cottage auf und ab laufen sah, die Hände in den Haaren.

„Was ist los?", fragte ich eine große rothaarige Frau, die daneben stand.

Als sie sich zu mir umdrehte, blitzte ihr Pentagramm-Medaillon in der Nachmittagssonne. „Sierra ist da drin. Conor lässt niemanden rein, um ihre Vitalwerte zu überprüfen." Sie gestikulierte mit der Hand nach rechts auf den Sanitäter, der dort stand. „Als er sie da reingebracht hat, war sie kaum bei Bewusstsein."

„Warum?", fragte ich, obwohl ich ziemlich sicher war, dass ich die Antwort schon kannte. Angst und Wut, gepaart mit Panik und Misstrauen, rollten in dicken Wellen von ihm ab. Sie krachten in mich hinein und ließen meinen Magen rebellieren. Conor hatte Angst und war verdammt angepisst. Und er vertraute niemandem. Ich sollte wahrscheinlich die Flucht ergreifen, doch ich konnte Sierra nicht einfach verlassen. Sie war in Schwierigkeiten.

Die Hexe schüttelte den Kopf. „Er erlaubt ihnen nicht, sie anzufassen. Er sagt immer nur: ‚Sie gehört mir, sie gehört mir.'"

„Niemand kann ihn mit einem Zauber dazu bringen?", fragte ich hoffnungsvoll.

„Nein. Sehen Sie." Sie trat vor und hob kapitulierend die Hände. „Conor, hören Sie mir zu." Magie knisterte über ihren Armen, was darauf hindeutete, dass sie eine ganze Menge Magie hinter ihre Worte gesteckt hatte. „Wir müssen nach Sierra sehen. Sie müssen aus dem Weg treten und uns jetzt ins Cottage lassen."

Conors Kopf ruckte hoch, seine Augen glasig und unfokussiert. Er stieß ein so lautes Brüllen aus, dass ich tatsächlich einen Schritt zurückwich. Heilige Scheiße. Das hatte sich nicht menschlich angehört. Dann sprang er zurück und landete direkt vor der Tür, seine Arme ausgebreitet, um den Eingang mit seinem großen Körper abzuschirmen.

„Gute Göttin", hauchte ich. War er besessen?

Die Ratshexe trat zurück, ihre Hand um ihr Pentagramm geschlungen. Sie holte tief Luft, und einen Moment später sprühte Magie über ihrem Handrücken, bevor sie erlosch.

Interessant, dachte ich. Sie bewahrte ihre überschüssige Magie in ihrem Medaillon auf. Ich hatte das noch nie zuvor getan, möglicherweise weil ich es nicht nötig hatte, doch das hätte sich in der letzten Woche oder so sicherlich als nützlich erwiesen.

„Er hatte dreimal hintereinander die gleiche Reaktion", erklärte sie.

Ich verzog das Gesicht. „Vielleicht ein anderer Zauber? Wenn Sie ihn vielleicht magisch binden, damit jemand da hineinkommt?"

Sie drehte sich um und warf mir einen verärgerten Blick zu. „Glauben Sie nicht, dass wir das schon versucht haben? Er reagiert auf jede Art von Zauber gleich. Es ist, als wäre er immun oder sowas."

Oder sowas. Wahrscheinlich eher total verrückt. Er griff sich wieder ins Haar, während er vor sich hin murmelte, irgendwas darüber, dass alles ruiniert war.

Ich holte mein Handy aus der Tasche und rief Bea an.

„Ich brauche dich", sagte ich in dem Moment, als sie abnahm. „Es ist ein Notfall. Sierra steckt in Schwierigkeiten."

Sie zögerte nicht. „Wo?"

„Hexenrat. Bitte beeil' dich."

„Ich bin unterwegs", sagte sie und beendete das Gespräch.

Ich fühlte mich sofort besser, weil ich wusste, dass Bea bald da sein würde. Neben mir war sie die mächtigste Hexe in New Orleans. Doch was noch wichtiger war, sie war die mit dem größten Wissen. Sie wusste Dinge, die sonst niemand wusste. Nicht einmal Ratshexen.

„Wer war das?", fragte die Hexe neben mir.

„Beatrice Kelton. Sie ist auf dem Weg."

Sie nickte. „Gut."

Ich wollte mich zum Parkplatz zurückziehen, um auf Bea zu warten, doch sobald ich mich bewegte, dröhnte Conors tiefe Stimme. „Jade", befahl er. „Du wirst Sierra wieder ganzmachen."

Ich starrte ihn an und bemerkte, dass seine Augen klar geworden waren und er nicht mehr wie jemand zeterte, der den Verstand verloren hatte. „Wäre es nicht besser, wenn ein Sanitäter versucht, ihr zu helfen?", schlug ich vor.

Er schüttelte den Kopf, die Hände zu Fäusten geballt. „Du warst stark genug, um mich zu heilen. Du bist stark genug, sie ganzzumachen."

„Gehen Sie", zischte die Ratshexe. „Sorgen Sie dafür, dass es ihr gutgeht."

Am liebsten hätte ich einen der Sanitäter mitgenommen, doch da er sonst niemanden reinlassen wollte, tat ich das Einzige, was ich tun konnte. „Sicher, Conor. Lasst uns dafür sorgen, dass Sierra wieder auf die Beine kommt."

Der Schauspieler blockierte immer noch die Tür, seine Schultern vornübergebeugt, als wäre er bereit, jeden Moment anzugreifen. Als ich langsam auf ihn zu ging, ließ seine Angst meine Haut jucken.

„Jetzt ist alles in Ordnung", sagte ich, um ihn zu beruhigen. „Ich werde nicht zulassen, dass Sierra irgendwas passiert. Das verspreche ich."

Er kniff die Augen zusammen, und Ärger brach aus ihm hervor. „Halt die Klappe, Hexe. Ich habe hier das Sagen." Mit einem weiteren Brüllen packte er mich an beiden Armen, trat die Tür auf und zerrte mich hinein.

„Hey", protestierte ich. „Das ist vollkommen unnötig. Ich habe gesagt, dass ich ihr helfen werde. Lass mich runter!"

Die Tür knallte zu, und die Wände erzitterten.

Ich stieß einen erstickten Schrei aus, während ich um mich trat, in der Hoffnung, ihn im Schritt oder zumindest am Schienbein zu treffen. Doch ich verfehlte ihn und streifte nur seine Wade. Er schien es nicht einmal zu bemerken, als er mich weiter in das angrenzende Schlafzimmer schleppte.

„Lass mich runter! Ich kann – uff." Ich landete hart mit meinem Allerwertesten auf dem alten Dielenboden. „Verdammt nochmal."

„Steh auf!"

Ich funkelte ihn an. „Hast du sie noch alle? Glaubst du wirklich, ich würde ihr nicht auch so helfen?"

Er trat an das Bett und starrte auf eine bewusstlose Sierra hinunter. Seine Haltung war immer noch vornüber gebeugt und seine Bewegungen ruckartig. War er tatsächlich besessen? Von einer verfluchten Seele? Dieser Conor war ganz anders als der, den ich in den letzten Tagen kennengelernt hatte. Sogar seine Energie fühlte sich schwerer an, beinahe bedrohlich, wie eine Hexe, die schwarze Magie anwendete.

„Conor?"

Er drehte sich um und knurrte mich mit rotem, wütenden Gesicht an. „Ich sagte, mach sie wieder ganz."

„Okay, entspann dich", zischte ich, als ich aufstand. „Kein Grund, sich wie eine Primadonna aufzuführen."

Er drehte sich zu mir um, Feuer in seinen Augen, doch ich schob mich einfach an ihm vorbei. Er würde mir nichts antun, während er verlangte, dass ich Sierra „wieder ganz machte".

Dämlicher Arsch.

Ich setzte mich auf die Kante des französischen Betts und sah mir Sierra genau an. Ihre Augen waren geschlossen, und sie war blass. Viel blasser als normal. Sie hatte dunkle Ringe unter den Augen, und ihre Gesichtszüge wirkten eingefallen. Gute Göttin, sie sah aus wie eine lebende Tote. Mein Herz schmerzte für die lebhafte Schauspielerin, die nur etwas über ihre magischen Fähigkeiten hatte erfahren wollen – etwas, das sie auch verdient hatte.

Conors schwere Schritte polterten hinter mir, während er auf und ab ging. Direkt über meinem linken Auge begannen Kopfschmerzen zu pulsieren. Der Impuls, ihn mit einem Zauberblitz zu treffen, war stark, doch ich verdrängte die Idee aus meinem Kopf und konzentrierte mich auf Sierra.

„Sierra, kannst du mich hören?", fragte ich sie und legte meine Hand an ihre Stirn.

Sie fühlte sich kühl und klamm an. Sierra antwortete nicht.

Ich holte tief Luft, legte meine andere Hand auf ihre Brust und versuchte, meine Sinne für ihre Energie zu öffnen.

Wieder einmal fühlte ich nichts. *Kacke auf Toast*. Warum mussten meine Fähigkeiten genau dann Urlaub nehmen, wenn ich sie brauchte? Um fair zu sein, es schien, als würde ich sie immer brauchen, also wäre es bestenfalls eine Unannehmlichkeit und im schlimmsten Fall geradezu tödlich, sie zu verlieren. Ich hoffte nur, dass sich diese Situation nicht als Letzteres herausstellen würde.

Nicht bereit aufzugeben nahm ich ihre schlaffe Hand in meine. Dann sammelte ich meine Magie tief in meinem Bauch. Sie pulsierte durch meine Adern, stark und stetig. Mein Selbstvertrauen kehrte mit voller Kraft zurück. Die vertraute Machtexplosion beruhigte mich, und als ich ihr meine Magie schickte, war ich mir sicher, dass meine Fähigkeiten zurückgekehrt waren.

Ich hätte mich nicht mehr irren können.

Meine Kraft strömte in Form dicker grauer Wolken aus mir heraus. Sie stiegen zur Decke, dunkel und wütend, als Donner dröhnte und statische Elektrizität in der Luft knisterte.

„Heilige Scheiße!" Ich ließ Sierras Hand los und sprang auf. „Stopp!", rief ich und warf beide Hände hoch. Diesmal schoss ein Blitz aus dunkelvioletter Magie aus beiden Händen und zerschmetterte die Sturmwolken. Licht blitzte über die Decke, und dann verschwand die ganze Magie. Ich warf einen Blick auf Sierra. Keine Veränderung.

Pure Frustration breitete sich in meinem Magen aus. Was war passiert? Warum konnte ich nur Gewitterwolken heraufbeschwören? Wolken, die ich noch nie zuvor heraufbeschworen hatte. Kopfschüttelnd setzte ich mich wieder aufs Bett, nahm ihre Hand und strich mit meinen Fingern über ihren Unterarm. „Es tut mir leid, Sierra. Ich glaube nicht, dass ich dir helfen kann. Bitte mach einfach deine Augen auf und sag Conor, dass wir dir Hilfe von außen holen müssen."

„Nein!", brüllte Conor. Seine Schritte waren ohrenbetäubend, als er zu uns herüberstürmte. „Wie kannst du es wagen, dich mir zu widersetzen?" Er packte mich am Handgelenk, riss mich von Sierra weg und schleuderte mich gegen die Wand.

Mein Kopf krachte mit einem dumpfen Schlag gegen den jahrhundertealten Putz.

Jegliche Geduld oder Zurückhaltung war verschwunden und plötzlich war ich wahnsinnig wütend. Ich blinzelte und versuchte, den zweiten Conor wegzublinzeln, dann griff ich nach so viel Magie wie ich konnte, in der Absicht, ihn damit zu vernichten. Selbst wenn ich nur einen Sturm heraufbeschwören konnte, konnte ein Blitz ihn immer noch in

Stücke reißen. Nur, bevor ich ihn entfesseln konnte, war er auf mir und riss mich an beiden Handgelenken hoch.

Meine Magie schoss aus meinen Handflächen, doch weil er mich festhielt, konnte ich sie nicht lenken, und beide Blitze trafen die gegenüberliegende Wand, knisterten und verpufften dann. Im nächsten Augenblick hatte Conor meine Hände an die Wand gefesselt.

„Hey! Was zum Henker machst du?" Ich zerrte an den Fesseln und stellte überrascht fest, dass die Manschetten mit Pelz gefüttert waren. „Oh, heiliger Bimbam. Du hast mich mit deiner BDSM-Ausrüstung gefesselt?" Ekel überkam mich, und für einen kurzen Moment befürchtete ich, dass dies zu sexueller Belästigung werden könnte, doch Conor wandte sich von mir ab und ging zurück zum Bett.

„Hey!", protestierte ich. „Das ist völlig unnötig. Ich habe gesagt, ich würde ihr helfen. Lass mich frei!"

„Sierra", sagte er mit echter Qual in seinem Ton. Schmerz sickerte durch seine dunkle Energie und stach in meine Brust. Ich holte scharf Luft und zuckte unwillkürlich angesichts des Wunsches, den Schmerz wegzureiben. Er schien es nicht zu bemerken, als er seinen Kopf auf ihre Brust legte und sie liebevoll hielt. „Wach auf. Ohne dich schaffe ich das nicht. Bitte, Sierra."

Die Szene wäre rührend gewesen, wenn der Bastard mich nicht gerade mit seinen perversen Spielzeugen angekettet hätte. Bilder von dem, was sie getan hatten, während einer von ihnen an der Wand befestigt war, blitzten in meinem Kopf auf. „Oh, bei allem, was heilig ist ... Ihhhh."

Ich machte einen winzigen Schritt nach vorn und achtete darauf, dass mein Körper nicht die Wand berührte. Die Wahrscheinlichkeit, dass der Reinigungsdienst die Wand desinfizierte, war gering bis null.

Conor ignorierte mich, während er Sierra weiter anflehte, aufzuwachen.

Ich zerrte an den Fesseln, um zu sehen, wie stabil sie waren. Es stellte sich heraus, dass derjenige, der sie an die Wand geschraubt hatte, wusste, was er tat, da sich die Ketten nicht rührten. Stattdessen schoss Schmerz durch meine Arme.

„Verdammt!", fluchte ich erneut und schloss meine Hände weiter oben um die Ketten. Mit meinem ganzen Gewicht zerrte ich daran.

Nichts.

Ich seufzte, blickte auf und betrachtete die Wandbolzen. Gab es irgendeine Magie, die ich heraufbeschwören konnte, um sie aus der Wand zu reißen? Bisher hatte ich in den letzten Tagen nur Gewitterwolken und Regenschauer zustande gebracht. Regen würde funktionieren … irgendwann. Doch ich sollte verdammt sein, wenn ich länger als nötig an dieser Sexwand herumhängen würde. Vielleicht ein Blitz?

Ein leises Stöhnen kam vom Bett, und ich hielt inne und lauschte, um zu hören, ob Sierra aufgewacht war.

Conor versuchte weiter, sie wachzurütteln, doch sie reagierte nicht. Wenn ich mich befreien wollte, war jetzt die Zeit, da er beschäftigt war. Ich war so wütend, dass meine Magie sofort hätte wirken sollen, doch es dauerte einen Moment, bis sie sich aufgebaut hatte. Eine weitere Anomalie, die ich der Liste der Beschwerden über meine magischen Fähigkeiten hinzufügen sollte.

Trotzdem atmete ich erleichtert auf, dass sie überhaupt da war, als sich die Magie in meinen Handflächen sammelte. Es bedeutete, dass ich immer noch etwas zu kämpfen hatte. Ich stellte mir das Bild eines Blitzes vor, konzentrierte mich auf einen der Wandbolzen, dann auf den anderen. Erst als ich die

Metallbeschläge genauer ansah, wurde mir mulmig, und ich ließ die Magie los.

Blitz und Metall waren keine gute Kombination. Die Gefahr, mich selbst knusprig zu braten, war viel zu groß. Was hatte ich mir nur dabei gedacht?

Ich sackte zusammen und fühlte mich besiegt. Doch das bedeutete nicht, dass ich nicht versuchen würde, Conor den Arsch zu braten, wenn er das nächste Mal in meine Nähe kam. Wenn es mir gelänge, ihn auszuschalten, würden die Hexen des Rats sicher irgendwann Mut finden und mich und Sierra verdammt nochmal hier rausholen. Oder?

Ich klammerte mich an die Vorstellung, dass ich genug Kraft aufbringen könnte, um ihn auszuschalten, erinnerte mich an meine Magie und hielt sie in meinen Händen, während ich auf meine Gelegenheit wartete.

Es dauerte nicht lange. Nur Augenblicke später sprang Conor vom Bett auf und bewegte sich schnell. Sobald er in meine Reichweite kam, würde ich ihn erledigen. Nur ging er auf die geschlossene Tür zu, und gerade als er nach dem Knauf griff, sprang sie mit überwältigender Kraft auf. Die Tür knallte krachend gegen die Wand, und Bea erschien, ihr kastanienbraunes Haar wehte im Wind glorreicher weißer Magie, die um sie herum wirbelte.

Conor schnappte nach Luft und wich zurück.

Bea machte zwei Schritte in den Raum und ließ ihre Magie fliegen.

KAPITEL FÜNFZEHN

*B*ea warf mir einen Blick zu, wedelte mit der Hand und sagte: „Loslassen!"

Die Fesseln entriegelten sich und fielen von meinen Handgelenken.

„Den Göttern sei Dank!", rief ich und eilte zu ihr, ignorierte den Schmerz, der meine Schulter hinunter schoss. Die Fesseln hatten ihren Tribut gefordert.

Conor stieß ein Brüllen aus, so laut, dass es den ganzen Raum erzittern ließ, als er sich auf uns stürzte.

Beas Augen wurden vor Wut dunkelgold, als ein Netz aus grell-weißem Licht aus ihr hervorbrach und Conor einhüllte. Er schlug um sich und fauchte wie ein gefangenes Tier, doch Beas Magie wickelte sich nur wie ein Seil um ihn.

„Was glaubst du, wer du bist?", schimpfte sie. „Denkst du, du kannst Frauen wie dein Eigentum behandeln und sie einsperren? Denk nochmal, armseliger Idiot." Das magische Seil, mit dem sie ihn gefesselt hatte, wurde heller und wickelte sich dann weiter um seine Brust und seinen Hals, bis es seinen Mund erreichte und er gefesselt und geknebelt war.

Der große Mann versuchte, sich zu winden, sich gegen seine Fesseln zu wehren, doch stattdessen verlor er nur das Gleichgewicht und stürzte mit einem lauten Krachen zu Boden. Er lag still da und starrte uns mit weit aufgerissenen, wütenden Augen an.

„Da", sagte sie zufrieden und wischte sich die Hände ab, als wäre ihre Arbeit getan. „Ich glaube nicht, dass er in absehbarer Zeit jemanden belästigen wird."

Ich ging zu ihm, starrte ihm in die Augen und trat ihm dann gegen das Schienbein. Hart. „Das ist dafür, dass du mich an deine Sexwand gefesselt hast. Du kannst dich glücklich schätzen, dass ich mich nicht dafür entschieden habe, dir deine verschrumpelten Hoden zu zerquetschen."

Ein unverständlicher Laut entfuhr ihm und ließ ihn wie ein verwundetes Tier klingen.

„Du glaubst doch nicht wirklich, dass mich interessiert, was du zu sagen hast?" Ich trat ihn nochmal an dieselbe Stelle, nur zur Sicherheit.

„Fühlst du dich besser?", fragte Bea mich, als ich an ihre Seite zurückkehrte.

„Viel besser. Du?" Ich sah Conor mit hochgezogener Augenbraue an.

„Nur vage. Vielleicht sollte ich diejenige sein, die ihm in die Hoden tritt. Vielleicht später." Sie ging zum Bett und ergriff Sierras schlaffe Hand.

Die Schauspielerin drehte den Kopf und sah Bea mit tiefliegenden Augen an. „Sind Sie eine Hexe?" Sie krächzte.

Ich hätte fast gelacht. Das war natürlich das erste, was sie fragen würde. Diese Frau war besessen.

„Unter anderem", sagte Bea freundlich. „Jetzt wollen wir mal sehen, ob wir Ihnen nicht helfen können, oder?"

Sierra nickte und schloss die Augen.

„Jade?" Bea warf mir über die Schulter einen Blick zu. „Ich werde deine Hilfe brauchen."

Beklommenheit stieg in meiner Brust auf. „Aber ich …" Ich verstummte, die Worte blieben mir im Hals stecken.

„Aber was, Liebes?" Die Sorge in Beas Augen machte es nur noch schwerer.

Ich starrte auf meine Füße. „Meine Magie ist vollkommen unzuverlässig. Nichts scheint richtig zu funktionieren."

Sie nickte, warf einen Blick auf meinen Bauch und begegnete dann wieder meinem Blick. „Mehr Babystörungen."

„Das fürchte ich auch. Aber es ist seltsam, weil ich immer noch Magie habe, sie ist einfach anders. Ich scheine plötzlich in der Lage zu sein, Wetterphänomene heraufzubeschwören. Du weißt schon, Gewitterwolken, Donner und Blitz. Aber ich kann niemanden mehr lesen. Nun, niemanden außer Conor."

Sie runzelte die Stirn, blickte zu dem Mann, der am Boden lag, und dann wieder zu mir. „Du bist durch irgendwas mit ihm verbunden."

Es war dasselbe, was Kane gesagt hatte. „Scheint so."

„Verdammt", sagte sie leise. Dann schüttelte sie den Kopf. „Das klären wir später. Im Moment denke ich, dass ich immer noch deine Hilfe bei Sierra gebrauchen könnte."

„Okay. Wo willst du mich haben?"

Sie zeigte auf die andere Seite des Betts.

Ich gehorchte und wartete dann auf weitere Anweisungen.

Sie streckte mir eine Hand entgegen. „Ich möchte einen Kreis bilden, indem wir uns an den Händen halten."

Ich griff nach Sierras linker Hand, während ich meine andere um Beas klammerte. „Ein Heilkreis?", vermutete ich.

Sie nickte.

Obwohl Bea mich für den Zauber nicht unbedingt brauchte, war die Macht von dreien viel effektiver als die

Macht von zweien, besonders wenn jemand bewusstlos oder benommen war.

„Schick' ihr heilende Gedanken, okay?", sagte Bea.

Ich nickte, denn ich kannte die Macht der Absichten besser als jeder andere. Selbst wenn meine Magie bestenfalls unzuverlässig war, hatten Absichten eine ganz eigene Kraft. Als ich mir vorstellte, wie Sierra hellwach und voller Leben am Tisch saß, während sie ungeduldig darauf wartete zu lernen, wie man Zaubersprüche wirkt, fühlte ich, wie mich Beas saubere, reine Magie flutete.

Ihre Magie war mächtig, doch auf eine Weise, die mit ihrem Alter und ihrer Erfahrung einherging, subtil. Es fühlte sich einfach schön an, und ich sehnte mich danach, dass ich eines Tages genauso anmutig sein würde wie sie, wenn ich Zaubersprüche wirkte.

„Konzentrier' dich, Jade", sagte Bea streng. „Sie braucht dich mit den Gedanken hier."

„Oh ja, okay." Ich stellte mir Sierra wieder vor, wie sie am Tisch in ihrem Cottage saß, stellte mir vor, was sie tun würde, wenn ich sie den Zirkelmitgliedern vorstellte und ihr zum ersten Mal den Zirkelkreis zeigte. Ein Lächeln umspielte meine Lippen, und ich wusste sofort, dass es mir eine Ehre wäre, ihr die Zaubersprüche beizubringen, die ich gelernt hatte, wenn dieser Alptraum vorbei war, doch was noch wichtiger war, war all das, was ich über das Hexendasein gelernt hatte. Es war so viel mehr, als eine Kerze anzuzünden, indem man einfach die Flamme rief. Es war Verantwortung und Herz und der Schutz derer, die geschützt werden mussten.

Und nach dem, was ich am ersten Tag gesehen hatte, an dem ich sie kennengelernt hatte, hatte ich keinen Zweifel daran, dass sie nahtlos in diese Rolle schlüpfen würde.

„Göttin der Erde", flüsterte Bea, „möge deine Energie

heilen. Möge sie beruhigen und erheben und wiederherstellen. Kümmere dich um unsere Freundin und bringe ihr die Heilung, die wir suchen."

Der Zauber war weder ein cleveres Wortspiel noch reimte er sich, wie es so viele von uns bevorzugten, doch er war voller Herz und Überzeugung. Und ohne zu zögern breitete sich Beas Magie von ihr auf mich und dann auf Sierra aus. Die Magie glitt über Sierra hinweg, haftete einen Moment lang an ihrer Haut und sickerte dann direkt in sie ein. Ein sanftes Leuchten ließ die Schauspielerin von innen heraus strahlen, und die schiere Schönheit trieb mir Tränen in die Augen.

Sierra schnappte scharf nach Luft, als ihre Augen aufsprangen. Sie blickte von mir zu Bea und dann wieder zurück. „Was ist passiert?"

Ihre Gesichtszüge waren wieder lebendig und frisch, alle Spuren von Müdigkeit verschwunden. Ich lächelte sie an. „Nur ein bisschen Heilmagie. Es scheint, als hätte dich unser Unterricht umgehauen ... im wahrsten Sinne des Wortes."

Sierra löste ihre Hände aus unseren und begann sich aufzusetzen. Ich wich zurück und machte ihr Platz. „Wie bin ich hierhergekommen?", fragte sie und sah sich im Raum um.

„Conor hat dich hergebracht. Erinnerst du dich nicht?", fragte ich.

Sie schüttelte den Kopf und strich eine Strähne ihres langen blonden Haares zurück. „Das Letzte, woran ich mich erinnere, ist, dass wir im Archiv der Unerklärlichen Dinge waren und ich versucht habe, die Kerze anzuzünden. Dann nichts mehr."

Ich starrte sie an. „Erinnerst du dich nicht an das Feuer, das zur Decke geschossen ist?"

Ihre Augen weiteten sich. „Du machst Witze. Wie ist das passiert?"

Ich lachte kurz auf. „Ich vermute, dass du eine Affinität zu Feuer hast."

Sie runzelte die Stirn, als sie mich ansah. „Was bedeutet das?"

„Du hast das Feuer allein entzündet. Und im nächsten Moment ist das Feuer zur Decke gelodert. Natürlich hattest du keine Ahnung, wie man es stoppt, und bist ohnmächtig geworden. Ich denke also, dass du noch ein paar Unterrichtsstunden brauchen wirst."

„Du lieber Gott." Sie drückte eine Hand auf ihr Herz und sah aus, als müsste sie sich gleich übergeben.

„Hey", sagte ich und drückte ihre Hand. „Uns allen passieren Pannen. Deshalb trainierst du mit einer fortgeschritteneren Hexe." Ich warf einen Blick in Richtung Bea, die Sierra aufmerksam musterte. „Nicht wahr, Bea?"

„Hmm?", sagte sie abwesend und sah nicht einmal in meine Richtung.

„Ich habe Sierra gerade gesagt, dass magische Fehler passieren und man deshalb immer mit einer erfahreneren Hexe trainiert. Richtig?"

„Richtig. Sicher." Schließlich drehte sie sich in meine Richtung und schenkte mir den Hauch eines Lächelns. Als sie sich wieder Sierra zuwandte, fügte sie hinzu: „Jade war am schlimmsten. Keinerlei Finesse. Keine Ausbildung. Und ein Jahrzehnt vorsätzlichen Ignorierens ihrer Magie. Wenn sie zaubern lernen kann, können Sie das auch."

„Das hoffe ich", sagte Sierra und lehnte sich gegen das Kopfteil. „Solange ich nicht jedes Mal ohnmächtig werde."

„Dafür gibt es keine Garantie", sagten Bea und ich gleichzeitig. Ich schnaubte vor Lachen. „Göttin, ich muss eine schwierige Schülerin gewesen sein."

„Ja, aber es hat sich gelohnt. Der Ruhestand ist schön." Sie zwinkerte mir zu.

Ruhestand, was für ein Witz. Wann war ich das letzte Mal nicht mit einem Problem zu Bea gerannt? Trotzdem musste sie sich nicht mehr um den Zirkel kümmern, und das war schon etwas.

„Tut mir leid", sagte Sierra und musterte Bea. „Aber wären Sie so nett, mir zu sagen, wer Sie sind?"

Bea streckte ihre Hand aus. „Entschuldigen Sie. Ich bin Beatrice Kelton, ehemalige Anführerin des Zirkels von New Orleans. Ich glaube, wir haben uns neulich kennengelernt, als Sie in meinem Laden, dem Herbal Connection, waren."

„Oh richtig." Sie lächelte und griff mit beiden Händen nach Beas Hand. „Jade hat mir gezeigt, wie man einen Absichtszauber wirkt." Sierra sah sich im Raum um, als wäre ihr gerade etwas eingefallen. „Wo ist Conor?"

„Ähm, also der …" Ich verzog das Gesicht. Es machte nie Spaß, jemandem zu sagen, dass sein Freund ein durchgeknallter Verrückter ist. „Hör zu, da ist etwas, das wir noch nicht –"

„Conor!", rief sie und sprang aus dem Bett, wobei sie Bea fast umwarf, als sie an seine Seite eilte. „Was ist mit ihm passiert?" Die Panik und der Schmerz in ihrer brüchigen Stimme brachen mir fast das Herz.

„Verdammt", flüsterte ich und trat an ihre Seite. „Sierra, er hat irgendwie den Verstand verloren, als du ohnmächtig geworden bist."

„Natürlich hat er das", sagte sie und fuhr mit ihren Fingern durch sein dichtes blondes Haar. Sein Kopf und die obere Hälfte seines Gesichts waren so ziemlich der einzige Teil von ihm, der nicht in Magie eingehüllt war. „Er hat sich Sorgen um mich gemacht. Was glaubst du, wie ich reagieren würde, wenn er durch einen Zauberspruch bewusstlos werden würde?"

„Ich bezweifle ernsthaft, dass du mich an die Wand ketten würdest", bemerkte ich trocken.

Sie hielt inne, dann ließ sie die Hand auf ihren Schoß sinken. „Er hat dich an die Wand gekettet?"

Ich nickte und deutete mit meinem Kinn auf die Sexwand und die Fesseln, die jetzt unbenutzt dort hingen. „Ihm hat mein Versuch nicht gefallen, ihn davon zu überzeugen, die Sanitäter reinzulassen, weil ich Probleme hatte, dich aufzuwecken."

„Was?" Sie blinzelte und starrte dann wieder auf Conor hinunter. Seine Augen trafen ihre und hielten ihren Blick für ein paar Sekunden fest. Als sie aufsah, war ihr Gesichtsausdruck voller Wut und Misstrauen. „Ich soll glauben, dass mein Freund nicht wollte, dass mir jemand hilft? Habt ihr beide den Verstand verloren?"

„Vielleicht sollten wir nach nebenan gehen", schlug Bea vor, wobei ihr Südstaatencharme voll zur Geltung kam. „Dann können wir das bei einer Tasse Tee besprechen."

„Ich will keinen verdammten Tee", fauchte Sierra. „Und ich lasse ihn hier nicht mit der Magie irgendeiner fremden Frau gefesselt zurück." Ohne Vorwarnung legte Sierra beide Hände auf die magischen Seile und zerrte schreiend daran: „Libero! Libero!"

Magie sprudelte aus ihren Händen und zerfranste Beas magische Seile, doch sie war nicht stark genug, um die Fesseln zu lösen.

„Sierra!", rief ich und versuchte, sie von ihm wegzuziehen. „Nicht!"

Sie stieß mir den Ellbogen in den Unterleib und rief weiter den Befehl.

Ich beugte mich vornüber, hielt mir den Bauch und war höllisch angepisst. Diese dumme Kuh hatte gerade mein Kind angegriffen. Sofort bildeten sich Wolken über uns, gefolgt von Donnergrollen und Blitzen, die an der Decke zuckten. Der Wind frischte auf, wehte mir das Haar aus meinem Gesicht und riss Gegenstände von den Wänden und der Kommode.

Bea begann einen Gesang, in dem sie die Götter bat, die Fesseln zu stärken, die Conor hielten.

Ich richtete mich auf, meine Hand auf meinem Bauch, und funkelte Sierra an. Sie war über Conor gebeugt und setzte alles daran, ihn zu befreien. Ich schloss meine Augen und stellte mir einen Windstoß vor. Dann brach Magie aus mir hervor. Ein stürmischer Wind fegte durch den Raum und warf Sierra um, was ihre Verbindung zu Conor unterbrach.

Nur war es zu spät. Die Magie war gerade so weit abgenutzt, dass er sich auf Hände und Knie aufrappeln konnte und sich wie ein Hund schüttelte, um sich der magischen Fesseln zu entledigen.

Bea hörte auf zu singen und schickte ein weiteres Netz aus weißer Magie in seine Richtung, doch er sprang aus dem Weg und landete direkt neben Sierra.

Sie packte ihn am Arm und rief: „Lass uns gehen!"

Conor sah sich um und runzelte die Stirn, als er sah, dass Bea zwischen ihm und der Tür stand. Dann drehte er sich in meine Richtung. In diesem Bruchteil einer Sekunde sah ich, dass seine Entscheidung getroffen war. Er stürzte los und kam direkt auf mich zu.

Beas Magie flog erneut, doch diesmal fing ihr Netz nicht Conor, sondern mich. Ich war für einen Moment wie erstarrt und konnte mich nicht bewegen, als Conor nach mir griff.

Bea fluchte, und die Magie ließ sofort nach.

Ich tauchte zur Seite und versuchte, Conor auszuweichen,

doch er streckte die Hand aus und packte mich an der Hüfte, als er direkt auf das raumhohe Fenster zusteuerte.

Glas zersplitterte, und eine Sekunde später entkam Sierra. Conor versuchte, mich durchzuwerfen, doch Beas Magie musste ihn eingeholt haben, denn er erstarrte und verkrampfte sich kurz. Ich fiel aus seinem Halt und landete wieder auf meinem Allerwertesten. Meine Güte, mein Po würde die Farbe einer Aubergine haben. Magie schwoll in mir an, und unfähig, mich zu kontrollieren, brach sie in einer beängstigenden Machtdemonstration aus mir heraus, gerade als Conor durch das Fenster sprang und nach draußen zu Sierra floh.

Ich schnappte nach Luft und versuchte aufzustehen, doch meine Magie war zu stark und warf mich zurück auf den Boden.

„Jade!" Beas Stimme durchdrang den Lärm des Sturms, den ich heraufbeschworen hatte. Kleider, Drehbuchseiten und Bettwäsche flogen durch den Raum, während Blitze knisterten und den chaotischen Raum erleuchteten. Ich hörte eine Bewegung neben mir und fand Bea. Ihre Hände ruhten auf meinem Arm.

„Lass die Magie los, Jade", befahl sie ruhig.

Ich holte tief Luft und versuchte, mich zu konzentrieren. Die wütende Magie wirbelte unkontrolliert um uns herum, wie ein Lauffeuer, das sich nicht eindämmen ließ. Dann kroch Beas kühle Magie über meine Haut und beruhigte mich. Die Wut verschwand zusammen mit dem Sturm. Die Dunkelheit lichtete sich, und alles beruhigte sich, als der Raum still wurde.

„Danke", sagte ich und drückte mich hoch, meine Stimme heiser, vermutlich vor Erschöpfung. So viel hatte ich nicht geschrien.

Bea stand mit mir auf und schlang ihren Arm um meine Taille. „Bist du okay?"

„Ich denke schon." Meine Eingeweide fühlten sich an, als wären sie neu geordnet worden, und mein Po schmerzte, doch ich würde es überleben.

Sie führte mich nach draußen, wo wir erfuhren, dass Sierra und Conor zuletzt dabei gesehen worden waren, wie sie zum Parkplatz rannten. Da sich das Schlafzimmer im hinteren Teil des Hauses befand, hatte sie niemanden aus dem Gebäude kommen sehen. Eine Hexe des Rates war ihnen gefolgt, hatte sich aber bisher nicht gemeldet.

Bea und ich gaben den Ratshexen einen Überblick über das, was passiert war, und es kam mir vor, als wären Stunden vergangen, bis Bea sagte: „Lass uns gehen. Ich bringe dich nach Hause."

„Aber ich bin mit Kanes Auto gekommen", sagte ich halbherzig protestierend.

„Egal", erwiderte sie voller Überzeugung. „Du fährst nicht. Nicht, solange ich etwas zu sagen habe. Nicht nach dem, was heute hier passiert ist. Jemand anderes kann es abholen."

Ich war mir nicht sicher, ob ich dankbar oder besorgt sein sollte, dass sie sich gerade in eine Bärenmama verwandelt hatte, die ihr Junges beschützte, doch in diesem Moment setzte die Erschöpfung ein und alles, was ich herausbrachte, war ein schwaches „Okay".

KAPITEL SECHZEHN

*B*ea betrachtete meinen Teller und runzelte die Stirn. Wir waren wieder bei mir zu Hause und saßen mit Kane am Küchentisch. Wie es der Zufall wollte, war er genau in dem Moment nach Hause gekommen, als Bea und ich auch angekommen waren.

„Was? Du willst keine Cupcakes?" Ich nahm einen der lächerlich köstlichen gesalzenen Karamell-Schätze, die Kane auf seinem Heimweg gekauft hatte.

„Natürlich will ich. Wer würde sie nicht wollen?"

Sie nahm auch einen und legte ihn ohne auch nur ein Knabbern vor sich hin. „Ich frage mich nur, ob du jemals etwas mit Nährwert isst."

„Sicher." Ich deutete mit der Hand auf die Tüte mit Essen auf der Theke. „Kane hat auch Short Ribs und Kartoffelsalat mitgebracht."

„Oh wie gut. Weil diese beiden auch randvoll mit notwendigen Nährstoffen sind", sagte sie mit funkelnden Augen.

„Proteine und Kohlenhydrate, was braucht eine Hexe mehr?" Ich grinste und biss in den Cupcake. „Mein Gott, der ist unglaublich."

„Einen Punkt für den Ehemann", sagte Kane mit einem Glitzern in den Augen.

„Eher zehn. Die sind so gut."

„Das merke ich mir." Er streckte seinen Arm aus und legte ihn auf meine Schultern. „Wollt ihr mir jetzt erzählen, was ihr heute gemacht habt?"

Ich verzog das Gesicht und hoffte, dass er nicht ausflippen würde. Kane hatte mich jedoch ermutigt, mit Sierra zu arbeiten. Trotzdem hätte ich mich wahrscheinlich aus dem Trubel heraushalten und warten sollen, bis Bea kam. Schade, dass das nicht meine Stärke war. Wenigstens hatte Beas Magie geholfen, mich wieder zu Kräften zu bringen, und ich war nicht mehr so blass, dass ich aussah wie der Tod.

„Jade?", sagte er, Misstrauen in seinem Ton. „Was ist heute mit Sierra passiert?"

Ich zögerte und überlegte, wie viel ich ihm sagen sollte. Wenn er herausfand, dass Conor mich mit Handschellen an eine Wand gefesselt hatte, würde Kane ausrasten. Auf der anderen Seite war Conor außer Kontrolle und verdiente alles, was auf ihn zukam.

„Erzähl mir einfach, was heute passiert ist, was auch immer es ist."

„Okay", seufzte ich leise und schlang meine Finger um seine, denn ich brauchte eine körperliche Verbindung zu ihm. Da ich seine emotionale Energie immer noch nicht anzapfen konnte, fühlte ich mich hilflos und war mir nicht sicher, wie ich dieses Gespräch führen sollte. Zweifellos würde er wütend sein, aber es half mir immer, wenn ich seine unterschwellige

Sorge spüren konnte. Ich konnte sie jetzt nicht spüren, aber ich musste einfach darauf vertrauen, dass sie da war wie immer.

Ich begann mit meinem Bericht über die Ereignisse des Tages, beginnend mit dem Missgeschick im Archiv der Unerklärlichen Dinge, und ging dann knapp die chaotischen Details durch, nachdem ich Sierras Cottage betreten hatte. Er musste nicht alles wissen … wie dass Conor mich gegen die Wand geschleudert hatte. Mir ging es gut – dafür hatte Bea gesorgt. Es war nicht nötig, seinen Blutdruck noch weiter in die Höhe zu treiben.

Während Bea und ich abwechselnd alles erklärten, was passiert war, wurde Kanes Gesichtsausdruck immer dunkler, bis ich mir sicher war, dass er dem Mann mit bloßen Händen den Kopf abgerissen hätte, wenn Conor in diesem Moment zur Tür hereingekommen wäre.

„Bitte beruhige dich", sagte ich und sah ihn flehend an.

„Ich bin ruhig", schnaubte er.

Ich warf Bea einen Blick zu, doch sie hob nur die Hände, als wollte sie sagen: „Lass mich da raus." Sie hatte recht. Sie gehörte nicht mitten in diese Diskussion. „Dann vielleicht einfach ein bisschen durchatmen. Mir geht's gut. Unserem Baby geht's gut."

„Woher weißt du das? Hast du einen Ultraschall gemacht, bevor du nach Hause gekommen bist?" Er warf mir einen scharfen Blick zu.

„Nein. Natürlich nicht. Aber ich fühle mich gut. Und Bea hat uns untersucht." Ich drückte seine Hand. „Hör zu, ich weiß, dass du wütend auf mich bist. Ich –"

„Ich bin nicht wütend auf dich, Jade", sagte er mit einem Knurren. „Ich bin wütend auf dieses Arschloch, das denkt, dass es in Ordnung ist, Hand an dich zu legen." Er stand auf und stieß den Stuhl aus dem Weg. Er überragte mich, sein Mund zu einer grimmigen Linie verzogen. „Was hättest du getan, wenn Bea nicht aufgetaucht wäre?"

„Siehst du, du bist wütend auf mich." Ich stand von meinem Stuhl auf und legte meine Hand an seine Brust. „Wahrscheinlich habe ich es verdient. Aber zu meiner Verteidigung, Sierra war in Schwierigkeiten, und ich habe versucht, ihr zu helfen. Ich hatte nicht vor, mich an eine Wand ketten zu lassen."

Sein Mund wurde noch angespannter, und ich verzog das Gesicht. Warum hatte ich die Ketten erwähnt? „Kane, bitte."

Wir standen da und starrten einander an, die Spannung und Frustration so groß, dass sie, obwohl ich sie dank meiner abwesenden Gabe nicht fühlen konnte, schwer zwischen uns in der Luft hing.

Dann, gerade als ich bereit war, mich wieder in den Stuhl fallen zu lassen und meine Niederlage einzugestehen, schlang Kane seine Arme um mich und zog mich in eine heftige Umarmung.

„Verdammt, Shortcake. Alles, was ich will, ist, dich und unser Kind für die nächsten zwanzig Jahre sicher hier in unserem Haus einzusperren."

Ich stieß ein ersticktes Lachen aus. „Das wird hart, wenn sie in die Schule muss."

„*Sie.*" Er stieß einen Seufzer hervor. „Glaubst du wirklich, Miss Maybelle weiß, wovon sie spricht?"

Ich drückte meine Wange an seine Brust und zuckte mit den Schultern. „Ich weiß nicht. Vielleicht. Sie hatte sicherlich eine Aura von Weisheit an sich, doch das könnte einfach von einem gut gelebten Leben stammen."

„Ja, ok." Er strich mit seinen Fingern durch mein Haar und küsste mich auf den Kopf. „Ich weiß, ich habe gesagt, du sollst Sierra helfen, aber vielleicht war das ein Fehler. Kannst du einfach versprechen, dich nicht mehr mit diesen Leuten einzulassen?"

Ich biss mir auf die Lippe, als ich zu ihm aufblickte. „Ich wünschte, es wäre so leicht."

„Es tut mir leid, Kane", sagte Bea leise hinter mir. Bisher war sie so still gewesen und hatte uns unseren Moment überlassen, dass ich fast vergessen hatte, dass sie da war. „So sehr ich dir da zustimme", fuhr sie fort, „ich glaube nicht, dass das möglich sein wird."

Kanes Arme schlossen sich fester um mich, als würde er körperlich versuchen, dafür zu sorgen, dass ich das Haus nie wieder verlasse. Es brachte mich fast zum Lachen. Aber nur fast.

Ich drückte sanft gegen seine Brust. „Du kannst mich nicht in Watte packen."

„Ich kann es versuchen", antwortete er.

„Das könntest du, aber wir wissen beide, wie das ausgehen wird." Ich schenkte ihm ein Lächeln, stellte mich dann auf Zehenspitzen und küsste ihn zärtlich.

„Da hast du vielleicht recht", stimmte er grimmig zu. „Das heißt nicht, dass ich nicht von einem ruhigen, normalen Leben träumen kann." Er ließ mich los und setzte sich wieder auf den Küchenstuhl. Dann musterte er Bea. „Gut. Raus mit der Sprache. Du weißt offensichtlich etwas, das wir nicht wissen."

Ich ließ mich wieder auf meinen Stuhl neben ihm nieder, nahm mir einen weiteren Cupcake und richtete meine Aufmerksamkeit auf meine Mentorin. „Du hast recherchiert." Ich sagte es, als wäre es Fakt, keine Frage.

Bea nickte. „Nachdem du mich gestern besucht hast, habe ich mein Versprechen gehalten und mich mit Drachen befasst." Sie beugte sich vor, kramte in der Umhängetasche herum, zog dann zwei Ausdrucke heraus und reichte sie uns. „Und ich habe das hier gefunden."

Ich öffnete den Mund, während sich meine Augen auf das Bild eines Mannes konzentrierten, der sich im Laufe von neun Illustrationen in einen Drachen verwandelte. Und der Drache sah genauso aus wie der, der sich in Sierras Cottage manifestiert hatte. „Drachenwandler?"

„Wandler gibt es nicht, oder?", fragte Kane.

Bea und ich starrten ihn beide nur an.

„Was?" Er runzelte die Stirn.

„Also gibt es Hexen, Dämonen, Engel, Göttinnen, Geister, all das, aber Drachenwandler gibt es nicht?", fragte ich.

Er lehnte sich zurück und blinzelte mich an. „Komm schon. Drachen? Was kommt als Nächstes? Einhörner?"

Bea kicherte. „Ich schätze, man weiß es nie."

Ich wandte mich von Kane ab und fragte Bea: „Ist es möglich, dass es Drachenwandler gibt?"

„Möglich? Sicher. Es steht in den Überlieferungen." Sie beugte sich wieder hinunter und zog ein altes, ledergebundenes Buch heraus. „Schaut euch Kapitel zweiundzwanzig an."

Ich strich mit den Fingern über den geprägten Titel und las ihn laut vor. „Engel und Dämonen: Ihre komplizierte Geschichte."

„Das ist aus den Archiven der Bruderschaft", sagte Bea.

„Maximus hat dir Zugang gewährt?", fragte Kane mit überrascht hochgezogenen Augenbrauen.

„Es hat einige Vorteile, mit dem Zuständigen auszugehen",

sagte sie mit einem Augenzwinkern. Die Bruderschaft war extrem verschlossen. Ihr Hauptquartier befand sich im Garden District, doch man musste entweder ein Dämonenjäger oder ein geladener Gast sein, um es überhaupt zu sehen. Magie verbarg das Gebäude vor der Öffentlichkeit und ließ den größten Teil der Bevölkerung über die Existenz von Dämonen im Dunkeln.

Ich schlug das Buch bei Kapitel zweiundzwanzig auf und überflog die erste Seite. Insbesondere hieß es hier, dass magische Drachen die Beschützer von Engeln seien, doch im sechzehnten Jahrhundert in einem epischen Kampf eliminiert worden seien. Ich blickte auf. „Demnach hat es also tatsächlich einmal Drachen gegeben."

Sie nickte.

Kane zog das Buch zu sich herüber und begann zu lesen.

„Und wir wissen bereits, dass Seelen in Skulpturen gefangen sein können", dachte ich laut.

Beas Miene verfinsterte sich. „Ja. Das stimmt."

Ich erinnerte mich an das, was Conor über die Skulptur gesagt hatte. Irgendwas daran hatte ihn gerufen, als könnte er es spüren, und deshalb hatte er sie aus dem Archiv der Unerklärlichen Dinge mitgenommen. „Glauben wir, dass der Drache, der sich manifestiert hat, die Seele eines Drachen ist?"

„Denkst du das?", fragte Bea mich.

„Ich denke, es ist durchaus möglich." Ich warf einen Blick auf das Bild des Wandlers. „Er hat sich aber nicht in einen Mann verwandelt."

„Das würde sie auch nicht, wenn es nur die Seele des Drachen wäre, oder?", sagte Bea und klopfte mit den Fingern auf den Tisch.

„Nein, würde sie nicht." Kane ließ seinen Finger über die

Seite des Buchs gleiten. „Hier steht, dass Drachenseelen von den Engeln in die Menschen gesetzt wurden, um sie zu besseren Beschützern zu machen, damit sie hier auf der Erde interagieren konnten."

Ich holte scharf Luft und kämpfte gegen die Wut an, die in meinen Eingeweiden erwachte. „Was ist mit den Seelen der betroffenen Menschen?"

Kane las weiter. „Sie sind miteinander verschmolzen." Er blätterte um und sah mich an. „Das wäre Pyper passiert, als sie eine zweite Seele in sich getragen hat. Wenn die Engel sie nicht Zoe gegeben hätten, wären sie verschmolzen."

„Stimmt." Er meinte den Zwischenfall, als Pyper von einer Göttin, die einen Deal mit einem Dämon gemacht hatte, mit einer zweiten Seele verflucht worden war. Wenn die Engel die zweite Seele nicht auf einen anderen Menschen übertragen hätten, wäre Pypers eigene Seele mit der eindringenden verschmolzen, und sie wäre für immer verändert worden. Doch gerade das Tragen dieser zweiten Seele hatte Pypers latente Fähigkeiten geweckt. „Okay, wir wissen also, dass sich eine Drachenseele in den Händen des Hexenrats befindet. Warum ist das wichtig, besonders wenn sie wieder in der Skulptur gefangen ist?"

Weil Conor damit verbunden war oder ist, dachte ich sofort. Und das bedeutete …

„Ist Conor ein Drachenwandler?", fragte ich, bevor jemand meine vorherige Frage beantworten konnte.

Bea stieß einen langen Seufzer aus. „Nein, noch nicht." Sie legte ihre Hände auf den Tisch. „Ich habe eine Theorie."

Kane klappte das Buch zu. „Dann lass sie uns hören."

Wir beugten uns beide vor, konzentriert auf das, was sie zu sagen hatte.

„Heute habe ich gespürt, dass Conor magisch ist." Sie sah mich an. „Kannst du das bestätigen?"

„Ja, aber ... es ist nicht normal."

„Richtig. Die Magie ist schwerer als Hexenmagie. Fühlt sich fast klebrig an."

„Genau", stimmte ich zu.

„Ich glaube, das ist der Drache."

Ich öffnete den Mund, um weitere Fragen zu stellen, doch sie hob eine Hand und bat mich zu warten.

„Als der Drache plötzlich aufgetaucht ist, hast du tatsächlich gesehen, wie er zurück in die Skulptur verschwunden ist?", fragte sie mich.

„Ja", sagte ich automatisch. Dann runzelte ich die Stirn. „Also ... nein. In einem Moment war er da und im nächsten war er weg. Ich habe angenommen, dass er wieder im Stein eingeschlossen war, doch ich kann nicht sagen, dass ich hundertprozentig sicher bin. Wo sollte er sonst hin verschwunden sein?"

„In Conor", sagte sie ruhig. „Das ist die logische Schlussfolgerung. Wenn Conor Drachen-DNA hat, war die Drachenseele wahrscheinlich genauso gezwungen, sich mit Conor zu verbinden, wie Conor, die Statue zu stehlen. Und anstatt sich wieder mit der Steinstatue zu vereinen, ist die Seele mit Conor verschmolzen, als wäre das die natürliche Ordnung der Dinge. Ganz zu schweigen davon, dass er heute, während er seinen Ausbruch hatte, sowohl dir als auch Sierra gegenüber extrem besitzergreifend war. Besitzgier ist eine typische Eigenschaft eines Drachen. Wenn du dann noch das Brüllen und den gebückten Gang hinzunimmst, war das Einzige, was fehlte, das Feuerspucken. Doch wenn ich mich nicht irre, wird das noch früh genug kommen."

Das Gespräch begann, sich unheimlich vertraut anzufühlen

– irgendwie. Kane stammte von einem Inkubus ab, und als eine Sexhexe ihn verzaubert hatte, hatte er genug Inkubus-DNA, dass sie es geschafft hatte, ihn in einen zu verwandeln.

„Lass mich das klarstellen", sagte Kane. „Dieser Conor-Typ taucht beim Hexenrat auf, stiehlt einen Steindrachen, und als Nächstes wird er zu einem Gestaltwandler?"

„Genau", nickte ich. „Kane." Ich packte ihn am Arm. „Die Schuppen. Verdammt, es ist so viel passiert, dass ich das fast vergessen hätte." Ich begegnete Beas Blick. „Sie sind vor ein paar Tagen abends hierhergekommen. Conors ganzer Arm hat vor Schuppen geschimmert. Wir dachten, es sei nur eine seltsame Nebenwirkung des magischen Drachen. Du erinnerst dich, Kane hat dich angerufen."

„Ja, ich erinnere mich", bestätigte sie.

„Also, ich habe ihm geholfen. Ich habe meine Magie benutzt, und die Schuppen sind verschwunden. Tatsächlich war es das letzte Mal, dass ich Magie eingesetzt habe, ohne dass sie verrückt gespielt hat."

Beas Gesicht wurde weiß, als sie das hörte. „Jade", hauchte sie. „Oh nein."

„Was?", fragten Kane und ich gleichzeitig.

„Deshalb hat Conor heute versucht, dich zu entführen."

„Hm?" Ich verstand nicht, worauf sie hinaus wollte.

„Du hast den Übergang gestoppt", sagte Kane und füllte die Lücken aus. „Wahrscheinlich braucht er dich, um das rückgängig zu machen, damit die Veränderung weitergehen kann."

Doch Bea schüttelte den Kopf. „Nein, das glaube ich nicht. Es passiert schon. Es ist nur eine Frage der Zeit. Das haben wir heute gesehen. Ich glaube nicht, dass Jade etwas anderes tun muss, als anwesend zu sein, weil er Kraft aus ihrer Magie zieht."

„Nein, tut er nicht", beharrte ich. „Das würde ich spüren."

Sie blinzelte. „Wirklich? Wann hast du das letzte Mal irgendjemandes Gefühle außer denen von Conor gespürt?"

Kane holte scharf Luft, und ich saß fassungslos da. Bea hatte recht.

Conor mutierte zu einem Drachenwandler, und meine Magie speiste die Verwandlung.

KAPITEL SIEBZEHN

„Wir müssen was tun", sagte ich und ging in der Küche auf und ab. „Ich kann nicht einfach zulassen, dass der Drache meine Magie auslaugt."

„Du hast recht. Das kannst du nicht. Es ist zu gefährlich für dich und das Baby", bestätigte Bea. „Aber da ist noch was anderes."

Kane kniff die Augen zusammen. „Und das wäre?"

Sie legte ihre Hände flach auf den Tisch und atmete tief aus. „Zwei Dinge: Erstens wissen wir nicht, warum die Drachenseele überhaupt in der Statue gefangen war. Und zweitens wissen wir nicht, wozu der Drache fähig ist oder was er tun wird, wenn die Verwandlung abgeschlossen ist."

„Es muss einen Grund geben, warum die Drachenseele eingesperrt ist, oder?", sagte ich, Unbehagen machte mich nervös. Eine solche Gefangenschaft war für die Ewigkeit bestimmt, und auch wenn die Ratshexen vielleicht nicht wussten, dass die Seele in der Statue war, es musste einen guten Grund dafür geben.

„Also ist nicht nur Jade in Gefahr, sondern möglicherweise auch die ganze Stadt", sagte Kane.

„Ja. Ich muss mit dem Rat sprechen", sagte Bea und erhob sich von ihrem Platz am Tisch. „Ich rufe euch an, sobald ich Antworten habe."

Kane und ich begleiteten sie zur Tür.

„Danke, dass du auf mein Mädchen aufpasst, Bea", sagte Kane und umarmte sie.

„Unser Mädchen", korrigierte Bea, trat dann einen Schritt zurück und lächelte zu ihm auf. „Sie hat dasselbe für mich getan."

„Ich weiß, trotzdem danke."

Ich schlang meine Arme um sie und hielt sie fest. „Ich liebe dich", flüsterte ich.

„Ich liebe dich auch, kleine Mamahexe." Sie küsste mich auf die Wange. „Halte dich aus jedem Ärger heraus. Ich rufe dich an, wenn ich was weiß." Sie winkte, als sie zu ihrem Prius ging.

Ich wartete, bis sie eingestiegen war, dann schloss ich die Tür und drehte mich zu Kane um. „Okay. Und wie war dein Tag?"

„Nicht annähernd so aufregend wie deiner. Charlie und ich haben ein paar Stunden damit verbracht, die digitalen Dateien zu durchsuchen und herauszufinden, wer das Feuer in meinem Büro gelegt hat."

„Was habt ihr gefunden?", fragte ich, als wir zurück in die Küche gingen.

„Nichts."

Ich sah zu ihm hinüber. „Wirklich? Sind die Kameras offline gegangen oder so?"

„Nein. Da ist einfach nichts. Eben noch war das Büro leer, und im nächsten Moment lodert ein Feuer auf meinem Schreibtisch."

Ich lehnte mich gegen den Tresen, Müdigkeit setzte sich in meinen Knochen fest. Als ich auf die Tüte mit dem Essen starrte, begriff ich endlich seine Worte. „Warte, du sagst, dein Schreibtisch ist einfach magisch in Flammen aufgegangen?"

„Ja, das sage ich." Er verschränkte die Arme vor der Brust. „Der Ermittler vom New Orleans Police Department hat die Videodatei und wird sie auf Manipulationen analysieren."

„Und wenn sie nichts finden, heißt das, wir haben es mit einer Hexe zu tun?"

„Im Moment würde ich ja sagen", nickte er.

Verdammt. Konnte diese Woche noch schlimmer werden? Warum zum Teufel hatte eine Hexe es auf Kanes Club abgesehen? Völlig überfordert und unfähig, meine Gefühle zu kontrollieren, füllten sich meine Augen mit Tränen, und während ich dastand und auf die weiße Papiertüte starrte, ließ ich sie ungebremst über meine Wangen laufen.

„Jade? Was ist?", fragte Kane. „Mach dir keine Sorgen um den Club. Ich habe schon mit ein paar deiner Zirkelmitglieder gesprochen, und sie haben sich bereit erklärt, als Sicherheitsleute einzuspringen. Alles wird gut."

Ich winkte ab, um ihm zu zeigen, dass das nicht das Problem war. Schniefend platzte ich heraus: „Ich werde eine schreckliche Mutter sein."

Kane sagte zuerst nichts, dann hörte ich seine Schritte, kurz bevor er mich umarmte, und er vergrub seinen Kopf in meinem Nacken. „Nein, wirst du nicht, hübsche Hexe. Ich habe keinen Zweifel, dass du die beste Bärenmama aller Zeiten sein wirst, alles andere kann ich mir nicht einmal ansatzweise vorstellen."

„Das ist alles zu viel. Conor, Sierra und das." Ich streckte meinen Arm aus und nickte zur Brandwunde, die immer noch in Gaze gewickelt war. „Sie juckt jetzt die ganze Zeit. Ich hätte niemals irgendwas mit Conor oder Sierra zustimmen sollen. Ich hätte zu Hause bleiben und Schmuck oder was anderes genauso Sicheres machen sollen. Was habe ich mir nur dabei gedacht?" Ich schnappte nach Luft und konnte kaum zu Atem kommen. „Stattdessen bin ich mit Handschellen an eine Wand gefesselt worden." Ich schluchzte und ließ den Kopf zurück auf seine Schulter sinken.

Er lachte leise und drückte mich fester an sich. „Um fair zu sein, das hast du nicht kommen sehen können."

„Warum nicht? Passiert mir nicht immer irgendwas Verrücktes? Ich sollte einfach die nächsten sechs Monate zu Hause bleiben. Ober besser die nächsten sechs Jahre."

„So weit würde ich nicht gehen." Er ließ mich los und strich mit seinen Händen über meine Arme, dann drehte er mich so, dass ich ihn ansah. Seine dunklen Augen suchten meine. „Ich denke, wir müssen uns nur beide noch an unsere neue Realität anpassen. Okay? Vielleicht können wir uns einfach darauf verlassen, dass andere für eine Weile den Kampf führen? Lass uns einen Schritt zurück machen und auf uns aufpassen."

„Du sagst mir, dass du dich raushalten wirst, wenn Pyper oder Kat oder einer unserer anderen Freunde Hilfe braucht?", fragte ich, mein Ton ungläubig. Denn obwohl mein Kopf sagte, dass ich das tun sollte, wusste ich verdammt gut, dass ich das nicht tun würde. Ich würde niemals mit mir selbst leben können.

„Wenn es um Leben und Tod geht, nein", gab er zu. „Doch ich werde es Lucien oder Bea oder jemandem aus der Bruderschaft überlassen, wenn es möglich ist. Das ist fair, oder?"

„Ja." Ich nickte, jetzt ruhiger. „Das ergibt Sinn. Das könnte ich auch machen."

Er presste seine Lippen zu einer dünnen Linie zusammen

und schüttelte den Kopf. „Nein. Nach dem, was heute passiert ist, musst du mir versprechen, dass du dich von allem fernhältst, was dich und das Baby in Gefahr bringen könnte."

„Das könnte alles sein, Kane", bemerkte ich trocken. „Willst du mir ernsthaft sagen, dass ich mich zurücklehnen und nichts tun soll, wenn jemand, den ich liebe, in Gefahr oder verletzt ist? Und noch schlimmer, zusehen, wie du dich in Gefahr begibst, während ich am Spielfeldrand rumsitze?"

Er seufzte und klang müde. „Ich bin nicht diejenige, die schwanger ist." Er ergriff meine Hände, hielt sie fest und starrte mir in die Augen. In seiner Miene lag eine Intensität, von der ich nicht glaubte, dass ich sie jemals zuvor gesehen hatte. „Jade, versprich mir, dass du dich während der Schwangerschaft nicht in Gefahr bringst – egal, wer in Schwierigkeiten ist."

„Hast du mir nicht gestern gesagt, dass du weißt, dass ich das niemals schaffen würde?", fragte ich leise, wollte nachgeben, ja sagen, versprechen, unser Kind zu beschützen. Aber ich wusste nicht, ob es ein Versprechen war, das ich halten konnte. Ich wollte. Die Göttin wusste, dass das die Wahrheit war, doch wenn Kat oder Pyper oder Bea in Schwierigkeiten wären … Ich schüttelte den Kopf. „Wir wissen beide, dass ich das nicht könnte."

„Ich weiß, dass du helfen wollen würdest", stimmte er zu, und seine Augen flehten mich an. „Aber nach heute … Jade, bitte."

Ich holte scharf Luft und hasste es, dass wir zu diesem Gespräch gezwungen waren. Dann fragte ich, kaum flüsternd: „Auch wenn du derjenige bist, der Hilfe braucht?"

„Besonders wenn ich es bin." Sein Ton war grimmig und voller Überzeugung. „Ruf' die Bruderschaft an, aber geh' unter keinen Umständen irgendjemandem oder irgendwas nach, das es mit mir aufnehmen kann. Verstanden? Ich würde es mir nie verzeihen, wenn euch beiden was passieren würde."

Seine Worte drangen zu mir durch, und ich spürte endlich das Gewicht dessen, was er von mir verlangte. Ich trug etwas – jemanden – Kostbares in mir. Jemanden, auf den er sein ganzes Leben lang gewartet hatte. Kane war ein Einzelkind mit egoistischen Eltern, die nie auch nur so getan hatten, als wäre er ihnen wichtig. Seine einzige richtige Familie war seine Großmutter gewesen und dann Pyper. Ich hatte zumindest meine Mutter und meine Tante Gwen; bei beiden hatte ich nie auch nur eine Sekunde daran gezweifelt, dass sie mich liebten. Doch Kane war regelmäßig abgeschoben worden. Und jetzt war ich hier, schwanger mit unserem ersten Kind und brachte mich in unnötige magische Schwierigkeiten.

„Ja. Ich verspreche es", sagte ich leise. „Du hast recht. Die Welt und jeden, den ich liebe, zu retten, liegt nicht allein auf meinen Schultern." Es fühlte sich einfach so an. Die mächtigste Hexe der Stadt zu sein bedeutete, dass ich mehr als genug magische Katastrophen sah. Aber Kane hatte recht. New Orleans hatte es geschafft, mehrere Jahrhunderte zu überleben, bevor ich auftaucht war. „Ich halte mich aus dem Getümmel raus."

„Auch wenn ich derjenige bin, der in Gefahr ist?", fragte Kane mit hochgezogener Augenbraue.

„Auch wenn der Teufel selbst aufkreuzt und dich zu seinem persönlichen Sklaven macht", sagte ich. „Hand aufs Herz."

„Gute Götter, Frau." Kane zuckte zurück, einen entsetzten Ausdruck auf seinem Gesicht. „Mach keine Witze darüber."

Ich beugte mich vor, schlang meine Arme um seine Taille und umarmte ihn. „Ich mache mir keine Sorgen. Du bist eine harte Nuss."

Er lachte. „Du auch, hübsche Hexe. Denk nur daran, was das für unser Kind bedeutet."

„Sie" – ich grinste ihn an – „wird eine unerschütterliche Kriegerin werden."

„Wenn sie ihrer Mama ähnlich ist, dann wird sie das." Er zwinkerte und gab mir einen glühendheißen Kuss. Einen Moment später ließ er mich los und spähte über meine Schulter. „Okay, wo sind jetzt die Short Ribs? Ich bin am Verhungern."

KAPITEL ACHTZEHN

*D*er Klang zweier sich duellierender Klingeltöne weckte mich aus einem tiefen, traumlosen Schlaf. Es war eine weitere Nacht ohne Traumwandeln mit Kane, und ich vermisste ihn. Doch es war keine Überraschung, wenn man die Ereignisse der letzten Tage bedachte.

„Dein Handy klingelt", sagte Kane, als er sich aufsetzte und an seines ging. „Hallo?"

Ich sah auf die Uhr und blinzelte. Es war nach neun. Ich fragte mich kurz, warum Kane nicht bei der Arbeit war, dann erinnerte ich mich, dass es im Club gebrannt hatte. Richtig. Er konnte nicht in seinem Büro arbeiten, bis es renoviert war.

Mein Handy klingelte weiter, und ich stöhnte, als ich danach griff. Nur anstatt es zu packen, stieß ich es versehentlich vom Nachttisch, und es fiel mit einem lauten Knall auf den Boden. Das Klingeln hörte sofort auf.

„Mist", murmelte ich, hängte mich über die Seite des Betts und sprach ein kleines Gebet, dass ich es nicht kaputtgemacht hatte. Meine Finger schlossen sich um das Hartplastikgehäuse, und als ich es umdrehte und den Knopf drückte, schien alles normal zu sein. Ich stieß einen kleinen Seufzer der Erleichterung aus und sah nach, von wem der verpasste Anruf war. Bea.

Ich wollte sie gerade zurückrufen, als ich Kane sagen hörte: „Sind Sie sicher, dass der Brandstifter eine Frau ist?"

„Eine Frau?" wiederholte ich, während ich mich aufsetzte und meine Beine anzog, während ich seiner Unterhaltung lauschte.

Kane nickte in meine Richtung. „Gut. Wenn Sie mir ein Bild ausdrucken können, frage ich bei meinem Personal nach, ob jemand sie erkennt." Er machte eine Pause und fügte dann hinzu: „Ich habe keine Ahnung. Die einzige Person, die ich kenne, die in letzter Zeit Beziehungsprobleme hatte, ist meine Managerin, doch ihre Ex lebt in Kalifornien. Und glauben Sie mir, wir würden es wissen, wenn sie in der Stadt wäre. Sie ist eine Prominente."

Kane nickte, versprach anzurufen, sobald er neue Informationen hatte, drückte dann auf die Beenden-Taste und warf sein Handy aufs Bett. Er atmete tief aus und rieb sich mit den Händen das Gesicht.

„Klingt, als hätte der forensische Ermittler etwas in der Datei gefunden", sagte ich.

„Ja. Er sagt, dass der Datensatz manipuliert wurde, um die Frau, die das Feuer gelegt hat, auszulöschen."

„Eine Frau also? Wie sieht sie aus?", fragte ich und dachte dabei schon an die Tänzerinnen, die in seinem Club arbeiteten. War eine von ihnen sauer auf ihn oder sowas? Das schloss zumindest die Möglichkeit aus, dass eine Hexe versuchte, den Laden niederzubrennen. So schrecklich es auch war, zumindest war es nur ein gewöhnliches Verbrechen und kein übernatürliches.

„Ich weiß nicht. Sie trägt eine Art Schal über dem Kopf. Ihre Haare und Gesichtszüge sind vollständig verdeckt."

„Woher wissen sie dann, dass es eine Frau ist?", fragte ich.

Er brachte ein winziges Lächeln zustande. „Ich denke, es ist das Dekolleté. Und wahrscheinlich die durchsichtigen Plastik Stripper-Schuhe."

„Also war es eine Stripperin?", fragte ich, und meine Augenbrauen schossen praktisch bis zu meinem Haaransatz.

„Oder zumindest versucht jemand, so auszusehen. Sie trägt einen winzigen rosa Rock, ein gepunktetes Bustier, gestreifte Strümpfe, durchsichtige Plastikschuhe und den passenden Seidenschal."

„Wie hat niemand jemanden bemerkt, der einen Schal trägt?", sagte ich kopfschüttelnd. Die Brandstifterin hatte die Stripper-Klamotten perfektioniert, doch niemand hier trug einen Schal auf dem Kopf, und schon gar nicht bei fünfundzwanzig Grad Außentemperatur. „Es muss Aufnahmen von dieser Frau ohne sie geben. Wenn sie es die ganze Zeit getragen hätte, hättest du oder Charlie bestimmt … Charlie. Du musst zuerst mit ihr reden. Wenn es eine der Tänzerinnen ist, wette ich, dass sie genau sagen kann, wer es ist." Sie war so aufmerksam.

Kane nickte, schlug die Decke zurück und stand auf. „Du hast recht. Der Detective schickt mir ein Bild per E-Mail. Ich werde die Angestellten fragen, ob sie sie erkennen, und mir dann den Rest des Sicherheitsmaterials noch einmal ansehen, vielleicht haben wir ja irgendwas übersehen." Er beugte sich über das Bett, küsste mich und sagte: „Morgen, hübsche Hexe."

Ich lächelte. „'Morgen."

Dann streckte er seine Hand aus und bot sie mir an. „Willst du mit mir duschen gehen?"

Die Hitze in seinen Augen entzündete sofort ein Feuer in

mir, und ich kletterte aus dem Bett und vergaß vollkommen den Anruf, den ich hatte tätigen wollen.

EINEINHALB STUNDEN SPÄTER, als ich an meinem Tisch saß, Kräutertee trank und ein Omelett mit Eiweißspinat aß, starrte ich auf meinen kaum berührten Teller und runzelte die Stirn. Ich wollte French Toast mit einer Menge Butter und echtem Ahornsirup. Nicht fades Eiweiß und Spinat. Ganz zu schweigen von echtem, ehrlichem Kaffee. Blaubeer-Kräutertee klang nach einer guten Idee, war aber in der Praxis kein Ersatz für den herrlichen Nektar kolumbianischen Röstkaffees. Vor allem, wenn man erschöpft war.

Ich nahm meinen Teller, warf alles, was drauf war in den Müll und holte alles aus dem Schrank, was für French Toast nötig war. Ich könnte zum Mittagessen gesund essen. Und gerade als ich ein Ei in eine Schüssel schlug, hörte ich das leise Geräusch meines Klingeltons. Wo war mein Handy nochmal? Richtig. Im Schlafzimmer. Ich eilte zu meiner Seite des Betts und nahm mein Telefon.

Beas Name blinkte auf dem Bildschirm.

Verdammt. Nach vierzig Minuten Duschen mit Kane hatte ich voll und ganz vergessen, dass sie angerufen hatte.

„Guten Morgen, Bea", sagte ich, als ich den Anruf annahm.

„Habe ich dich geweckt?"

„Nein, ich wollte nur frühstücken", sagte ich und ging zurück in die Küche. „Tut mir leid, dass ich dich nicht zurückgerufen habe, ich war … abgelenkt."

„Macht nichts. Hör' zu, ich habe mit dem Rat und Maximus gesprochen, und es scheint, als hätten wir ein Problem. Kannst du rüberkommen?"

Ich biss mir auf die Unterlippe. Ich hatte Kane versprochen, dass ich ausnahmsweise zu Hause bleiben und es ruhig angehen lassen würde. Doch andererseits gab es wirklich keinen sichereren Ort als Beas Haus. „Natürlich." Ich warf einen Blick auf meine French-Toast-Vorbereitungen. „Soll ich gleich kommen?"

„Ja. Es ist ziemlich dringend."

Ich spähte in den Müll und mein jetzt ungenießbares Omelett. „Okay. Du hast mich davor bewahrt, mich mit zu vielen Kohlenhydraten vollzustopfen. Ich bin in zehn Minuten da."

„Danke." Sie legte auf und ich nahm mir eine Packung Pop-Tarts. Ich beobachtete Duke, der lange genug aufgehört hatte, an der Mülltonne herumzuschnuppern, um mir einen verurteilenden Blick zuzuwerfen.

„Schau mich nicht so an", sagte ich zu meinem Geisterhund. „Du bist derjenige, der sabbert, wenn er den Müll beschnuppert."

Er neigte seinen Kopf zur Seite und starrte mich mit seinem traurigen Blick an.

„Oh komm schon. Hör auf, mir Schuldgefühle machen zu wollen. Du weißt, ich würde mit dir teilen, wenn du nicht, du weißt schon, ein Geist wärst."

Er ließ sich auf den Boden fallen, legte seinen Kopf auf seine Pfoten und stieß einen lauten Hundeseufzer aus.

„Du machst mich fertig", sagte ich kopfschüttelnd. Und obwohl ich wusste, dass er es nicht essen konnte, brach ich ein Stück von meiner Pop-Tart mit braunem Zucker ab und hielt es ihm unter die Nase. Er wurde fast verrückt, als er versuchte, den kleinen Bissen zu essen. Da er aber nicht in solider Form war, war die Mühe vergeblich. Fünf Minuten später, als ich aus der Tür ging, versuchte er immer noch, das Gebäck vom Boden aufzulecken.

Das sollte ihn für den Tag beschäftigen, dachte ich, während ich die Tür hinter mir abschloss.

~

„HAST DU FRÜHSTÜCK GEMACHT?", fragte ich Bea, als ich ihr sonnengelbes Wohnzimmer betrat. Zimt- und Muskatnuss, kombiniert mit dem reichen Duft von Ahornsirup, erfüllten die Luft.

„French Toast. Dein Lieblingsfrühstück", bestätigte sie und führte mich zu ihrem kleinen Esstisch.

„Woher wusstest du, dass ich dabei war, das zu machen?", fragte ich sie, als sie mir eine Tasse Tee in die Hand drückte.

„Nur so eine Ahnung." Sie warf mir ein geheimnisvolles Lächeln zu.

Das reiche Aroma von Chai wehte aus der Tasse. „Chai! Oh Gott, ich ziehe hier ein."

Bea lachte und stellte mir einen Teller mit zwei Scheiben French Toast hin.

Nachdem ich ein faustgroßes Stück Butter darauf geschmolzen und alles in echtem Ahornsirup ertränkt hatte, begann ich zu essen und stöhnte angesichts der herrlichen Köstlichkeit. „Was hast du da reingetan?", sagte ich mit vollem Mund.

„Geheime Gewürze." Sie nippte an ihrer Tasse und lehnte sich zurück, offensichtlich zufrieden mit meiner Reaktion.

„Was auch immer es ist, ich werde morgen wieder zum Frühstück hier sein."

„Du bist jederzeit willkommen, Jade", sagte sie kichernd.

„Aber morgen bin ich im Laden."

„Mist." Ich verschlang das Frühstück viel zu schnell, und als ich fertig war, lehnte ich mich zurück und hielt mir den Bauch. „Das war lecker."

„Hast du genug?", fragte sie.

Ich überlegte, um mehr zu bitten, schüttelte aber den Kopf, weil ich wusste, dass ich mich in etwa zwei Minuten fühlen würde, als hätte ich mein Gewicht in Brot gegessen. „Nein, das war perfekt." Ich schob den Teller beiseite und beugte mich vor. „Also, was war so wichtig?"

„Der Rat bestreitet jedes Wissen um eine Drachenseele in der Skulptur. Sie sagen, dass alles, was sie gesehen haben, eine magische Illusion war."

„Glaubst du ihnen?", fragte ich.

Sie schüttelte den Kopf. „Nein. Die Hexe, mit der ich dort drüben gesprochen habe, war nicht ehrlich. Jedenfalls nicht ganz. Mein internes Bullshit-Meter hat wie verrückt ausgeschlagen."

Hexen anzulügen war schwierig. Manche, wie Bea, konnten es immer erkennen. Und Leute wie ich, Empathen, konnten die Schuldgefühle oder die Angst, die mit einer Lüge einhergingen, spüren. Die Ratshexe muss gewusst haben, dass Bea sie wahrscheinlich durchschauen könnte. Was bedeutete, dass die Tatsache, dass sie gelogen hatte, nur noch weniger Gutes erahnen ließ. Was versuchte sie zu verbergen?

„Hast du überhaupt was aus ihr herausbekommen?", fragte ich.

Sie schüttelte den Kopf. „Ich habe eine andere Quelle gefunden."

„Maximus?", vermutete ich. Er war derjenige, der sie auf das Buch aufmerksam gemacht hatte.

„Ja." Sie trank einen Schluck von ihrem Tee. „Wie sich

herausstellt, wurden die meisten Drachenwandler getötet. Einer jedoch nicht."

„Der, der in der Statue gefangen war?", sagte ich mit einem Seufzen.

„Ja. Es gibt Überlieferungen darüber, und die Überlieferungen stimmen mit dem überein, was du bisher gesehen hast."

„Okay, warum war er in der Statue gefangen?"

„Weil er von Dämonen gefangen genommen und fast zu Tode gefoltert wurde. Ein Engel hat ihn gerettet, doch er war nicht mehr derselbe und hat den Verstand verloren."

Sie reichte mir eine Seite, die aussah, als wäre sie aus einem Buch fotokopiert worden. Ich sah sie mir an. Da war ein Bild von einem Mann mit verbrannter Erde um ihn herum, darüber standen die Worte TODESDRACHE geschrieben.

„In seiner menschlichen Form wurde er zu einer Tötungsmaschine, die jeden und alles ermordet hat, was ihm in den Weg kam. Er hatte kein Gefühl für richtig oder falsch, nur Zerstörung. Seine menschliche Form wurde getötet, doch dieser Drache lebt weiter. Niemand wusste, warum die anderen getötet werden konnten, er jedoch nicht, also haben sie ihn vor dreihundert Jahren in einer Statue eingesperrt. Seitdem war er dort, bis diese Woche."

Fassungslos lehnte ich mich zurück. „Du sagst, wir könnten es mit einer Serienkiller-Drachenseele zu tun haben."

„So sieht es aus."

„Und er übernimmt Conors Seele?"

„Ja. Und genau wie ich vermutet habe, tut er es, indem er deine Magie stiehlt." Sie verzog das Gesicht, als sie in Richtung meines Arms nickte. „Die Verbrennung ist noch nicht besser, oder?"

„Nein, ist sie nicht. Ich …" Die Luft schien aus meinen

Lungen zu verschwinden, als ich mir endlich wirklich erlaubte, zu verarbeiten, was sie mir zu sagen versuchte. Die Verbindung. Die Tatsache, dass ich Conors Gedanken hören konnte. Dass meine Magie „anders" war. Es ergab einen Sinn. Meine Magie war seit der Nacht, in der ich ihn von den Drachenschuppen geheilt hatte, nicht mehr normal gewesen. Hatte ich ihn wirklich geheilt, oder hatte meine Magie gerade ausgereicht, damit der Drache die Schuppen verstecken konnte? „Meine Verbrennung wird nicht heilen, bis der Drache genug Magie hat, um zu wandeln, oder?"

„Nein. Sie ist, was euch verbindet, und er braucht Magie, um die Verwandlung zu vollenden."

„Wir können nicht einfach hier sitzen und es passieren lassen", sagte ich und richtete mich vor Entschlossenheit auf. Das Letzte, was ich tun würde, war, in meiner Küche zu sitzen, während sich ein dahergelaufener Schauspieler sich von meiner Magie ernährte. „Es muss etwas geben, das wir tun können, um das zu stoppen.

Sie presste ihre Lippen zu einer dünnen Linie zusammen, ihr Gesichtsausdruck war hart und ernst. „Wir müssen in das Archiv der Unerklärlichen Dinge einbrechen, die Skulptur holen und Conor finden. Dann können wir die Drachenseele zurück in die Statue zwingen und den Rat dazu bringen, sie an einem sicheren Ort zu verwahren."

„In das Archiv der Unerklärlichen Dinge einbrechen? Das klingt überhaupt nicht problematisch", sagte ich, und meine Stimme triefte vor Sarkasmus. „Du siehst keine Chance, dass sie uns einfach die Statue geben, wenn wir nett fragen?"

Beas Lippen wurden wieder schmal, als ein Zornesblitz durch ihre Augen zuckte. „Das wäre optimal. Doch die Ratsvorsitzende Annette Norwood sagte, meine Theorie sei ein Ammenmärchen, und hat mir die Tür vor der Nase zugeschlagen. Und um die Sache interessant zu machen, hat sie mir Hausverbot erteilt."

„Warum?", fragte ich schockiert. „Seit wann kommst du nicht mit dem Rat zurecht?"

„Seit heute Morgen gegen 08:42 Uhr. Wir sind anscheinend über etwas gestolpert, das sie entweder zu vertuschen versuchen oder mit dem sie sich nicht befassen wollen."

Empörung machte sich in mir breit, als ich meine Hände zu Fäusten ballte. „Was denken sie sich dabei? Wollen sie warten, bis der Drache das nächste Mal Amok läuft? Ist es das?"

„Ich bezweifle, dass das das Ergebnis ist, auf das sie hoffen, aber es ist wahrscheinlich das Einzige, was sie dazu bringen würde, etwas zu tun."

„Heilige Scheiße", murmelte ich. Dann blickte ich auf. „Wir haben zu tun."

Sie griff in ihre Tasche nach ihrem Handy. „Ich rufe Rosalee an. Du telefonierst mit Lucien."

Ich nickte, und wir machten uns daran, Verstärkung zu rufen.

KAPITEL NEUNZEHN

„Also was werden wir tun? Einfach reingehen?", fragte ich Bea. Wir saßen in ihrem Prius, der in einer Seitenstraße einen Block vom Gelände des Hexenrats entfernt geparkt war.

„Ja." Sie klappte die Sonnenblende herunter und rückte die kupferrote Perücke zurecht, die sie irgendwo aus den Tiefen ihres Schranks hervorgekramt hatte. „Wir können so tun, als wären wir Statisten in der Show."

Ich zog die straßenköterblonde Perücke über, die sie für mich besorgt hatte, und verzog das Gesicht. „Das ist scheußlich. Erinnere mich daran, meine Haare niemals in dieser Farbe zu färben."

Sie lachte. „Die Farbe soll dich mit dem Hintergrund verschmelzen lassen. Das tut sie nicht ganz, aber es ist besser, als mit deinen rotblonden Haaren da rumzulaufen. Damit erkennt dich jeder."

„Stimmt."

„Nur noch eine Sache, und dann sind wir bereit." Sie wedelte mit der Hand und sandte Magie durch das Auto. Sie prickelte auf meiner Haut, und einen Moment später verschwamm meine Sicht. Ich blinzelte und konzentrierte mich auf Bea. Ihre rote Perücke war immer noch an Ort und Stelle, doch jetzt wirkte sie zwanzig Jahre jünger und ungefähr dreißig Pfund schwerer.

„Was hast du gerade gemacht?", fragte ich ehrfürchtig und ein wenig beunruhigt.

„Illusionszauber. Damit uns niemand erkennt." Sie klappte meine Sonnenblende herunter und bedeutete mir, einen Blick darauf zu werfen. Ich hatte dunkle Augen, ein runderes Gesicht und so blasse Haut, dass ich als Vampir hätte durchgehen können. Niemand würde uns erkennen.

„Meine Güte", flüsterte ich und berührte mein Gesicht.

„Du bist immer noch dieselbe. Wie ich schon sagte, es ist nur eine Illusion." Sie lächelte. „Verkleidung wie meine Perücke sind nützlich, wenn der Zauber fehlschlägt oder eine Hexe die Magie durchschauen kann", sagte sie und tätschelte ihr falsches Haar. „Aber die Leute schauen normalerweise nicht so genau hin, was magische Illusionen sehr effektiv macht."

Mein Handy summte mit einer SMS von Kane, in der er mich bat, ihn anzurufen. Ich starrte auf die Nachricht, Schuldgefühle nagten an mir. Ich sollte ihm sagen, was wir vorhatten. „Bea?"

„Ja, Jade." Sie drehte sich um und schenkte mir ihre volle Aufmerksamkeit. Da bemerkte ich, dass ein Dolch auf ihrem Schoß lag, der dem von Maximus und Kane sehr ähnlich sah.

„Wofür ist der?" Ich deutete auf die Waffe.

„Nur für den Fall." Sie öffnete ihre Tür, doch ich legte eine Hand auf ihren Arm und hielt sie zurück.

„Ich kann das nicht." Ich holte scharf Luft. „Erst gestern Abend hat Kane mich gebeten, im Moment die anderen die schwere Arbeit erledigen zu lassen und meine Magie nicht einzusetzen. Ich bin sicher, du verstehst, wie sehr ich das nicht tun will, zumal ich diejenige bin, die hier in Schwierigkeiten steckt, aber ich muss jetzt auch noch an jemand anderen denken." Ich blickte hinunter auf meinen Bauch und dann wieder zu ihr auf. „Können wir Kane anrufen und ihn dir dabei helfen lassen? Oder Lucien?"

Sie biss sich auf die Unterlippe und schüttelte dann den Kopf. Sie öffnete die Tür und sagte: „Nein, ich gehe einfach allein. Du wartest hier, aber setzt dich ans Steuer und machst dich bereit. Es könnte … interessant werden."

„Warte, du kannst da nicht allein reingehen!", rief ich, doch sie war bereits ausgestiegen und eilte auf das Gelände zu.

„Scheiße!" Ich hörte die Nachricht nicht einmal ab, bevor ich Kane anrief.

„Hey", Kanes tiefe Stimme drang an mein Ohr. „Wie geht's dir –"

„Ich habe Bea gerade allein losgeschickt, um beim Hexenrat einzubrechen. Du musst sofort herkommen und ihr helfen. Es ist wichtig."

„Was?"

„Ich habe gesagt –"

„Ich habe dich gehört", sagte er. „Aber wovon redest du?"

Hastig berichtete ich ihm, was Bea mir zuvor erklärt hatte, und fügte dann hinzu: „Also tue ich, was du verlangt hast, und halte mich zurück, aber jetzt ist sie da drin und versucht, eine Statue zu stehlen, und sie wurde schon vom Gelände verbannt. Wenn sie erwischt wird …"

„Ich bin auf dem Weg. Wie ist nochmal die Adresse?"

„Orleans Avenue zwischen Bragg und Harrison."

„Ich bin auf dem Weg", sagte er und legte auf.

Ich sprang aus dem Auto und rannte auf die Fahrerseite.

Gerade als ich die Tür öffnete, tauchte Kane scheinbar aus dem Nichts auf. Mein Herz schlug schneller, und ich sah mich um, um mich zu vergewissern, dass niemand sonst es gesehen hatte. Ein streunender Hund rannte auf ihn zu und begann, unkontrolliert zu bellen.

„Ruhe!", befahl Kane.

Der Hund hörte auf zu bellen und setzte sich gehorsam zu Kanes Füßen.

Wow. Das war beeindruckend.

Kane kam schnell auf mich zu, küsste mich auf die Stirn und fragte: „Was soll ich tun?"

„Geh hinter Bea her. Pass einfach auf sie auf und sorg dafür, dass sie nicht erwischt wird. Sie ist auf dem Weg zum Archiv der Unerklärlichen Dinge und will dann gleich wieder hierher zurückzukommen."

„Geht klar." Er drehte sich um, rannte die Straße hinunter und verschwand einen Moment später um die Ecke.

Ich saß da und trommelte mit den Fingern auf dem Lenkrad herum – *trommel, trommel, trommel. Trommel. Klopf, klopf, klopf. Trommel.* Das Geräusch dröhnte in meinen Ohren, und die Sorge um die beiden verknotete mir die Eingeweide.

Stillsitzen und Warten war so weit außerhalb meiner Wohlfühlzone, dass ich das Gefühl hatte, gleich aus meiner Haut springen zu wollen. Auch wenn ich meine Magie nicht voll ausschöpfen konnte, hatte ich immer noch Zugriff. Ich war nicht vollkommen hilflos.

Aber mich aus dem Getümmel herauszuhalten, bedeutete, mein Kind zu beschützen – das eine kleine Wesen, das Kane und ich am meisten liebten. Egal wie nervös es mich machte, ich wusste, dass ich bleiben musste, wo ich war, bis Bea und Kane zurückkehrten. Frustriert schlug ich mit der Faust auf die Konsole, stieg dann aus und ging die menschenleere Straße entlang.

Endlich, nach einer gefühlten Ewigkeit, sprinteten zwei Gestalten um die Ecke. Kane rannte voraus und hatte die Statue unterm Arm, während Bea hinter ihm war und einen Zauber nach dem anderen über ihre Schulter warf.

„Oh Mist." Ich eilte zurück in den Prius und ließ den Motor an, bereit loszufahren, sobald sie ins Auto sprangen. Kane war als Erster da.

Dann, gerade als Bea nach der Türklinke griff, traf sie ein grellrotes magisches Licht an der Schulter, und sie sackte zu Boden.

„Scheiße!" Ich war innerhalb von Sekunden aus dem Auto. Magie ergoss sich in meine Handflächen, und ohne nachzudenken warf ich sie auf die beiden Hexen in schwarzen Samtroben, die auf uns zukamen. Schwarzer Samt im Mai? War das nicht ein bisschen übertrieben?

Meine tiefviolette Magie bildete wieder einmal eine große Sturmwolke. Nur anstatt nur zuzusehen, was sie tun würde, stellte ich mir dieses Mal vor, wie sie direkt über den Hexen schwebte. Die Wolke wurde dicht und dunkel und wütend. Dann grollte der Donner. Ein Wolkenbruch überwältigte sie.

Beide schrien und rannten in entgegengesetzte Richtungen aus der Wolke, doch es nutzte nichts. Die Wolke teilte sich und folgten den Hexen.

„Jade, steig ein!", blaffte Kane.

Ich sah mich auf der Straße um und suchte hektisch nach meiner Mentorin. „Wo ist Bea?"

„Im Auto. Lass uns fahren!", rief Kane.

Erleichterung durchströmte mich, und ich sprang zurück in den Prius. Als ich den Gang einlegte, warf ich über meine

Schulter einen Blick auf Bea auf dem Rücksitz. „Geht's dir gut?"

Sie sah mich mit einem grimmigen Lächeln an, während sie sich die Schulter hielt. „Das tat höllisch weh, aber ich werd's überleben."

„Der Göttin sei Dank." Ich trat aufs Gas, und kurz bevor wir um die Ecke bogen, blickte ich in den Rückspiegel und hätte fast gelacht. Die beiden Hexen standen vollkommen durchnässt mitten auf der Straße und feuerten Zauber auf meine Regenwolken ab. Mein Zauber war nicht die sexyste Magie aller Zeiten, doch er hatte seinen Zweck erfüllt.

ZWANZIG MINUTEN später waren wir bei Bea zu Hause, saßen an ihrem Tisch, und alle Spuren unserer Verkleidung waren verschwunden. Lucien, mein Stellvertreter im Zirkel, hatte dort auf uns gewartet, und Rosalee, eine weitere Hexe aus dem Zirkel, war auf dem Weg hierher. Wir hatten uns noch nicht entschieden, die übrigen Mitglieder anzurufen.

„Du solltest deswegen wirklich zu einem Heiler gehen", sagte Lucien und betrachtete Bea, während sie ihre Schulter mit einer Art Creme einrieb. Welchen Zauber auch immer die Ratshexen benutzt hatten, er hatte eine wütende weiße Blase hinterlassen, die sich an den Rändern dunkelviolett verfärbte.

„Ich kann nicht. In dem Moment, in dem ich eine Klinik betrete, wissen sie, dass ich vom Rat verflucht wurde und dass ich diejenige war, die die Statue gestohlen hat. Das wird schon wieder. Das hier beschleunigt den Heilungsprozess." Sie schloss den Deckel der Salbe und wandte sich Kane zu. „Der Rat weiß wahrscheinlich, dass du mir geholfen hast, die Statue zu holen. Doch da du als Mitglied der Bruderschaft unter Maximus' Gerichtsbarkeit stehst, werden sie wahrscheinlich ihn fragen, ob sie dich vernehmen dürfen. Es steht außer Frage, dass er ihre Bitte ablehnen wird. Das tut er immer."

Der Hexenrat und die Bruderschaft hatten keine sehr erfolgreiche Kooperationsbilanz. Keine der mächtigen übernatürlichen Organisationen hatte das. Selbst wenn sie auf derselben Seite waren, hatte jede immer noch ihre eigene Politik und Ziele. Es war fast unerhört, miteinander zu kooperieren, es sei denn sie waren gezwungen, sich zusammenzuschließen, um die Zerstörung der Welt zu verhindern.

„Jade, du hast dieses Privileg nicht. Sie werden nach dir suchen", fügte sie hinzu. „Diese Sturmmagie, sie haben sie schon einmal gesehen und werden eins und eins zusammenzählen, besonders weil sie Kane gesehen haben und er nicht mit einer Illusion verzaubert war."

„Was ist mit dir?", fragte ich. „Glaubst du, sie haben dich unter deinem Zauber erkannt?"

„Nein." Sie presste ihre Lippen aufeinander. „Ich kenne einen von ihnen. Wenn sie vermutet hätte, dass ich es war, wäre sie ausgeflippt. Wir sind nicht gerade gute Freunde."

Wir blickten beide zur Drachenskulptur hinüber. Bea hatte bestätigt, dass ihr Spuren abgestandener Magie anhafteten, doch derzeit war keine Seele, kein Drache oder irgendetwas anderes darin eingeschlossen.

„Wir müssen schnell arbeiten, um Conor zu finden, damit du keinen Ärger bekommst", sagte sie.

„Ein Findezauber?", fragte Lucien. Seine Stirn war gerunzelt, wie immer, wenn ich es schaffte, mich mitten in irgendwelchen Ärger zu katapultieren, und Sorge strömte von ihm aus. Interessant. Ich konnte seine Gefühle nicht wahrnehmen, doch ich schien immer besser darin zu werden, diejenigen zu lesen, die ich gut kannte.

Ich nickte. „Ich kann der Katalysator sein. Da wir verbunden sind, sollte das nicht allzu schwer sein."

Kanes Miene verfinsterte sich, und ich wusste, was er dachte. Wir hatten beide gesagt, dass wir uns aus Ärger heraushalten wollten, doch dafür war es zu spät.

„Zumindest werde ich den Zirkel haben, der mich unterstützt", sagte ich und strich mit meinen Fingern über seine Hand.

„Und mich", sagte er resigniert. „Bis das geklärt ist, werde ich nicht von deiner Seite weichen."

„Ich denke, das ist eine gute Idee", stimmte Bea zu. „Wir wissen nicht, was passieren wird, wenn der Drache immer stärker wird."

Eine bedrohliche Stille legte sich über den Tisch. In unserer Welt gab es eine unbegrenzte Zahl von Unbekannten. Von gestohlenen Seelen über Ausflügen in die Hölle bis hin zum Eingesperrtsein in Räumen, in denen die Zeit stillstand, war das Potenzial für ernsthaft beschissene Situationen hoch. Ich legte meine Finger fester um Kanes, dankbar, dass sein Beschützerinstinkt die Führung übernommen hatte.

„Ich denke nicht, dass wir mehr Leute einbeziehen sollten, als wir müssen", sagte ich, weil ich nicht wollte, dass sie unnötig Schwierigkeiten mit dem Rat bekamen. Schlimm genug, dass wir Lucien da hineingezogen hatten. Er war mein Stellvertreter im Zirkel, doch er arbeitete auch manchmal für den Rat. Ich würde ihn nur in eine sehr unangenehme Position bringen. „Glaubst du, wir können den Findezauber ohne den Rest des Zirkels wirken?"

„Wir brauchen neben Rosalee noch eine weitere Hexe", sagte Lucien.

„Wir könnten Julius anrufen", sagte Kane.

Ich verzog das Gesicht. Julius war Pypers Verlobter. „Aber er arbeitet auch für den Rat. Ich habe schon ein schlechtes Gewissen, dass wir Lucien angerufen haben." Ich drehte mich zu ihm um. „Tut mir leid, ich –"

Er winkte ab. „Vergiss es. Da drüben stimmt was ganz und gar nicht, wenn sie das nicht untersuchen wollen. Und ich weiß, dass du dasselbe für mich tun würdest." Er holte sein Handy aus der Tasche und schickte eine SMS. Einen Moment später summte es. Er lächelte. „Julius ist unterwegs."

„Aber …", begann ich.

„Er ist ein erwachsener Mann, Jade", sagte Lucien. „Er kann seine eigenen Entscheidungen treffen."

„Natürlich kann er das. Ich will nur nicht der Grund sein, warum er seinen Job verliert … oder Schlimmeres."

„Es ist nur ein Suchzauber, Jade", sagte Bea. „Danach machen wir weiter."

„Richtig, weil das immer so läuft", sagte ich, mein Ton voller Sarkasmus. „Sobald der Suchzauber abgeschlossen ist und wir wissen, wo Conor ist, werden weder Lucien noch Julius darauf bestehen, uns zu begleiten, wenn wir uns auf den Weg machen, ihn zu finden. Sie werden einfach nach Hause zu ihren Verlobten gehen und Abendessen machen oder sich einen Film ansehen, nicht wahr?"

„Das könnte passieren", sagte Lucien und täuschte Desinteresse vor.

„Sicher." Ich stand auf. „Lasst uns das hinter uns bringen."

KAPITEL ZWANZIG

ir waren auf dem Weg zur Tür, als Kane eine SMS von Pyper bekam. „Scheiße", murmelte er. Ich hielt inne. „Was ist?"

„Der Brandinspektor und der Brandmeister sind im Club. Sie haben eine Spur zur Brandstifterin und wollen so schnell wie möglich mit mir sprechen."

„Dann geh", sagte ich. „Triff dich mit uns am Kreis, wenn du fertig bist."

Er zögerte.

„Geh nur." Ich legte meine Hand an seine Brust und gab ihm einen Kuss. „Mir wird schon nichts passieren. Bea, Lucien, Julius und Rosalee werden da sein. Was soll da schon schiefgehen?" Ich grinste.

Er starrte mich ausdruckslos an. „Was könnte da schon schiefgehen? Du beliebst zu scherzen."

„Okay, alles kann schiefgehen. Aber falls oder wenn es passiert, bin ich in den besten Händen. Außerdem kommst du sowieso bald nach. Geh. Du willst diese Leute nicht warten lassen."

Er blickte zu Bea hinüber.

„Wir werden sie nicht aus den Augen lassen", versprach Bea.

„Okay." Er holte tief Luft und streckte seine Arme aus. „Komm her, hübsche Hexe."

Ich trat in seine wartende Umarmung und hielt mich an ihm fest.

„Sei vorsichtig", flüsterte er mir ins Ohr.

„Du auch." Dann, nach einem letzten Kuss, ließ er mich los, ging bis zum Ende der Einfahrt und verschwand dort in der Schattenwelt.

„Es ist immer noch seltsam, ihm dabei zuzusehen", sagte Lucien.

Er hatte recht. Es war seltsam zuzusehen, wie mein Mann in eine andere Dimension schlüpfte, und zu wissen, dass er meilenweit entfernt auf der anderen Seite der Stadt wieder herauskommen würde. Als Dämonenjäger war das eine seiner Gaben. Ich hatte dieselbe Fähigkeit, doch nur, wenn ich mit Kane zusammen war. Es war ein Überbleibsel aus meiner Zeit als Schattenwandler für die Engel.

Ein knallroter Käfer schoss die Einfahrt hinauf, kam mit einem Ruck zum Stehen, und im nächsten Moment sprang Rosalee heraus. Die zierliche Brünette hatte ein breites Lächeln auf dem Gesicht. „Zirkelhexe meldet sich zum Dienst. Was steht heute auf dem Programm?", fragte sie. „Götter rufen? Geister? Elvis? Bitte sagt mir, dass es Elvis ist."

Ich lachte. „Nein, aber das wäre besser."

„Lasst uns losfahren. Wir werden es dir auf dem Weg zum Kreis erklären", sagte Bea und öffnete ihre Autotür.

Rosalee kam auf mich zu und umarmte mich schnell. „Wie geht's dem Baby, Mama?"

„Gut. Ich versuche, mich aus allem Ärger rauszuhalten."

Sie hob eine Augenbraue und ging auf die andere Seite von Beas Auto. „Und wie läuft das?"

Ich schnaubte. „Ziemlich gut." Ich hob meinen bandagierten Arm. „Ich wurde von einem magischen Drachen verbrannt, habe meine Empathengabe verloren, und ein Typ, der versucht, zu einem Drachenwandler zu werden, bedient sich meiner Magie."

Sie starrte mich mit geöffnetem Mund an. Dann schloss sie ihn und nickte. „Ergibt einen Sinn. Nur ein normaler Tag im Leben einer Hexe, nicht wahr?"

Lucien, der vor mir stand, lachte. „Das kannst du laut sagen."

Ich schüttelte den Kopf. „Lacht nur, ihr zwei. Eure Tage werden auch noch kommen."

Bea räusperte sich. „Wenn ihr drei fertig seid … können wir vielleicht losfahren."

Wir tauschten einen zerknirschten Blick aus, als wären wir gerade von Mama ausgeschimpft worden, und stiegen dann pflichtbewusst ins Auto.

„So ist besser", sagte Bea, und ein zufriedenes Lächeln umspielte ihre Lippen. „Jetzt haltet euch fest."

Das Auto machte einen Ruck vorwärts, und ehe ich mich versah, rauschte Bea durch die Straßen des Garden District, als würde sie ein NASCAR-Rennen fahren.

„Whoa", sagte ich und griff nach der Tür. „Warum die Eile?"

„Ich habe heute Abend ein heißes Date. Ich will Maximus nicht warten lassen." Sie sah mich an, ein Grinsen im Gesicht.

Rosalee kicherte. Lucien stöhnte. Ich nickte und betete um unser aller willen, dass sie sich nicht verspäten würde.

~

„Es ist eine Weile her, nicht wahr?", fragte mich Lucien, als wir durch die Bäume zum Kreis gingen.

„Auf jeden Fall. Ich war nicht mehr hier, seit wir davon erfahren haben." Ich legte meine Hand auf meinen Bauch und biss in meine Unterlippe. Das war nicht das, was ich tun wollte. Hochzeitsplanung und das Einrichten eines Kinderzimmers waren auf meiner Tagesordnung gewesen. Stattdessen war ich hier und versuchte, mich von einem weiteren dummen Fluch zu befreien.

„Entspann dich", sagte Lucien. „Der Kreis wird dich beschützen."

Ich nickte, wohl wissend, dass er recht hatte. Obwohl der Kreis schon einmal kompromittiert worden war. Kopfschüttelnd verdrängte ich meine Zweifel und Ängste und konzentrierte mich auf die kleinen Zweige, die unter meinen Füßen knackten. Und als wir durch die Bäume kamen und mir der schlammige, erdige Duft des mächtigen Mississippi entgegenschlug, fühlte ich mich wie zu Hause. Die Lichtung war ein Zufluchtsort, eingebettet zwischen dem Fluss und einem Wald, geschützt vor neugierigen Blicken.

„Ich fange an", sagte Rosalee und ließ eine Tüte mit den nötigen Utensilien in den Kreis fallen.

„Lass mich dir helfen." Ich nahm einen Behälter mit Salz und begann sofort, es entlang der äußeren Rille des vielbenutzten Kreises zu verteilen. Salz half dabei, eine Schutzbarriere zu schaffen und den Kreis zu versiegeln, um die Magie einzudämmen. Wir brauchten es genau genommen nicht, da der Kreis gut etabliert war, doch war eine Vorsichtsmaßnahme.

Rosalee nahm die Stumpenkerzen und stellte sie an jedem der vier zentralen Punkte des Kreises auf.

Bea zog einen kleinen Zeremoniendolch aus ihrer Tasche und reichte ihn mir. „Den wirst du brauchen."

„Warum?", fragte ich. Doch ich nahm an, falls Conor auftauchte und versuchte, mich nochmal zu entführen, könnte ich ihm damit in den Allerwertesten stechen.

„Du wirst dein Blut für den Zauber verwenden müssen."

Ich drückte ihr die Klinge wieder in die Hand. „Nein. Das letzte Mal, als ich das getan habe, habe ich tatsächlich jemanden gerufen. Ich will nur einen einfachen Findezauber wirken. Keine magischen Duelle, kein Feuerwerk, nur einen Ort ausfindig machen, damit wir wissen, wo wir Conor finden können."

„Aber wir haben nichts von ihm, das wir verwenden könnten", sagte sie. „Und wenn wir recht haben und er deine Magie benutzt, wird das funktionieren."

„Oh Sohn einer … Verdammt." Ich nickte widerwillig. „Gut, aber du machst die Anrufung, und ich stehe nur da und blute im Kreis."

„Das war mein Plan." Sie warf einen Blick auf ihre weiße Leinenhose. „Ich möchte im Moment nicht wirklich in einen Sturm kommen."

„Ha ha", sagte ich zynisch, schenkte ihr dann aber ein Lächeln, denn sie hatte recht. Die einzige Magie, die ich derzeit zu kontrollieren schien, war das Wetter. Das würde uns bei einem Findezauber nicht viel nützen.

Bea tätschelte meinen Arm. „Auch das wird vorübergehen."

„Hoffentlich. Denn so sehr ich mich in der Vergangenheit auch darüber beschwert habe, ein Empath zu sein, langsam vermisse ich es wirklich." Ich schnitt eine Grimasse. Mein ganzes Leben lang hatte ich die Tatsache gehasst, dass ich Menschen lesen konnte und dass ihre Energie mir oft die Kraft raubte.

Doch jetzt, wo die Fähigkeit weg war, fühlte ich mich … leer. Als würde ein Teil von mir fehlen. „Ist es schlimm, das zuzugeben? Dass ich es mag, die Emotionen der Menschen zu spüren?"

„Nein, Liebes", sagte Bea mit sanfter Stimme. „Es ist ein Teil von dir. Und eine mächtige Gabe. Es ist nur natürlich, dass du das Gefühl hast, zu haltlos zu sein, jetzt, wo sie weg ist."

„Haltlos", wiederholte ich. „Ja, ich denke, das ist es."

Lucien, der am Handy gewesen war, kam zu uns herüber. „Wo ist Julius?"

„Hier." Fraglicher Hexenmeister war gerade aus dem Wald aufgetaucht und hatte mich erschreckt. Er trug Jeans mit schwarzen Bikerstiefeln, und sein schulterlanges dunkles Haar war vom Wind zerzaust. Zweifellos wartete seine Harley auf dem Parkplatz auf ihn.

„Verdammt", murmelte ich. Zu jeder anderen Zeit hätte ich gewusst, dass er sich näherte. Und die Tatsache, dass dem nicht so war, gab mir das Gefühl, verwundbar zu sein. Das war mehr als alles andere das, was mich aus dem Gleichgewicht brachte. Es war nicht nur, dass ein Werkzeug aus meiner Werkzeugkiste fehlte, es war, dass mir einer meiner Sinne fehlte.

„Stimmt was nicht?", fragte Julius.

„Nein. Nicht mehr als sonst auch." Ich ging in die Mitte des Kreises und setzte mich.

Julius folgte mir und ließ sich neben mir nieder. „Willst du mir sagen, was los ist?"

„Ja." Ich verbrachte die nächsten fünf Minuten damit, ihn einzuweihen, und fragte dann: „Du hast Kane nicht gesehen, oder?"

Er schüttelte den Kopf. „Aber ich habe den Sheriff und den Brandinspektor gesehen. Pyper hat gesagt, dass sie ungeduldig auf Kane warten."

Ich runzelte die Stirn. „Kane ist gleich gegangen, nachdem er die SMS von Pyper bekommen hat. Er hätte innerhalb von ein oder zwei Minuten da sein sollen."

Julius fuhr sich mit der Hand durch sein dichtes Haar und schüttelte dann den Kopf. „Ich weiß nicht, Jade. Ich bin zehn Minuten später aufgebrochen, weil ich einen Bericht für den Rat fertiggemacht habe. Kane war noch nicht da."

Zehn Minuten? War er in der Schattenwelt aufgehalten worden? Sorge keimte in meinem Hinterkopf. Schattenwandeln dauerte nicht so lange. „Vielleicht hat er zu Hause Halt gemacht, um irgendwas zu holen."

„Vielleicht", stimmte Julius zu.

Bea kam zu uns rüber. „Bereit?"

„Ich denke schon", sagte ich, starrte auf die Bäume und wünschte, Kane würde auftauchen.

„Ich bin mir sicher, dass alles in Ordnung ist", sagte Julius.

Ich nickte, und die beiden zogen sich auf ihre Plätze auf dem Kreis zurück. Bea nahm den nördlichsten Punkt ein, Lucien den Süden und Rosalee und Julius Osten und Westen.

Mit einem Nicken hob Bea die Arme. Magie knisterte um den Kreis, breitete sich dann nach innen aus und ließ meine Haut prickeln.

„Jade", rief Bea, „stell dir Conor vor!"

Ich beschwor den Schauspieler in meinem Kopf herauf und erinnerte mich daran, wie er an dem Tag ausgesehen hatte, an dem ich ihn kennengelernt hatte, als er liebevoll mit Sierra umgegangen war. Als er seinen Arm um ihre Taille gelegt und sie wegen ihrer Faszination für Hexen aufgezogen hatte. Es war echte Zuneigung zwischen ihnen gewesen, und ich hatte ihn gemocht … damals.

„Gut", sagte Bea, als könnte sie meine Gedanken lesen. Dann hob sie die Stumpenkerze zu ihren Füßen auf und nickte den anderen Hexen zu, dasselbe zu tun. Als sie alle ihre Kerzen hochhielten, rief sie: *„Illuminate!"*

Jeder Docht erwachte mit Leichtigkeit zum Leben.

Neid stieg mir in die Kehle, und ich verschluckte mich an meiner eigenen Eifersucht. Würde meine eigene Magie jemals wieder so natürlich oder selbstverständlich sein? Ich hatte keine Ahnung.

„Jade, konzentriere dich", befahl Bea.

Verdammt, vielleicht konnte sie meine Gedanken lesen. Ich schüttelte den Kopf, verdrängte meine selbstzerstörerischen Gedanken und konzentrierte mich wieder auf Conor. Diesmal sah ich ihn in meinem Wohnzimmer, wo er verzweifelt um Hilfe bat. Mein Mitgefühl überwog, und ich erinnerte mich daran, dass das, was auch immer mit ihm passierte, nicht seine Schuld war. Er war ein Opfer, genau wie ich.

„Gut", hörte ich Bea sagen, dann ließ sie die Kerze los, ließ sie vor sich schweben und hob ihre Arme, während sie sang: „Von Nord nach Ost nach Süd nach West, finde den Geist, enthülle sein Nest. In Licht und Schatten, ohne sich zu verstecken, enthülle den Drachenwandler, egal wo er ist."

Magie knisterte durch den Kreis, dann verdunkelte sich der Himmel.

„Zeig den Wandler!" befahl Bea, Magie schuf ein Netz von Hexe zu Hexe, bis es sich um den Kreis drehte, eine magische Wand bildete und unseren Raum erleuchtete.

„Zeig uns den Drachenwandler!", rief Bea mit erhobenen Händen, den Kopf im Nacken, während ihre mächtige Magie um uns herum knisterte. „Jetzt, Jade! Bring das Opfer dar."

Meine Ausbildung und Erfahrung als Hexe machten sich bemerkbar, und ohne einen weiteren Gedanken drückte ich den Dolch auf den fleischigen Teil meiner Handfläche und schnitt. Blut trat sofort aus der Wunde. Dann drehte ich meine

Hand um und ließ das Blut auf die Erde tropfen. In diesem Moment leuchtete ein Pentagramm in der Mitte des Kreises auf, und Conor erschien. Er ging in einem Raum auf und ab, als wäre er ein eingesperrtes Tier.

Der Zauber hatte funktioniert.

Nur, dass er sich in einem unmöblierten Raum befand, und ohne erkennbare Hinweise auf seinen Aufenthaltsort war der Zauber nutzlos. Wir mussten herauszoomen. Ich ging um das Pentagramm herum, spähte in den Raum und suchte nach nützlichen Details. Es gab ein Fenster, doch es war von einem schmutzigen grauen Laken verdeckt. Die Böden waren aus Holz, doch zerkratzt und eindeutig reparaturbedürftig. Ein altes, renovierungsbedürftiges Haus. Okay, die gab es überall in der Stadt. Kaum ein Ansatzpunkt.

Doch dann verließ Conor das kleine Zimmer, um in einen größeren Wohnzimmerbereich zu gehen. Ich erkannte den Grundriss sofort. Ein Schrotflintendoppelhaus, das zu einem zusammengelegt worden war. Es gab bodentiefe Fenster zur Straße. Und direkt auf der anderen Straßenseite war ein Gebäude, das ich sofort wiedererkannte – die große katholische Kirche in Coven Pointe, dem Viertel auf der anderen Seite des Flusses vom French Quarter.

„Ich weiß, wo er ist", sagte ich. „Mati lebt da …" Conor ging in einen anderen Raum und gab den Blick auf zwei Gefangene frei. „Kane?", krächzte ich, als sich mir die Kehle zuschnürte und mir fast die Augen aus dem Kopf fielen. Kane und Sierra saßen Rücken an Rücken auf Metallstühlen, beide gefesselt und geknebelt.

„Fuck", hörte ich Lucien sagen, gefolgt von einem weiteren Fluch von Julius.

„Wir müssen dorthin. Sofort", sagte ich und ging bereits auf den Rand des Kreises zu.

„Warte!", rief Bea.

Angesichts der Dringlichkeit in ihrem Ton blieb ich wie angewurzelt stehen.

„Brich den Kreis nicht." Sie bewegte sich von ihrem Platz auf dem Kreis und trat in das Pentagramm. Sie starrte Conor direkt an und sagte: „Was willst du von Kane und Sierra?"

Conor runzelte die Stirn, dann verzogen sich im nächsten Moment seine Lippen zu einem finsteren Lächeln. „Du hast es herausgefunden, oder?"

„Das war gar nicht so schwer. Wenn du uns das nächste Mal glauben machen willst, dass du nicht weißt, dass wir dich beobachten, starr' nicht auf Jades Hintern, wenn sie von dir weggeht."

Er zuckte mit den Schultern. „Es ist ein schöner Hintern."

Mein Magen drehte sich. Was war aus dem entspannten Schauspieler geworden, den ich vor ein paar Tagen kennengelernt hatte? Ach ja, richtig, er war von einem psychopathischen Drachen besessen.

„Beantworte die Frage. Was willst du von Kane und Sierra?", wiederholte Bea.

Er wandte seine Aufmerksamkeit mir zu, und seine blauen Augen blitzten vor Begierde. „Ist das nicht offensichtlich?"

„Nein", sagte ich, und mein Körper zitterte vor reueloser Wut. „Ist es nicht. Du stiehlst schon meine Energie. Wozu brauchst du sie?"

„Als Köder, wozu sonst." Dann grinste er mich an. „Du entscheidest, wer gehen darf."

Ein unmenschliches Geräusch kam von Sierra, als sie sich gegen ihre Fesseln wehrte und sich zweifellos dachte, dass ich meinen Mann ihr vorziehen würde, wenn ich die Wahl hatte.

„Halt die Klappe!" Er holte aus und versetzte ihr eine Ohrfeige mit dem Handrücken.

„Fass. Sie. Nicht. An!", befahl ich.

„Was willst du dagegen tun, weiße Hexe?" Das Gift in seinen Worten, als er „weiße Hexe", sagte, erschreckte mich. Was hatte der Drache gegen weiße Hexen? Oder waren es Hexen im Allgemeinen? Wenn sie es waren, die ihn in der Skulptur eingeschlossen hatten, konnte das die Antwort sein. „Ich werde dich jagen und dir in den Arsch treten, das werde ich tun. Lass sie gehen, oder ich sorge dafür, dass deine schwarze Seele in der Hölle landet, wo sie hingehört."

Er stieß ein lautes, humorloses Lachen aus, wurde wieder ernst und funkelte mich dann an. „Viel Glück beim Versuch, Hexe", spie er aus, als ein Spinnennetz aus grüner Magie über seine Haut schoss und sich in schimmernde grüne Schuppen verwandelte. Sein Gesichtsausdruck verzerrte sich, bis ihm Rauch aus der Nase stieg und er seinen Mund weit öffnete und einen Feuerstrahl direkt auf Bea losließ.

Sie sprang aus dem Pentagramm, und sobald ihre Füße den neutralen Boden des Kreises berührten, schloss sich das Fenster zu Conors Welt, gefolgt von einer ohrenbetäubenden Stille. Es war klar, dass seine Verwandlung in einen Drachen fast abgeschlossen war.

Mein Herz schlug schneller und hämmerte gegen meinen Brustkorb, als Adrenalin schnell und heiß durch meine Adern pumpte. „Lass uns gehen", sagte ich und rannte durch die Bäume.

KAPITEL EINUNDZWANZIG

*J*ade", sagte Bea und sah mich im Auto an. „Vielleicht solltest du uns das überlassen." Ich schüttelte den Kopf, obwohl Kanes Worte in meinem Kopf widerhallten. *Ich würde es mir nie verzeihen, wenn euch beiden etwas passierte.* Er hatte mich gebeten, die Bruderschaft anzurufen. Nun, Bea hatte das schon getan, und Maximus hatte versprochen, einen von Kanes Dämonenjägerkollegen zu schicken, um uns zu helfen. Doch nachdem ich ihn an diesen Stuhl gefesselt gesehen hatte, konnte ich nicht wegbleiben. Ich konnte einfach nicht zu Hause warten, wohl wissend, dass er in Gefahr war.

„Mir wird schon nichts passieren. Wir sind fünf mächtige Hexen und vermutlich ein Dämonenjäger gegen einen Drachen. Ich werde mich aus der Schusslinie raushalten … im wahrsten Sinne des Wortes", beharrte ich.

Bea hob skeptisch eine Augenbraue. „Weil dieser Plan in der Vergangenheit so gut funktioniert hat."

Lucien schnaubte auf dem Rücksitz. Er und Rosalee hatten

sich entschieden, mit uns zu kommen, während Julius auf seinem Fahrrad folgte.

„Das musst gerade du sagen", sagte Rosalee zu ihm. „Wann hast du das letzte Mal einen Rückzieher gemacht, wenn jemand anderes in Gefahr war?"

Er zuckte mit den Schultern. „Ich bin nicht schwanger."

„Oh, gute Göttin", blaffte ich und drehte mich auf dem Beifahrersitz um, um ihn böse anzustarren. Wenn mir noch ein Mensch meinen Zustand unter die Nase reiben würde, würde ich ihn anspringen. „Glaubst du, ich weiß das nicht? Glaubst du, ich würde nicht alles tun, um dieses Kind zu beschützen?"

„Hey." Lucien hob die Hände. „Beruhige dich. Ich habe es nicht so gemeint."

„Schon klar. Weil schwangere Frauen hilflos sind. Ich hab's verstanden." Ich drehte mich um, verschränkte die Arme vor der Brust und starrte geradeaus. Angst und Furcht durchströmten mich – Angst um Kane, um mein Kind, davor, was passieren würde, wenn ein uralter Drachenwandler auf New Orleans losgelassen würde.

„Das habe ich nicht gesagt", beharrte Lucien.

Seine Worte hingen in der Luft, als Bea und Rosalee darauf warteten, dass ich antwortete. Ich wusste, dass meine Frustration mich reizbar machte, wusste, dass ich meiner Angst die Führung überließ. Und ich wusste auch, dass, was sie sagten, die Wahrheit war. Es waren nicht mehr nur ich und Kane. Es gab ein anderes kostbares Leben, das ich über alles setzen musste.

Ich stieß einen tiefen Seufzer aus. „Ich weiß. Und ich weiß auch, dass Kane mich lieber in Sicherheit wissen würde, als mich mit rauchenden Colts da reinplatzen zu sehen …

sozusagen. Ihr habt recht. Ich halte mich zurück und überlasse euch die Führung bei dieser Rettungsmission."

Bea beugte sich herüber und legte ihre Hand um meine. „Mach dir keine Sorgen, Jade. Wir werden dem Drachen in den Arsch treten."

„Das solltet ihr", sagte ich und lehnte mich zurück.

Alle schwiegen, als Bea ihren Prius durch die Straßen am Westufer fuhr. Nachdem sie endlich den Weg in die von Bäumen gesäumte Opelousas Avenue gefunden hatte, sagte ich: „Bieg' rechts auf die Olivier Street ab."

Auf der linken Straßenseite kam die große Kirche in Sicht, und auf der rechten Seite war eine Reihe von Schrotflinten-doppelhäusern, kreolischen Cottages und Arts-and-Crafts-Häusern.

„Das muss es sein", sagte ich und deutete auf ein Schrotflintendoppelhaus mit abblätternder Farbe und einer durchhängenden Veranda. Es war das einzige Schrotflintendoppelhaus direkt gegenüber der Kirche, außerdem sah es verlassen aus.

Bea fuhr weiter und bog rechts ab. Nachdem sie geparkt hatte, warf sie einen Blick zurück zu Rosalee und Lucien. „Bereit?"

Sie nickten, als Julius sein Fahrrad direkt vor uns abstellte.

„Ich werde hier warten", sagte ich und wollte so sehr aus dem Auto springen.

Bea warf mir einen mitfühlenden Blick zu. „Wir kommen so schnell wie möglich zurück."

Ich nickte und wartete darauf, dass sie um die Ecke verschwanden. Dann stieg ich aus und fing an, auf- und abzugehen ... wieder einmal. Die Sonne brannte auf meine Kopfhaut herunter, während die Feuchtigkeit sich größte Mühe gab, mir alle Energie auszusaugen. Es funktionierte jedoch nicht. Ich war zu aufgewühlt, zu besorgt, als dass mich das Wetter hätte zermürben können.

„Jade?" Rosalees Stimme ließ mich fast aus meiner Haut fahren. Ich wirbelte herum. Die andere Hexe stand nur ein paar Meter entfernt, mit einem grimmigen Gesichtsausdruck.

„Was? Was ist los?", fragte ich und ging auf sie zu, obwohl mein ganzer Körper vor Angst taub wurde.

„Du musst mit uns ins Haus kommen." Sie hakte ihren Arm unter meinen und fing an, mich die Straße hinaufzuführen.

„Sag mir einfach, was los ist", sagte ich, als wir um die Ecke bogen. Julius stand auf der durchhängenden Veranda, das Handy in der Hand, während er nervös auf- und abging.

„Sie sind schon weg, aber es gibt etwas, das du sehen musst", sagte sie sanft.

„Weg, wie in …?" Die Worte blieben mir im Hals stecken, als Panik meine Sinne zu überfluten begann. Das Bild von Kanes leblosem Körper blitzte in meinem Kopf auf. „Er ist … sie ist …?" Ich konnte mich nicht dazu bringen, die Frage auszusprechen, die drohte, mich auf die Knie zu zwingen.

Rosalees Gesichtsausdruck verwandelte sich in blankes Entsetzen, als ihr klar wurde, was ich fragen wollte. „Weg wie gegangen, nicht mehr im Haus."

Der Knoten in meiner Brust lockerte sich, und ich begann wieder zu atmen, als vorübergehende Erleichterung die Panik verdrängte. „Okay. Aber sie waren sicher in diesem Haus?" Ich könnte mich geirrt haben. Ich hatte schließlich nur das Innere gesehen.

„Es ist das richtige Haus."

Wir stiegen die Treppe hinauf, und Julius warf mir einen entschuldigenden Blick zu, während er ins Telefon sprach. „Ich weiß, du bist aufgewühlt. Das sind wir auch. Ich rufe an, sobald wir mehr wissen." *Pyper*, formte er lautlos mit den Lippen in meine Richtung.

Ich nickte und ging weiter. In dem Moment, als ich durch die Tür trat, eilte Bea zu mir und gab mir ein Tablet in die Hand. „Was ist das?"

Sie berührte das Display. Ein roter Knopf mit der Aufschrift SPIEL MICH AB erschien.

Ich blickte auf. „Du hast es schon gesehen?"

Sie nickte.

Ich warf einen Blick auf Luciens grimmige Miene und dann wieder auf Rosalee. „Nun, sieht so aus, als wären es hervorragende Neuigkeiten", sagte ich und benutzte Sarkasmus, um eine neue Welle der Panik zu überspielen. Eine gute Fassade, da ich das Gefühl hatte, mich übergeben zu müssen. Das konnte nichts Gutes bedeuten.

Ich holte tief Luft und drückte auf den Knopf.

Das Video begann damit, dass Conor über Kane und Sierra gebeugt stand. Sie waren im selben Raum wie zuvor, als wir sie im Suchzauber gesehen hatten. Ich ging hinüber. Der Raum war jetzt leer, doch es war definitiv der aus dem Video.

Ich lehnte mich gegen den Türpfosten, mein Herz schmerzte angesichts des Wissens, dass Kane vor kaum mehr als zwanzig Minuten in diesem Raum gewesen war.

In dem Video kniete Conor vor Sierra nieder, beugte sich vor und flüsterte ihr etwas ins Ohr.

Die neue Hexe funkelte ihn an, doch dann änderte sich ihr Gesichtsausdruck, und sie schenkte ihm ein verführerisches Lächeln.

„Das ist mein braves Mädchen", sagte Conor, und dann drückte er seinen Mund auf ihren. Sierra reagierte sofort, ihr Körper bog sich trotz ihrer Fesseln auf seinen zu. Sie legte den

Kopf zurück und gab sich ganz dem Kuss hin, als wäre sie ausgehungert nach Sex.

Ich blinzelte. „Was zum …?"

Auf meine unvollendete Frage antwortete niemand. Stattdessen warteten sie, während ich zusah, wie Conor die Fesseln der Schauspielerin löste, sie dann vom Stuhl hob und an die Wand presste. Er begrabschte sie, während sie ihre Beine um ihn schlang und ihre Hände in seinen Haaren vergrub.

Kane warf ihnen einen kurzen Blick zu und wandte sich dann mit einem angewiderten Ausdruck auf seinem schönen Gesicht ab.

„Es war ein abgekartetes Spiel", sagte ich und beobachtete, wie Conor seine Hand unter Sierras Rock und zwischen ihre Beine schob. Galle stieg mir in den Hals, als sie ihren Kopf zurückwarf und stöhnte.

Alles in mir schrie danach, das Video auszuschalten. Das Letzte, was ich wollte, war Conor und Sierra dabei zuzusehen, wie sie es direkt vor meinem Mann trieben. Aber ich musste zusehen, musste wissen, was mit Kane passiert war und warum Conor wollte, dass ich das sah.

Ich musste nicht lange warten. Conor küsste Sierra noch einmal und zog sich dann zurück.

Sie streckte die Hände nach ihm aus, atmete schwer, und ihre Lippen waren von seinen Küssen geschwollen. „Wir sind noch nicht einmal annähernd fertig", sagte sie, ihre Stimme heiser und voller Lust.

„Fürs Erste bin ich das, meine Liebe", sagte er. Dann zeigte er auf Kane. „Tu, was du so gut kannst, mit dem Inkubus."

Ihre Augen glitzerten, als sie meinen Mann ansah. „Inkubus. Ja. Aber er wird einen Moment warten müssen." Sie schlenderte auf Conor zu, packte ihn am Hemd und küsste ihn, hart und leidenschaftlich, ihr Verhalten gebieterisch. Dann trat sie abrupt zurück und stellte sich vor Kane.

Sie kniete vor ihm, genau wie Conor es vor ein paar Augenblicken mit ihr getan hatte. Sie zögerte, blickte zu Conor hinüber, ihr Gesichtsausdruck plötzlich unsicher.

„Tu es, Sierra!", befahl er mit schroffem Ton. „Erinnerst du dich, was ich dir gesagt? Lass deine Hemmungen fallen und heiße die Lust willkommen, von der ich weiß, dass sie in dir lauert. Genieß' es."

Sierra blickte zu Boden und nickte. Als sie ihren Kopf wieder hob, zog sie einen Schmollmund, und ihr Blick war verschleiert, als sie ihn über Kane schweifen ließ. „Bereit, eine echte Hexe zu ficken, Inkubus?", fragte sie und leckte sich die Lippen.

Weißglühende Wut verzehrte mich, und der Drang, direkt in das Display zu greifen und Sierra mit beiden Händen zu würgen, überwältigte mich. Wie konnte sie es wagen zu glauben, dass mein Mann diese Schlampe auch nur mit einer Kneifzange anfassen wollen könnte?

Kanes Gesichtsausdruck war eiskalt, als er sie anstarrte.

Ihr raubtierhaftes Lächeln wurde nur noch breiter. „Oh, sei nicht so", säuselte sie und ließ ihre Hände über seine Schenkel gleiten.

Kane versteifte sich sichtlich, dann spannten sich seine Armmuskeln an, als er an seinen Fesseln zerrte.

Gefährliche Magie kochte direkt unter der Oberfläche meiner Haut. Jede Faser meines Seins sehnte sich danach, eine Flut von Schmerz auf sie loszulassen.

„Sag unserer Freundin, was wir von ihr erwarten, Liebes", sagte Conor zu Sierra.

„Aber ich habe gerade so viel Spaß mit dem Inkubus."

„Sierra!", blaffte er, und sein Gesicht wurde knallrot. „Mach mich nicht wütend."

Sie schüttelte den Kopf und murmelte: „Tut mir leid." Dann stand sie auf und blickte in die Kamera. Die Verführerin war verschwunden, ersetzt durch eine Frau, die kreidebleich geworden war. Doch als sie sprach, war ihre Stimme stark und voller Überzeugung. „Geh aus dem Haus und direkt über die Straße in die Kirche und triff uns im Glockenturm. Lass deine Scooby-Doo-Bande zurück, oder dein Mann geht in Flammen auf."

„Zeig es ihr!", befahl Conor.

Sierra blickte zögernd von Conor zu Kane.

„Tu es."

Mit zitternden Händen drehte sich die Hexe zu Kane um, streckte die Arme aus und warf einen beeindruckenden Feuerblitz, der direkt zu seinen Füßen explodierte. Das Feuer loderte über dem Boden, in der Luft schwebend, nur wenige Zentimeter von seiner Jeans entfernt.

„Nein!", schrie ich, obwohl ich wusste, dass sie meinen Protest nicht hören konnten.

Sierra bewegte ihr Handgelenk, und das Feuer breitete sich in einem Kreis um Kane aus. Sie blickte wieder in die Kamera und sagte: „Zwing mich nicht, ihn bei lebendigem Leib zu verbrennen. Dafür ist er viel zu hübsch."

Dann wurde das Display schwarz.

Ich drehte mich auf dem Absatz um und machte mich sofort auf den Weg zur Haustür.

„Jade, nein!", rief Bea und trat mir in den Weg.

„Sie haben Kane." Ich wollte um sie herum gehen, doch Lucien und Julius beeilten sich, mir ebenfalls den Weg zu versperren.

„Überlass' uns das", sagte Julius, seine dunklen Augen voller Sorge.

„Was würde Kane von dir erwarten?", fügte Lucien hinzu.

Ich holte tief Luft und atmete langsam aus, während ich versuchte, ruhig zu bleiben. „Ich weiß, was du sagen willst, aber er ist da drüben auf der anderen Straßenseite, und diese beiden haben mich von Anfang an benutzt. Ich kann nicht einfach hier sitzen und nichts tun."

„Aber Jade", sagte Bea und legte sanft eine Hand auf meinen Arm. „Deine Magie gehorcht dir nicht zuverlässig. Wenn alles wie gewohnt funktionieren würde, würde ich hinter dir stehen, selbst wenn du schwanger da rüber stürzen würdest, bereit, ihnen in den Arsch zu treten. Aber du hast gerade gesehen, was Sierra getan hat. Was, wenn sie das Feuer gegen dich richtet?"

„Das wird sie nicht, und selbst wenn sie es täte, habe ich jetzt diese tolle Wettermagie. Lass sie nur versuchen, mich anzuzünden", sagte ich mit harter und entschlossener Stimme. „Außerdem werden sie mir nichts tun. Sie brauchen offensichtlich meine Zusammenarbeit für irgendwas, sonst hätten sie sich nicht die Mühe gemacht, diese Show abzuziehen." Ich winkte ab, meine Geduld am Ende. „Wenn sie nur meine Anwesenheit gebraucht hätten, wäre es dann nicht einfacher gewesen, mich zu entführen und Kane ganz außen vor zu lassen?"

„Guter Punkt mit dem Wetterzauber und dass sie was von dir wollen", sagte Bea und rieb sich mit der Hand über den Nacken. „Und du hast recht. Dieses Video impliziert, dass sie deine Kooperation brauchen. Warum sonst hätten sie den einen Menschen entführt, den du auf dieser Welt am meisten liebst? Sie brauchen dich nicht nur, sie brauchen dich als aktive Teilnehmerin bei was auch immer sie geplant haben."

Angst packte mich und erstickte mich fast. Sie hatte recht. Sie brauchten etwas von mir, etwas, das ich nicht tun wollte. Und wenn ich da rüber ginge, würden sie Kane wahrscheinlich bedrohen, bis ich nachgab.

Doch ich konnte nicht ewig in diesem heruntergekommenen Haus bleiben. Und Kane war auf der anderen Straßenseite, gefesselt in Gegenwart von zwei Monstern.

„Es spielt keine Rolle, was sie von mir wollen", sagte ich zu Bea, und meine Stimme klang sogar in meinen eigenen Ohren verzweifelt. „Ich muss Kane helfen. Ich kann nicht riskieren, was sie ihm antun könnten, wenn sie einen von euch an meiner Stelle sehen."

Sie starrte mich lange an. Unsere Blicke begegneten einander, und wir kommunizierten ohne Worte. Sie wusste, dass ich alles ertragen würde, um Kane zu retten. Und dass ich es mir nie verzeihen würde, wenn ich den Vater meines Kindes nicht retten würde. Ich musste einfach alles tun, um sie beide zu beschützen.

Schließlich nickte Bea. „Geh. Aber wir werden da draußen im Schatten sein. Sei dir sicher, dass wir in dem Moment da sein werden, in dem du uns brauchst."

„Danke", sagte ich und rannte zur Tür hinaus.

KAPITEL ZWEIUNDZWANZIG

Ohne meine Empathengabe lief ich in unbekannte Situationen, als wäre ich blind geworden oder hätte mein Gehör verloren. Im Video hatte Sierra mir befohlen, sie im Glockenturm zu treffen, also war es kein Geheimnis, wo sie mich wollten; doch nicht genau zu wissen, wo sie sich innerhalb des Gebäudes befanden, machte mich nervös.

Nachdem ich zuerst die Hintertür versucht und festgestellt hatte, dass sie abgeschlossen war, rannte ich um das große Backsteingebäude herum und trat durch die Vorderseite ein. Die Kirche war dunkel, verlassen und hatte den leicht muffigen Geruch eines Gebäudes, das seit über einem Jahrhundert stand. Aber es war nicht zu leugnen, dass sie mit ihren hohen gewölbten Decken und polierten Holzbänken wunderschön war. Unter anderen Umständen hätte ich mir die Zeit genommen, die neogotische Architektur zu bewundern. In diesem Moment war das Einzige, woran ich dachte, Kane zu retten und meine Verbindung zu Conor zu beenden.

Ich rannte den Mittelgang hinunter zum Altar, bog scharf nach links in einen Flur ab und ging an einem Büroraum vorbei, bis ich in einen Bereich kam, in dem sich eine Wendeltreppe über drei Stockwerke zum darüber liegenden Glockenturm hinauf wand. Verschiedene Schattierungen von rotem, blauem und grünem Licht schienen durch die alten Buntglasfenster und erleuchteten meinen Weg, als ich mich an den Aufstieg machte. Etwas außer Atem kam ich schließlich zu einer kleinen Leiter, die an der Wand festgeschraubt war und zu einer Falltür führte.

„Mist", murmelte ich. Hätte Conor einen schlechteren Ort für mich aussuchen können, um uns zu treffen? Abgesehen von der Tatsache, dass eine schwangere Frau nicht in der Nähe einer Leiter sein sollte, kam ich auf keinen Fall in diesen Raum, ohne mich zum Ziel zu machen.

Aber Kane war da oben. Die Liebe meines Lebens. Der Vater meines Kindes. Und ich wollte verdammt sein, wenn ich ihn einem verrückten Drachen überlassen würde. Besonders einem, der mich wahrscheinlich nicht verletzen würde, bis er hatte, was er wollte.

Zweifel schlichen sich ein, und ich fragte mich, ob ich auf Verstärkung hätte warten sollen … auf Maximus und die Bruderschaft, auf den Zirkel. War das nicht der Grund, warum wir Teil der magischen Gemeinschaft waren? Die Erinnerung an Sierra, die Feuer vor Kanes Füße schleuderte, blitzte in meinem Kopf auf, und meine Entschlossenheit festigte sich. Wenn ich nicht kam, würde Conor Kane nur foltern oder Schlimmeres. Und wenn sie vermuteten, dass Verstärkung kommen würde, wer wusste, was sie ihm antun würden? Wenn Kane nicht reichte, um mich zu ihnen zu bringen, würden sie ihn wahrscheinlich für nutzlos halten und Gott weiß was mit ihm anstellen.

Es war einfach kein Risiko, das ich eingehen durfte.

Ich biss die Zähne zusammen, packte die Leiter und zog mich hoch.

Gerade als ich oben ankam, öffnete sich die Falltür scheinbar von selbst, und ich hörte Conor bellen: „Auf die Knie!"

Verdammt, was zwang der Bastard Kane jetzt tun?

Ich kletterte durch die Falltür und musste einen Moment warten, bis sich meine Augen an den sonnendurchfluteten Raum gewöhnt hatten. Conor stand vor einer von vier kunstvoll geschnitzten Gebäudeöffnungen, die sich über zwei Stockwerke erstreckten. Die grelle Sonne strahlte herein und hüllte ihn ein, beleuchtete den Drachenwandler, als wäre er eine Art höheres Wesen.

Sierra kniete vor ihm und starrte zu Boden. „Ich wollte dich nicht wütend machen", sagte sie. „Bitte bestraf' mich nicht."

Conor trat einen Schritt vor, sein Gesicht verzogen vor kaum verhohlener Wut, als der Nachmittagswind durch den Raum wehte. Sein wütender Blick landete auf mir und wanderte dann wieder zu Sierra, als er ungeduldig mit der Hand in meine Richtung winkte. „Sag der Hexe einfach, was sie tun muss."

Sierra stand auf, drehte sich zu mir um und blinzelte. Tränen standen ihr in den Augen.

Alles hatte sich verändert. Vor zehn Minuten hatte ich mir ein Video angesehen, in dem sie Conors Komplizin gewesen war. Aber jetzt … schien sie diejenige zu sein, die seinen Zorn ertragen musste. Was war passiert?

Sierras gequälte Augen suchten meine. Dann formte sie lautlos mit den Lippen: *es tut mir leid.*

Mein Herz blieb stehen, als die Angst mich erstarren ließ.

Was meinte sie damit, dass es ihr leidtat? Ich sah mich im Raum um und suchte nach meinem Mann. Er war nirgends zu sehen. Was hatten sie mit ihm gemacht?

„Wo ist Kane?", fragte ich und starrte Conor finster an.

„Er … hängt rum." Conor blickte auf, und da entdeckte ich ihn endlich.

Kane war gefesselt und hing an einem Holzbalken in der Nähe der großen Kupferglocke, einen Stoffknebel im Mund. Um seine Knöchel und seine Brust war ein Seil gewickelt, das seine Arme an seine Seiten zwang.

„Kane!", schrie ich, Magie kochte unter der Oberfläche meiner Haut und juckte danach, entfesselt zu werden. Ich hob meinen Arm und zielte auf Conor. Ob wir nun verbunden waren oder nicht, er kontrollierte nicht, was ich tat. Und mit der Menge an Wut, die mich durchströmte, war ich mir sicher, dass ich genug Blitze heraufbeschwören konnte, um ihm zumindest auf den Arsch zu werfen. „Lass ihn runter, oder ich lasse genug Magie auf dich los, dass du direkt aus dieser Öffnung fliegst. Drei Stockwerke sind ein langer Weg nach unten, Conor."

„Tu es, und Sierra wird ihre erste Hexenverbrennung durchführen", sagte Conor mit einem höhnischen Grinsen im Gesicht.

Sierras Blick begegnetem meinem, und ich war mir sicher, dass ich deutliches Bedauern darin sah.

„Ist das der Lohn dafür, dass ich dir helfe?", fragte ich sie. „Dafür, dass ich dich vor einem Stalker gerettet und versucht habe, dir beizubringen, wie du deine Magie benutzen kannst? Dir ist klar, dass ich jedes Feuer, das du auf mich wirfst, löschen kann, oder?"

„Falsch", antwortete Conor für sie und stieß sie dann vor

sich, sodass sie auf ein Knie fiel. „Zeig der Hexe, wie mächtig du bist, Sierra."

Sierra hob den Kopf mit einem wilden, fast animalischen Blick in den Augen. Dann stand sie auf und drehte sich zu ihm um. „Fass. Mich. Nie. Wieder. An."

„Sag es ihm, Sierra", sagte ich und war begeistert zu sehen, dass sie sich ihm widersetzte, zumal ich nicht sicher war, ob sie ahnte, dass er sich tatsächlich in einen Drachen verwandelte.

„Was hast du gerade gesagt?", sagte Conor lachend zu ihr. „Du wagst es, mir zu sagen, was ich tun soll? Du tust gut daran, dich daran zu erinnern, wer dein Herr und Meister ist. Der, dem du dein Leben versprochen hast. Erinnerst du dich daran, Sierra? Du gehörst mir. Verstanden? Und das bedeutet, dass du tust, was ich sage."

„Ich habe *dir* nichts versprochen, du Freak!", schrie sie. „Der Conor, den ich gekannt habe, war sanft und großzügig und hat Frauen respektiert. Du bist … jemand ganz anders. Ich weiß nicht, wo du herkommst, aber –"

Klatsch!

Sierra taumelte und hielt sich von Conors Ohrfeige das Gesicht.

„Hey!", rief ich und rannte zu ihr, kniete nieder, um ihr zu helfen, sie zu stützen.

„Du dumme kleine Schlampe!", brüllte Conor, als er vor uns auf- und abging. „Dein Auftritt ist erbärmlich wie immer. Wie kannst du es wagen, deine Stimme gegen mich zu erheben? Du hast dich mir hingegeben. Erinnerst du dich, Sierra? Du hast dich bereitwillig an mich gebunden, und du hast alles aus freien Stücken getan, anders als das, was du mir anzutun versucht hast."

Wovon zum Teufel redete er? Ich sah zu Kane auf, der immer noch von der Decke baumelte. Sein Blick begegnete meinem, dann begann er, mit seinem Körper zu ruckeln, und versuchte, seine Fesseln zu lösen. Meine Magie kochte immer noch direkt in meinen Fingerspitzen, und ich dachte darüber nach, was passieren würde, wenn ich einen Blitz direkt auf das Seil werfen würde, das am Balken befestigt war. Im besten Fall würde Kane herunter gekracht kommen und sich wahrscheinlich irgendwas brechen. Im schlimmsten Fall könnte ich Kane treffen. Oder den Holzbalken und das alte Gebäude in Brand setzen.

Es war zu riskant. Wenn ich die Unterstützung einer anderen Hexe hätte, dann vielleicht.

„Du hast mich reingelegt!", spie Sierra und setzte ihren Streit mit Conor fort. „Ich dachte, du machst mir einen Heiratsantrag, du Arsch! Ich hätte niemals zugestimmt, deine Komplizin zu sein. Was du Kane antust, ist widerlich."

Conor stieß ein scharfes Lachen aus. „Hast du das auch gedacht, als du sein Büro in Brand gesteckt hast?"

Ich richtete mich auf und wandte meine Aufmerksamkeit wieder der Schauspielerin zu. „Was? Du warst das? Warum?"

„Das wollte ich nicht, Jade", sagte sie, rappelte sich auf und entfernte sich von uns beiden. Sie richtete flehende Augen auf mich. „Bitte, Jade. Du musst mir glauben. Ich wusste nicht, was vor sich geht."

Nach allem, was ich gesehen hatte, seit ich den Turm betreten hatte, schien es, als würde sie die Wahrheit sagen. Die Frau vor mir war nicht dieselbe Frau, die auf dem Video zu sehen gewesen war. Zumindest glaubte ich das. Oder war sie es? Hatte sie nicht gezögert, nur um von Conor herumkommandiert zu werden, bis sie seinem Befehl nachgekommen war? Doch ich musste daran denken, dass sie eine Schauspielerin war, und zwar eine verdammt gute, ganz gleich, was Conor behauptete.

„Ich kann dir nicht vertrauen", sagte ich kopfschüttelnd.

„Siehst du, selbst deine tolle Hexe vom Zirkel glaubt dir nicht, Sierra. Jetzt komm wieder hierher zurück, wo du hingehörst." Conor machte eine Lockbewegung mit dem Finger und deutete auf die Stelle direkt vor sich.

Sierra knirschte mit den Zähnen und ballte ihre Hände zu Fäusten, um deutlichen Widerstand zu zeigen. Doch nach einem Moment stieß sie einen verzweifelten Schrei aus und ging langsam durch den Raum und kniete sich vor ihn.

„Wie ein braves Haustier." Conor tätschelte ihren Kopf.

Heilige Mutter der Göttin. Er kontrollierte sie gegen ihren Willen. Wie lange ging das schon so?

Conors Lippen verzogen sich zu einem bösen, selbstzufriedenen Lächeln. „Seit dem Tag, an dem sie den Absichtszauber ausgeführt hat."

„Hast du gerade meine Gedanken gelesen?", fragte ich, und neue Empörung durchströmte mich.

Er kniff die Augen zusammen, während sein gruseliges Lächeln breiter wurde. „Ich denke, du kennst die Antwort darauf."

Sohn einer ... Verdammt. Ich hatte seine Gedanken gelesen; es gab keinen Grund zu der Annahme, dass er meine nicht lesen konnte.

„Endlich fängst du zu begreifen an."

Ich schüttelte den Kopf und stellte mir meine unsichtbare Glaswand vor, die ich normalerweise benutzte, um die Emotionen anderer Menschen auszublenden, und betete, dass es funktionierte.

„Netter Versuch", sagte Conor. „Aber ich komme trotzdem rein. Die Verbindung geht tiefer."

Ich warf einen Blick auf meinen bandagierten Arm und murmelte einen Fluch. Solange die Magie in mein Fleisch eingebettet war, würde nichts funktionieren. Ich musste einfach einen Weg finden, die Verbindung zu unterbrechen, bevor es zu spät war.

„Er versucht, sich an euch beide zu binden", sagte er mit einem Nicken. „Bald habe ich, was ich brauche."

„An uns beide binden? Wovon redest du?", fragte ich.

Conor nickte zu meinem Arm. „Wir sind durch deine Magie verbunden, und Sierra hier, sie hat die Tür an dem Tag geöffnet, an dem sie den Absichtszauber gesprochen hat."

„Das ist unmöglich", sagte ich kopfschüttelnd. „Absichtszauber funktionieren nicht so."

„Das tun sie, wenn derjenige, an den man gebunden werden will, einen Blutschwur leistet." Er grinste Sierra an. „Richtig, Haustier?"

„Ihr habt das Blut des anderen geteilt?", fragte ich mit weit aufgerissenen Augen und flauem Magen bei dem Gedanken.

Sierra nickte. „Er hat mich glauben lassen, es sei ein Hochzeitsritual. Doch als ich ihm meine Hand gereicht habe, hat er sie aufgeschnitten, dann dasselbe mit seiner getan und sie dann festgehalten, während er etwas auf Griechisch rezitiert hat."

„Wann war das?", fragte ich, entsetzt über ihre Offenbarung. Da Conor meine Magie benutzte, um sich in einen Drachen zu verwandeln, hätte er sie höchstwahrscheinlich für ein Blutritual verwenden können, vorausgesetzt, er wusste, wie das geht. Und ein alter psychopathischer Drache würde es wahrscheinlich tun.

„Die Nacht, in der ich den Absichtszauber gemacht habe", sagte Sierra leise. „Ich wollte, dass wir für immer aneinander gebunden sind. Nur meinte ich als Ehemann und Ehefrau, etwas, worüber wir vorher gesprochen, aber was wir nie umgesetzt hatten. Ich hätte nie erwartet –" Sie schluckte. „Das ist nicht, was ich wollte."

„Und seitdem kontrolliert er dich? Auch, als wir zusammengearbeitet haben?"

„Ja. Er wollte, dass ich dir näherkomme, um mehr Magie zu lernen. Ich habe dich nicht wegen des Vertrags um Hilfe gebeten. Ich habe das getan, weil er es mir befohlen hat." Sie drehte sich zu ihm um. „Du hast mich angelogen!", schrie sie, und ihre Stimme brach in einem Schluchzen. „Ich hätte das Blutritual nie durchgeführt, wenn ich gewusst hätte, dass du versuchst, mich zu besitzen."

„Ich habe dich angelogen? Du hast versucht, mich mit diesem Absichtszauber dazu zu bringen, dich zu heiraten. Glaubst du, ich hätte es nicht bemerkt, als mir Gedanken an Ehe und Kinder im Kopf herumgeschwirrt sind? Warum sonst, glaubst du, habe ich dir diesen Ring gegeben? Es war sicher nicht, um Babys zu machen, wie du es so primitiv ausgedrückt hast. Es sollte dich zu meiner machen, genau so, wie du es vom Universum erbeten hast."

Sie streckte ihre Hände aus, riss einen großen Diamantring von ihrer linken Hand und warf ihn auf ihn. „Nimm ihn und erstick' daran. Schieb' ihn dir in den Arsch, mir doch egal. Du bist nicht der, für den ich dich gehalten habe."

Whoa, wo war der Ring hergekommen? Ich war mir sicher, dass ich ihn vorher bemerkt hätte. Vielleicht hatte er ihr verboten, ihn am Set zu tragen. Zumindest schien sie immer noch den Willen zu haben, sich ihm zu widersetzen. Es war genug, um mir einen kleinen Hoffnungsschimmer zu geben, dass wir ihn gemeinsam besiegen könnten.

Conor lachte, während er Sierra anstarrte. „Meinst du, das

würde irgendwas ändern? Blutschwüre sind nicht an Diamanten gebunden, Sweetheart."

„Du bist ein Bastard", sagte sie.

„Und du bist eine hinterhältige, kleinliche, schwache Frau, die versucht hat, jemanden mit mehr Erfolg dazu zu bringen, dich zu heiraten."

„Hey ..." Ich hob meine Hände und versuchte, das Gezanke zu stoppen. So interessant ihr privates Drama auch war, es gab andere, wichtigere Dinge, um die ich mich kümmern musste – wie zum Beispiel, dass mein Mann immer noch vom Balken baumelte.

„Erfolgreicher?", platzte Sierra heraus, als hätte ich kein Wort gesagt. „Du hast sie doch nicht mehr alle. Der einzige Grund, warum du für *Witchin' Hills* angeheuert wurdest, war, dass ich darauf bestanden –"

Uff!

Sierra sackte zur Seite, nachdem Conor ihr seinen Stiefel in die Rippen gerammt hatte.

„Du bist ein unglaubliches Stück Scheiße", knurrte ich und ging auf ihn zu. Ich hatte die Schnauze voll davon, seinen Bullshit mitanzusehen. „Fass' sie noch einmal an, und ich brate dir die Eier, verstanden?"

„Versuch's, und dein Baby-Daddy geht in Flammen auf", sagte er ruhig.

Ich hob eine Augenbraue. „Glaubst du, Sierra würde das für dich tun? Nachdem sie dir im Grunde gesagt hat, dass du ihr den Buckel runterrutschen kannst?" Ich deutete mit dem Kopf auf sie. „Sieht so aus, als wäre sie mehr als in der Lage, sich deinen Befehlen zu widersetzen."

„Sierra", sagte Conor. „Zeig der Hexe, was du kannst."

Sie schüttelte den Kopf.

„Tu es! Auf der Stelle." Seine Stimme war gehärteter Stahl.

Tränen liefen über ihr Gesicht, als sie sich mir zuwandte, und Angst schwamm in ihren Augen. Ihr Mund bewegte sich, als sie versuchte, Worte herauszubringen. Dann warf sie plötzlich den Kopf in den Nacken und schrie: *„Illuminate!"*

„Nein!", jaulte ich, als ein Feuerball Kanes Füße einhüllte.

KAPITEL DREIUNDZWANZIG

*D*onner dröhnte über mir, als eine Woge der Magie mich durchströmte und dann aus meinen Fingerspitzen schoss. Die mittlerweile vertrauten violetten Wolken blockierten das Sonnenlicht und hüllten uns in Dunkelheit, alles, außer dem orangefarbenen Feuerball, der an Kanes Füßen klebte.

Conors finsteres Lachen und Sierras entsetztes Keuchen hallten im Hintergrund wider, doch Kanes Stöhnen übertönte sie beide. Irgendwo in mir registrierte ich seine emotionale Signatur, die meine Sinne mit einer Kombination aus herzzerreißender Angst und Entschlossenheit flutete. Und auf seiner grundlegendsten Ebene spürte ich seinen Überlebenswillen. Nichts, was sie ihm antun könnten, würde seinen Kampfeswillen schwächen.

Doch er würde es nicht allein schaffen müssen. Jedenfalls nicht, solange ich atmete. Ich richtete meine ganze Aufmerksamkeit auf den Feuerball und rief: *„Imber!"*

Donner dröhnte über ihnen, und fette Regentropfen begannen zu fallen und prasselten mit beeindruckender Kraft, als der Sturm im Glockenturm tobte. Das Feuer war fast augenblicklich gelöscht.

Kanes emotionale Energie beruhigte sich, und der süße Ansturm seiner Erleichterung hüllte mich ein.

Als der Regen immer noch um uns herum prasselte, wandte ich mich Conor zu. Seine Wut traf mich und warf mich zurück. Ich stolperte zur Wand des Turms und breitete meine Arme aus, fing mich, kurz bevor ich aus einer der Öffnungen in den sicheren Tod stürzen konnte.

„Du verdammter Hurensohn", fauchte ich, als ich mein Gleichgewicht wieder fand, und stolzierte auf ihn zu. „Wie kommst du darauf, dass du Leute so benutzen kannst? Krankes Stück –"

Er winkte ab, und plötzlich versagte meine Stimme. Meine Lippen bewegten sich immer noch, aber es kamen keine Worte heraus.

„Das reicht vollkommen, *Miss Calhoun*", sagte Conor ruhig. „Du bist nur aus einem Grund hier." Dann schlenderte er zu mir herüber und packte meinen bandagierten Arm.

Ich zuckte zurück, ein lautloser Schrei blieb in meiner Kehle stecken, als überwältigender Schmerz durch meinen ganzen Körper strahlte und meine Knie vor Intensität einknicken ließ. Mein Atem kam in kurzen, lautlosen Stößen. Die Qual schaltete alle meine anderen Sinne aus, und nichts kam durch außer einem winzigen Faden von Kanes Energie.

Er war immer noch da, irgendwie mit meiner Seele verbunden, ein beruhigender Faden der Hoffnung und Liebe, der mir die Kraft gab, mich zu wehren. Alles zu tun, um dem Monster zu entkommen, das versuchte, alles zu stehlen, was mir lieb und teuer war.

„Nein!", schrie ich, meine Stimme stark und voller

Überzeugung, als ich gleichzeitig meinen Arm wegriss, herumwirbelte und einen Tritt in seine Magengrube landete.

Beim Aufprall grunzte er, verlor das Gleichgewicht und fiel seitwärts auf den Steinboden, wobei er mich mitriss.

Ich landete halb auf ihm und begann sofort davonzukriechen, ignorierte die neue Schmerzwelle, die von meiner Schulter ausging.

„Du dummes Miststück", knurrte er, als er mich wieder am Arm packte.

„Meine Magie gehört dir nicht, du verdammtes Arschloch."

Ohne zu zögern rammte ich mein Knie direkt in seinen Schritt.

Er erstarrte. Dann verdrehte er die Augen und sank auf die Knie.

„Volltreffer", sagte ich, und meine Lippen verzogen sich zu einem zutiefst befriedigten Lächeln.

„Was stimmt nicht mit dir?" Sierra eilte an mir vorbei, ihr blondes Haar war durchnässt und klebte an ihrem Kopf. Sie war klatschnass, ihr langes Sommerkleid verhedderte sich um ihre Beine, doch das hinderte sie nicht daran, ihre Wut auf Conor zu entfesseln, als sie ihm heftig in die Rippen trat und ihm Obszönitäten entgegen kreischte.

Ich blinzelte und versuchte, mich lange genug zu beruhigen, um den Sturm zu beschwichtigen. Mit der Wut und Frustration, die durch mich rauschten, hatte der Sturm nur weiter gewütet und den Steinboden rutschig gemacht und allen fast vollkommen die Sicht genommen. Ich atmete tief durch und stellte mir einen klaren blauen Himmel und eine sanfte Maibrise vor.

Hinter mir hörte ich, wie Conor Sierra befahl, aufzuhören.

„Nein!", rief sie. „Sag mir nie wieder, was ich tun soll."

Der Regen, den ich heraufbeschworen hatte, ließ nach, und

ich blinzelte durch den grauen Nebel. Conor war aufgestanden und hielt eines von Sierras Handgelenken fest, während sie mit dem anderen ihren Angriff auf ihn fortsetzte. Die kleine Schauspielerin war außer sich vor Wut, hämmerte mit einer Faust auf seine Brust ein und tat, was sie konnte, um ihm in den Sack zu treten, so wie ich es getan hatte.

Er drehte und wand sich, während er versuchte und es nicht schaffte, ihren anderen Arm zu packen. Ich starrte sie an, entnervt, und registrierte nicht ganz, was ich sah. Leuchtete sie etwa?

Sie tat es. Ein schwaches, weiches, gelbes Licht hüllte ihren ganzen Körper ein. Und das Licht um den Arm, den Conor hielt, hatte begonnen, feurig orange zu leuchten. Plötzlich stieß Conor einen Schmerzensschrei aus, hörte auf, gegen sie anzukämpfen, und riss seine Hand weg.

„Du hast mich verbrannt!", schimpfte er und funkelte sie an.

„Und du hast mich gezwungen, Kane zu verbrennen", schnaubte sie. Sie machte einen großen Schritt auf ihn zu, presste beide Handflächen auf seine Brust und stieß ihn von sich.

Er stolperte zurück, direkt auf die Öffnung zu, während genau dort, wo ihre Hände gewesen waren, Feuer ausbrach. Alles geschah wie in Zeitlupe, als Conor auf sein Hemd starrte, überwältigt von Überraschung und Empörung.

Sierras kniff die Augen zusammen und hob einen ihrer Pfennigabsätze auf. Dann warf sie ihn mit der Präzision eines Major-League-Werfers direkt auf ihn und traf ihn am Kopf. Ihr Schuh traf ihn genau zwischen die Augen und Conor, der sein Gleichgewicht nicht länger halten konnte, stürzte aus dem Glockenturm.

„Nein!", schrie ich und rannte zur Öffnung, Sierra direkt an meiner Seite.

Conor, der Mann, war immer noch irgendwo in diesem Körper. Egal, was der Drache getan hatte, Conor hatte es nicht verdient, dafür zu sterben.

„Oh mein Gott", keuchte Sierra.

Ich suchte die Grasfläche darunter ab und sah nichts als den manikürten Rasen. „Wo ist er?"

„Da." Sierra deutete auf die Häuserreihe auf der anderen Straßenseite und den hellgrünen Drachen, der darüber flog.

Die Luft verließ meine Lungen, während ich entsetzt zusah. Die Wandlung war abgeschlossen.

„Jade!" Kanes Stimme hallte durch den Glockenturm.

„Kane!" Mein Herz schwoll an, als ich zurückschreckte und aufblickte und ihn jetzt auf dem Holzbalken sitzen sah, Julius direkt neben ihm. Kane streckte unserem Freund die Hände entgegen, während Julius seine Fesseln durchtrennte. Wann war Julius hereingekommen? Ich warf einen Blick auf die Falltür im Boden und stellte fest, dass sie offen war. Er musste hereingekommen sein, als der Sturm mit voller Wucht getobt hatte. „Bist du okay?"

„Das werde ich sein, sobald ich dieses Stück Scheiße aufgespürt habe", knurrte er. „Wo ist er hin?"

„Ähm, da." Ich deutete aus dem Fenster, als Julius über den Balken zurück zu einer an der Wand festgeschraubten Leiter balancierte. Die Kirche musste sie benutzt haben, um die Glocke zu warten. „Das ist vielleicht leichter gesagt als getan. Er ist jetzt ganz Drache."

Kane murmelte einen Fluch, als er Julius folgte.

„Schaut!", rief Sierra von ihrem Platz an der Maueröffnung.

Ich richtete meine Aufmerksamkeit wieder auf den Drachen. Mehrere magische Ströme schossen durch die Luft und zielten auf die Bestie. Auf der Straße stand praktisch eine

Hexenarmee, die es sich geschlossen zum Ziel gesetzt hatte, ihn vom Himmel zu holen.

„Wow, wo sind die alle hergekommen?", fragte Sierra.

Ich lachte. „Sieht so aus, als wären die Hexen von Coven Pointe mit voller Kraft angerückt."

„Bea hat sie gleich angerufen, nachdem du in den Turm gegangen bist", sagte Julius. „Sie waren alle in Bereitschaft, falls du sie brauchst."

„Es zahlt sich aus, Freunde in der ganzen Stadt zu haben", sagte Kane, als er mich in seine Arme nahm.

Ich drückte ihn fest an mich. Tränen brannten in meinen Augen, doch ich blinzelte sie zurück. Jetzt war nicht die Zeit für tränenreiche Wiedervereinigungen. Wir mussten einen Drachen fangen, bevor er die Stadt zerstörte. Ich lehnte mich zurück und starrte in seine dunklen Augen. „Bereit, einem Drachen in den Arsch zu treten?"

Seine Hand glitt in meine, als er mich ansah. „Immer."

KAPITEL VIERUNDZWANZIG

„*V*ielleicht sollte Jade das aussitzen", sagte Lucien, als wir uns ihm und Bea unten anschlossen.

„Nein", sagte Kane. „Sie bleibt bei mir."

Ich lächelte ihn an und drückte seine Finger.

„Gut", sagte Bea und schleuderte einen weiteren Strahl reinweißer Magie in den Himmel. „Wir brauchen sie."

„Nein." Lucien schüttelte den Kopf. „Es ist gefährlich, und ich denke –"

„Vergiss es, Lucien. Danke, dass du dir Sorgen machst, aber ich gehe nirgendwohin." Ich stellte mich neben Bea. „Wie ist der Plan?"

Weitere magische Blitze zuckten aus ihren Fingerspitzen. „Im Moment versuchen wir, den Drachen so einzusperren, dass er nur in einem begrenzten Raum fliegen kann. Siehst du, wie die Hexen von Coven Pointe näherkommen und Conor auf uns zu drängen?"

Ich suchte den Himmel ab und nickte. Sie hatten sich in der Nachbarschaft verteilt, einige von ihnen standen sogar auf Dächern. Doch die am Boden mussten sich bewegen, denn mit jedem Blitz der Magie wurde Conors Luftraum kleiner und kleiner. „Ja. Ich sehe es. Was soll ich tun?"

„Beschwöre einen weiteren Sturm herauf, aber versuch', den Regen so gering wie möglich zu halten. Was ich wirklich gerne sehen würde, ist genug Wind, um ihn davon abzuhalten, höher zu fliegen. Wir haben es geschafft, einen seiner Flügel zu verletzen, was ihn tiefer zwingt, doch der Zirkel wird dieses Niveau an Magie nicht lange aufrechterhalten können. Irgendwann werden sie am Ende ihrer Kräfte sein, und an diesem Punkt werden wir ihn nicht mehr aufhalten können. Je eher wir ihn also in magische Fesseln bringen können, desto besser.

„Geht klar." Mit Kane auf der einen Seite und Sierra auf der anderen hob ich die Hände, holte tief Luft und stellte mir einen örtlich begrenzten Sturm vor. Meine Macht packte sofort meinen Körper und hielt mich aufrecht, als ein dunkelgrauer Trichter direkt über dem Drachen erschien.

„Tornado!", hörte ich jemanden schreien, gefolgt von jemandem, der meinen Namen rief. Doch in diesem Moment drehte sich der Drache zu mir um und stieß ein lautes Brüllen aus, das alles übertönte. Er schwebte in der Luft, schlug mit seinen großen Flügeln in Zeitlupe und kam dann auf mich zugeschossen. Ich machte einen Schritt auf ihn zu, starrte dem Drachen in die Augen und wollte nicht zurückweichen. Da spürte ich endlich die volle Wirkung meiner Magie, die uns miteinander verband.

Kraft wurde aus mir gesaugt, trieb ihn an, und je näher er kam, desto mehr nahm er mir. Mir wurde schwindelig, meine Knie gaben nach, und die Welt begann, vor meinen Augen zu verschwimmen. Kälte setzte sich in meinen Knochen fest, und ich fing an zu zittern.

„Jade! Übernimm die Kontrolle." Beas Stimme drang durch

das Tosen des Windes und wurde mit jeder Sekunde lauter und lauter. „Du allein befiehlst deiner Magie! Deine Magie gehört dir. Gib sie nicht auf!"

Deine Magie gehört dir. Die Worte hallten in meinem Kopf wider, und gerade als meine Glieder taub zu werden begannen, streckte ich meine Hand aus und ballte sie zur Faust, wobei ich mir vorstellte, ich würde mich an meiner Kraft festhalten.

Das Gefühl kehrte in meine Hände und Füße zurück, und der Tornado verschwand. Der Wind ließ nach, und die Sonne brannte auf mich herab und vertrieb die Kälte. Doch das war es nicht, was mich von innen heraus erhitzte. Nein, es war meine Kraft, meine Magie, als ich sie mir vom Drachen zurückeroberte.

„Meine", sagte ich mit einer tödlichen Ruhe und streckte meine andere Hand aus, schlang meine Finger um den unsichtbaren Kraftstrom, der in mich zurückfloss.

Der Drache fletschte seine scharfen Zähne, knurrte und öffnete dann sein breites Maul. Rauch stieg aus seiner Nase, und ich wusste, dass ich nur einen Augenblick hatte, bevor er Feuer auf uns alle speien würde.

Ich öffnete den Mund, bereit, einen Zauber zu sprechen und ihm zu befehlen, den Angriff zu beenden, doch kurz bevor ich die Worte herausbrachte, flog ein glänzendes Objekt durch die Luft und traf den Flügel des Drachen. Die Kreatur wirbelte nach links und stieß einen Schmerzensschrei aus, als sie die Kontrolle verlor und auf den Boden zustürzte.

Ein lautes Krachen ertönte und hallte durch mich, als ich zurückgeschleudert wurde, meine Verbindung zu Conor vollständig getrennt. Ein Strom von Magie stürzte in mich hinein, als ich auf dem Boden aufschlug, außer Atem und vor Kraft vibrierend.

Heilige Hölle, was ist gerade passiert?, dachte ich, dann rappelte ich mich schnell auf.

„Fangt ihn!", hörte ich jemanden schreien.

Dutzende von Schritten hallten um uns herum durch die Straßen, als die Hexen von Coven Pointe auf den Drachen zu rannten, Aufregung, Panik und Blutdurst schirrten in der Luft.

Ich baute schnell mein Glassilo auf, erleichtert, als es genau so funktionierte, wie ich es erwartet hatte, und blendete alle lange genug aus, um mich konzentrieren zu können. Ich suchte den Himmel nach dem Drachen ab und schnappte nach Luft, als mir klar wurde, dass Conor sich wieder in seine menschliche Gestalt zurückverwandelt hatte. Nur jetzt schwebte er mitten in dem provisorischen Kreis in einem Zaubernetz der Hexen.

„Jade?", fragte Kane.

Ich ruckte den Kopf in Richtung des Klangs seiner Stimme und fand ihn direkt neben mir kniend.

„Bist du in Ordnung?"

„Ich glaube schon. Du?" Ich blickte auf seine Füße und zuckte zusammen. Seine Stiefel waren von Ruß schwarz gefärbt und seine Jeans war versengt.

„Jetzt geht's mir großartig." Er schlang seine Arme um mich und zog mich vom Boden in eine Umarmung, hielt mich einfach fest. Ich holte tief Luft, und als mein Schild seinen Halt zu verlieren begann, brachen seine Emotionen durch und überfluteten mich mit Liebe, Erleichterung und Dankbarkeit.

Ich zog mich gerade weit genug zurück, um ihm in die Augen zu sehen. „Hey. Du bist nicht sauer auf mich? Wütend, dass ich zu dir gekommen bin, anstatt dich von Bea und den anderen ausfindig machen zu lassen?"

Er lachte leise auf. „Auf keinen Fall. Das Einzige, worüber ich sauer bin, ist die Tatsache, dass ich nicht mehr helfen konnte. Es ist verdammt gut, dass Conor zu arrogant war, auch nur daran zu denken, mir meinen Dolch abzunehmen."

Dolch? Was meinte er … Oh, das glänzende Objekt! Ich warf einen Blick auf die Scheide, die er immer an seinem Gürtel trug, und schenkte ihm ein schiefes Lächeln. „Es sieht so aus, als ob deine Hilfe genau das war, was ich in diesem Moment gebraucht habe." Ich strich mit meinen Fingerspitzen über seinen Kiefer und ließ das kleinste bisschen Magie über seine Haut pulsieren.

„Hey." Seine Augen verdunkelten sich, als er mich anlächelte. „Deine Magie ist zurück."

„Und das habe ich dir zu verdanken, *Mr. Rouquette.* Als deine Klinge ihn getroffen hat, hat sie die Verbindung getrennt, und meine Magie ist in mich zurückgeprallt."

Er musterte mich, Skepsis strich über meine Haut. „Warte. Das ist nicht ganz, was passiert ist, oder? Ich glaube mich zu erinnern, tatsächlich zugesehen zu haben, wie du dir deine Magie zurückerobert hast."

„Es war eine Teamleistung" Ich legte sanft meine Hand an seine stoppelige Wange und wusste zu schätzen, dass er mir Ehre zugestand, wo mir Ehre gebührte. Es sah ihm ähnlich, mich meine eigenen Leistungen nicht kleinreden zu lassen. „Woher wusstest du das?"

Er streckte die Hand aus und strich sanft meinen Pony beiseite. „Weil ich dich sehe, hübsche Hexe. Immer."

Wir standen da, verloren in unserer eigenen kleinen Welt, verloren ineinander, bis sich jemand in der Nähe räusperte.

Kane ließ mich los, und wir drehten uns beide zu Bea um.

„Freut mich zu sehen, dass es euch beiden gutgeht", sagte meine Mentorin. „Und so sehr ich das Wiedersehen nicht stören möchte, wir haben einen Drachen, um den wir uns kümmern müssen."

Ich blickte zu Conor hinüber, der immer noch in der Luft schwebte. „Glaubst du, er ist immer noch ein Drache? Meine Magie ist zurück."

Sie presste ihre Lippen aufeinander und nickte. „Daran besteht kein Zweifel. Sobald er sich gewandelt hat, war der Übergang abgeschlossen. Wenn wir ihn loslassen, wird er einfach wieder wandeln."

„Conor!", rief Sierra und rannte in den Kreis, blieb aber plötzlich stehen, als sie gegen eine Wand aus unsichtbarer Magie stieß. Sie streckte ihre Hände in die Luft, als wollte sie ihn packen, dann sank sie langsam zu Boden.

Ich warf Lucien über Kanes Schulter einen Blick zu. „Kannst du dich vergewissern, dass es ihr gutgeht?"

Mein Stellvertreter nickte kurz und machte sich dann auf den Weg, um sich um die aufgewühlte Hexe zu kümmern.

„Dann muss sich jemand mit Lailah in Verbindung setzen", sagte ich. „Oder jemandem vom Rat der Engel."

„Nicht nötig", sagte eine willkommene und vertraute Stimme aus dem Nichts.

Ich sah mich um und suchte nach der ätherischen Honigblonden. „Lailah? Wo bist du?"

Weißes Licht erschien am Himmel und erleuchtete die Stelle neben mir. Im nächsten Moment tauchten sie und mein leiblicher Vater Drake Davidson auf, und das Licht verschwand.

„Dad?", fragte ich, schockiert, ihn zu sehen. „Was machst du hier?" Ich sah Lailah an. „Was macht ihr beide hier?"

„Ich habe gehört, wir haben es mit einer Drachenseele zu tun", sagte Lailah ruhig und nickte Bea zu.

„Und ich bin hier, um sicherzugehen, dass es dir gutgeht", sagte Drake und legte einen Arm um meine Schultern.

Ich versteifte mich, unsicher, wie ich reagieren sollte. Mein

Vater und ich standen uns nicht gerade nahe. Ich hatte bis vor kurzem nicht einmal gewusst, dass er existierte.

„Ich habe gehört, du bist schwanger", sagte er leise. „Ich wollte dir gratulieren."

„Ähm, danke." Immer noch steif und unbeholfen ließ ich mich von ihm zu einer seitlichen Umarmung heranziehen.

Ich wollte mich gerade zurückziehen, ein bisschen Abstand zwischen uns bringen, als er lachte und sagte: „Wow, das ist ein mächtiges kleines Wesen, das du da unterm Herzen trägst."

„Wie bitte?"

Er warf einen Blick auf meinen Bauch. „Die Seele deines Kindes besitzt die Gabe mächtiger Magie."

Das sollte keine Überraschung sein. Jedes Kind, das Kane und ich auf die Welt bringen würden, würde wahrscheinlich magische Kräfte haben, doch ich war nicht auf die Idee gekommen, dass ein Engel in der Lage sein würde, seine oder ihre Fähigkeiten zu spüren. „Woher weißt du das?"

„Ich kann es spüren. Wenn ich raten müsste, würde ich sagen, dass dein Kind eine Elementarhexe sein wird und Feuer, Luft, Wasser und Erde kontrollieren kann." Er grinste. „Es ist ungewöhnlich, alle vier Elemente kontrollieren zu können, es sei denn, man ist eine weiße Hexe."

„Ich denke, das erklärt die Stürme", sagte Bea mit einem Augenzwinkern.

„Warte einen Moment. Ich habe die ganze Zeit die Magie meines Kindes benutzt?" Ich legte die Hände auf meinen Bauch, Entsetzen durchfuhr mich. „Was ist, wenn ich sie verletzt habe?", fragte ich Bea. „Ist das möglich? Ich habe ihre Magie gestohlen. Habe ich auch Teile ihrer Seele genommen?" Meine Glieder begannen zu zittern, und schiere Panik machte sich breit. Die Magie eines anderen zu stehlen war skrupellos und konnte schlimme Folgen haben. Meine eigene Erfahrung, dass Conor meine gestohlen und mich zur Erschöpfung getrieben hatte, war schon schlimm genug. Doch ich war eine erwachsene Frau. Ich konnte mir nur vorstellen, was es anrichten würde, von einem Kind zu stehlen, das noch im Mutterleib war.

„Entspann dich, Jade", sagte mein Vater. „Die Seele deines Kindes ist vollkommen in Ordnung."

„Bist du sicher?" Ich starrte in seine dunkelgrünen Augen, die meinen eigenen so ähnlich waren, und flehte ihn um die Sicherheit an, die nur von einem Engel kommen konnte.

„Ich bin sicher. Geh zu einem Heiler, wenn du ..." Er hielt einen Moment inne. „Hast du gerade *sie* gesagt? Bekommst du ein kleines Mädchen?"

„Wir wissen es noch nicht", mischte Kane sich ein und legte seine Hand auf meine. „Jemand, den sie neulich getroffen hat, hat ihr das gesagt."

„Ich glaube, Miss Maybelle ist da was auf der Spur", sagte ich und warf Kane einen Seitenblick zu.

Mein Vater lachte. „Manche Menschen haben diese Gabe." Er zwinkerte mir zu. „Wie auch immer, geh zu einem Heiler, um deine Sorgen, was die körperliche Gesundheit deines Babys angeht, zu beruhigen, aber ich kann dir versichern, die Seele des Babys ist perfekt."

Selbst angesichts der Ereignisse des Tages fühlte ich mich körperlich ziemlich gut, obwohl ich mir sicher war, dass das daran lag, dass meine Magie wieder allein mir gehörte. Und jetzt, da mein Vater bestätigt hatte, dass ich der Seele meines Kindes nicht geschadet hatte, löste sich mein Unbehagen in Wohlgefallen auf. Die einzigen Dinge, die mir wirklich wichtig waren, waren Kane und mein ungeborenes Kind. Jetzt, wo ich wusste, dass beide in Sicherheit waren, konnte ich mich später um alles andere kümmern.

„Wir machen auf dem Nachhauseweg halt", sagte Kane, und sein Blick wanderte über mich.

„Ich bin mir sicher, dass ich okay bin", sagte ich, blickte dann aber auf seine versengten Schuhe. „Was ist mit dir?"

Er zuckte mit den Schultern. „Nichts, was ein bisschen Heilcreme nicht reparieren würde."

Ich hob eine Augenbraue und fragte mich, wie sehr er die Zähne zusammenbiss. Gefesselt und angezündet zu werden, das war kein leichter Tag. „Der Heiler kann dich auch kurz untersuchen."

„Nicht nötig", sagte er, und ich wusste, dass es ihm gutging. Kane war niemand, der bereit war, Leiden zu ertragen, wenn es Heilkräuter gab.

„Bea, wo ist die Statue, von der du gesprochen hast?", fragte Lailah sie.

„Sie ist in meinem Auto. Ich bringe dich hin", sagte Bea.

Lailah sah zu Conor auf, der immer noch in der Luft hing. „Drake, kannst du ihn ihnen abnehmen? Wir müssen ihn in das Reich der Engel bringen, damit wir die Drachenseele zurück in die Statue übertragen können."

Er nickte. „Kein Problem."

„Danke." Lailah und Bea machten sich auf den Weg, gingen schnell über die Straße und um die Ecke.

„Sieht so aus, als hätte ich zu arbeiten, Jade", sagte mein Vater und umarmte mich noch einmal. „Versuch', Ärger aus dem Weg zu gehen, okay?"

Ich lachte müde. „Das war der Plan."

„Es ist nicht leicht, eine weiße Hexe zu sein, oder?" Er küsste mich auf die Stirn, was mich zutiefst überraschte, dann wandte er sich den Hexen von Coven Pointe zu. „Ich danke Ihnen allen sehr. Sie können sich jetzt zurückziehen."

Mati, eine dunkelhaarige Sexhexe, die zufällig die

Schwägerin meines Vaters war, sagte: „Bist du sicher? Er ist um einiges stärker, als er aussieht."

Ihr Freund Vaughn, der Dämonenjäger, den Maximus geschickt haben musste, stand neben ihr und nickte.

Dad sah mich an. „Kein Zweifel, wenn er es geschafft hat, Jades Magie zu stehlen." Mit zusammengekniffenen Augen trat er auf ihn zu und hob den Arm. Reinweißes Licht strömte aus seinen Händen und hüllte den Drachenwandler ein. „Jetzt", befahl er.

Jede der zwölf Hexen nahm ihre Magie zurück, und in diesem Moment lösten sich sowohl mein Vater als auch Conor in Luft auf.

„Danke für eure Hilfe", sagte ich, als ich zu Mati ging.

„Jade", sagte die jüngere Hexe und schlang ihre Arme um mich. „Du musst uns nicht danken. Verdammt, dieser Drache hätte uns wahrscheinlich alle verbrannt, wenn wir ihn nicht rechtzeitig eingedämmt hätten."

„Ja. Verrückt, oder?" Ich umarmte sie und erlaubte mir, in ihrer Freude und Erleichterung zu schwelgen, während es meine angeschlagene Psyche beruhigte.

Ich trat gerade zurück, als direkt hinter mir ein lauter Knall dröhnte, der mich fast aus meiner Haut springen ließ. Ich wirbelte herum und sah drei Ratshexen in ihren Roben, die in einer V-Formation standen. Alle hatten Kapuzen, die ihre Köpfe bedeckten, außer der vorderen. Sie war groß und schlank und hatte dichtes, schwarzes, welliges Haar. Sie starrte mich über ihre Hakennase an und hielt einen cremefarbenen Pergamentumschlag in der Hand.

Ich streckte die Hand aus und nahm ihn entgegen. *Anklage* stand in eleganter Handschrift auf dem Umschlag geschrieben.

„Was ist das?", fragte ich, mein Herz pochte plötzlich wild gegen meinen Brustkorb.

„Jade Calhoun, Sie sind wegen Einbruchs und Zerstörung von Eigentum und schweren Diebstahls verhaftet."

„Hey, einen Moment", sagte ich, um mich zu verteidigen.

Aber Kane trat neben mich und flüsterte: „Sag nichts. Nicht jetzt."

„Kane, alles, was wir tun müssen, ist auf Lailah zu warten. Sie wird bestätigen, dass wir keine Wa–"

Mein Mann presste seine Hand auf meinen Mund. „Nicht jetzt, Jade."

Ich warf ihm einen ungeduldigen Blick zu, nickte aber trotzdem. Er nickte zurück und ließ mich los. Dann winkte ich der dunkelhaarigen Hexe mit der Anklageschrift zu. „Was genau soll ich damit machen?"

Sie zuckte mit den Schultern. „Was mich angeht, können Sie es essen. Aber jetzt kommen Sie mit uns."

„Was? Nein, ich muss zu einem Heiler und –"

Die Hexe schnippte mit den Fingern, und im nächsten Moment stand ich in einem kühlen Steingebäude vor einer Gruppe von Hexen, von denen ich keine kannte.

„Jade Calhoun?", fragte eine ältere Hexe mit schneeweißem Haar, das zu einem strengen Dutt zusammengebunden war.

„Ja, das bin ich."

„Gut." Sie gab jemandem, der hinter mir stand, ein Zeichen. „Sperrt sie ein."

KAPITEL FÜNFUNDZWANZIG

„Warten Sie!", rief ich, als ein großer Mann, der ganz in Schwarz gekleidet war, mir Handschellen anlegte. „Ich weiß nicht einmal –" Irgendwas stimmte ganz und gar nicht. Ich starrte auf meine gefesselten Handgelenke und versuchte, die seltsame Energie zu begreifen, die von den Fesseln ausging. Kühle Magie kroch meine Arme hinauf und beruhigte mich, und doch sagte mir die Stimme in meinem Hinterkopf, dass es Zeit war, in Panik zu geraten.

„Was haben Sie getan?", fragte ich die Wache.

Er ignorierte meine Frage, packte mich am Arm und führte mich zu der schweren Holztür auf der linken Seite neben den Hexen.

Ich drehte mich um und rief über meine Schulter: „Habe ich nicht wenigstens einen Anruf?"

„Wir sind nicht die Polizei von New Orleans, Miss Calhoun", sagte die ältere Hexe steif. „Die Regeln der Strafverfolgungsbehörden der Stadt gelten hier nicht."

„Aber ich habe nichts *getan*!", protestierte ich.

„Sie werden Gelegenheit haben zu sprechen, wenn wir für

Sie bereit sind", sagte sie. Dann richtete sie ihre Aufmerksamkeit auf die nächste Hexe, die gerade ins Zimmer gekommen war.

„Es ist leichter, wenn Sie einfach kooperieren", sagte der Wärter, hielt mit einer Hand die Tür auf und zog mich gleichzeitig über die Schwelle.

„Da gehe ich jede Wette." Ich hob meine Hände und deutete auf die Handschellen. „Sie wären vielleicht erfolgreicher darin, mich zur Zusammenarbeit zu bewegen, wenn Sie meine Magie nicht sofort neutralisiert hätten."

Er schnaubte. „Würden Sie das nicht auch tun, wenn eine der mächtigsten Hexen der Stadt festgenommen wird?"

Ich runzelte die Stirn und hasste ihn in diesem Moment.

Eine Seite seines Mundes zuckte, als er ein Lächeln zurückhielt. „Dachte ich mir."

Wir gingen drei verschiedene Korridore hinunter, bis wir schließlich zu einem Paar schwerer Holztüren kamen. Das Wort ARRESTZELLEN stand in kunstvoller Kalligraphie in das Holz eingebrannt.

„Im Ernst?", fragte ich ihn. „Ziemlich hochtrabend für einen Ort, der normalerweise der Ausnüchterung Betrunkener vorbehalten ist."

„Wir halten hier keine Betrunkenen fest", sagte er allen Ernstes. „Nur Hexen, die auf ihren Prozess warten." Er drückte seinen Daumen auf ein kleines Scannerfeld. Als ein grünes Licht aufleuchtete, steckte er einen Schlüssel ein, und die Tür schwang auf. „Ihre Unterkunft ist hier entlang."

Ich schnaubte, als wir den kahlen, steinernen Flur hinuntergingen. „Ich schätze, Turndown-Service gibt es hier nicht?"

Sein Schweigen war ohrenbetäubend.

Schließlich, nachdem er an mindestens einem Dutzend

Räumen vorbeigegangen war, blieb er vor einer der schweren Türen stehen. „Das ist Ihre."

Ich starrte ihn an. „Erwarten Sie, dass ich da freiwillig reingehe?"

„Es ist besser, als hier draußen zu warten."

„Irgendwie bezweifle ich das."

Er lachte und stieß die Tür auf. „Glauben Sie das immer noch?"

Ich spähte in den Raum, und meine Augen weiteten sich, als ich das elegante Studio betrachtete. Auf der einen Seite des Raumes war eine kleine Küchenzeile und auf der anderen ein großes, luxuriöses Doppelbett. Zwischen den beiden standen ein elegantes grünes Samtsofa und zwei passende Sessel, die aussahen, als wären sie in einer der Villen im Garden District zu Hause. „Wow. Das sind Ihre Arrestzellen?"

„Ja." Er nickte mir zu, einzutreten.

Ich gehorchte, weil er recht hatte. Es sah verdammt viel besser aus als der Flur. Sobald ich über die Schwelle getreten war, schlug die Tür zu und das Geräusch von mehreren Schlössern, die einrasteten, ließ mir einen Schauer über den Rücken kriechen.

Die Zelle mochte elegant sein, doch es war nicht zu leugnen, dass ich eingesperrt war.

Es gab eine Erleichterung dafür, in dem fensterlosen Studio eingesperrt zu sein – in dem Moment, als die Tür hinter mir ins Schloss fiel, verschwanden die Handschellen. Doch das bedeutete nicht, dass ich Magie anwenden konnte. Es musste eine Art magieunterdrückenden Zauber geben, denn egal was ich tat, ich war nicht in der Lage, auch nur das kleinste bisschen Macht zu beschwören.

Und ihr könnt mir glauben, ich habe es versucht. Und versuchte es erneut, nachdem Stunden vergangen waren und ich immer noch isoliert und angepisst in meiner Luxuszelle saß.

„Was ist mit meinem Anruf?", schrie ich die Tür an. „Will nicht jemand kommen, um nach mir zu sehen? Woher wollen Sie wissen, dass ich nicht gerade verdurste?"

„Sie wissen, dass du nicht stirbst", sagte eine Stimme, die der von Madame Lacroix bemerkenswert ähnlich klang.

Ich wirbelte herum und schnappte nach Luft, als ich eine kleine, rundliche Frau entdeckte, die einen gebatikten Rock und eine weiße Bauernbluse trug. Ihr dunkles, lockiges Haar war lieblos auf ihrem Kopf aufgetürmt und wurde von drei Stiften festgehalten.

„Wie kommen Sie hier rein?", fragte ich sie.

„Ich lebe hier", sagte sie und ließ sich in einen der Sessel sinken.

„Ich meine, wie kommt es, dass ich Sie sehen kann?"

Ihr ausdrucksstarkes Gesicht leuchtete auf, als sie mich anlächelte. „Weil dieses Gebäude zu Lebzeiten mein Zuhause war. Ich habe die meiste Energie, wenn ich hier bin."

„Dann spuken Sie also in den Zellen der Gefangenen?", fragte ich mit einem Anflug eines Lächelns und bemerkte, dass der Klang ihrer Stimme nicht annähernd so nervig war, wie ich ihn in Erinnerung hatte.

„Korrekt." Sie zwinkerte verschwörerisch, und plötzlich wünschte ich, sie wäre kein Geist. Ihre elektrische Energie war berauschend und überhaupt nicht das, was ich erwartet hatte, nachdem ich ihr im Archiv der Unerklärlichen Dinge begegnet war. „Doch deshalb bin ich heute Abend nicht hier. Und ich denke, es ist nicht nötig, dass du mich siezt."

Ich hob beide Augenbrauen. „Nein? Okay. Aber du bist auch nicht für einen Mädelsabend hier?"

„Vielleicht ein andermal." Sie deutete auf den Sessel neben sich. „Setz' dich. Ich habe Informationen."

„Warum ich hier bin?", fragte ich, als ich mich auf die Kante des Sessels setzte.

„Genauer gesagt, warum du hier bleiben wirst, wenn du keinen Weg findest, den Spieß gegen Delphinia umzudrehen."

„Wer ist das?"

„Sie ist die Hexe, die versuchen wird, dir ihre Verbrechen anzuhängen." All die Unbeschwertheit verließ ihr Gesicht, als ihre Augen vor Zorn aufblitzten. „Sie sitzt ganz rechts in der Versammlung. Du kannst sie nicht übersehen. Sie ist groß, dürr wie eine Vogelscheuche, hat große graue Augen und eine riesige Hakennase."

„Eine Freundin von dir?", fragte ich.

„Kaum. Dieses Biest macht seit Jahren Ärger." Sie streckte die Hand aus und packte meinen Arm. „Aber wenn du deine Karten richtig spielst, kannst du deinen Namen reinwaschen und sie dabei erledigen."

„Ich bin ganz Ohr."

Sie beugte sich vor. „Vor meinem vorzeitigen Ableben waren Delphinia und ich, nun ja, man könnte sagen, wir sind Rivalinnen gewesen."

Ich straffte meine Schultern, plötzlich misstrauisch, was ihre Motive anging. „Das ist doch kein Rachefeldzug, oder?"

Sie lachte und winkte ab „Nein. Aber wenn sie an meiner Stelle wäre, bin ich mir sicher, dass es so wäre. Du musst wissen, Delphinia ist eine kleinliche, eifersüchtige, rachsüchtige, engstirnige –"

„Okay, ich glaube, ich habe verstanden", sagte ich. „Und wenn du weitermachst, wird es mir schwerfallen zu glauben, dass du unvoreingenommen bist."

„Ha! Oh das bin ich nicht. Ich *bin* voreingenommen. Voreingenommener geht's nicht." Sie setzte sich aufrecht, plötzlich sachlich. „Aber ich bin auch Profi und nehme meinen Job sehr ernst."

Das konnte ich glauben. Das hatte sie jedes Mal bewiesen, wenn ich im Archiv der Unerklärlichen Dinge gewesen war. „Okay, warum fängst du nicht damit an, warum sie dich nicht mochte?"

„Nicht mochte? Delphinia hat mich gehasst." Sie schüttelte den Kopf. „Es war Neid – auf alles von meinen familiären Verbindungen über meine Stellung im Hexenrat bis hin zu dem Mann, den ich geheiratet habe. Sie wollte alles, was ich hatte."

„Gibt es einen bestimmten Grund dafür?", fragte ich, weil ich wusste, dass unter der Oberfläche etwas brodelte.

„Delphinia ist meine Halbschwester", sagte sie in sachlichem Ton. „Mein Vater war ein schwacher Mann." Sie zuckte mit den Schultern. „Und aus Respekt vor meiner Mutter hat er Delphinias Existenz nie offiziell anerkannt, obwohl er sie und ihre Mutter unterstützt hat, als er noch am Leben war."

„Autsch."

„Das ist alles Schnee von gestern", sagte sie. „Ich habe es nur erwähnt, damit du die Geschichte verstehst."

„Okay, wie soll mir das alles helfen?"

„Das tut es nicht. Aber ich habe Informationen, die helfen könnten." Der Geist schob eine Haarsträhne hinter sein Ohr und schenkte mir ein verschmitztes Lächeln. „Erinnerst du dich, dass es nach dem Vorfall im Archiv der Unerklärlichen

Dinge großen Druck für eine Untersuchung der Drachenskulptur gab?"

„Ja." Doch soweit ich wusste, war Madame Lacroix die Einzige, die deswegen viel Aufhebens gemacht hatte.

„Nun, eine der Ratshexen hat sich diskret damit befasst. Doch als sie erfuhr, dass Delphinia die Statue ins Archiv der Unerklärlichen Dinge gebracht hatte, hat Delphinia eine lächerliche Lüge erfunden und die Ratsvorsitzende überzeugt, die Ermittlungen einzustellen."

Ich runzelte die Stirn. „Und? Wenn die Ermittlung eingestellt ist –"

„Die Vorsitzende hat den Rest des Rates nie darüber informiert, dass Delphinia etwas mit der Statue zu tun hat. Die andere Hexe war jedoch nicht zufrieden und hat weiter ermittelt, was bedeutet, dass sie immer noch misstrauisch ist. Sie hat bisher nichts gesagt, denn wenn jemand erfährt, dass sie immer noch gräbt, könnte sie Ärger mit der Vorsitzenden bekommen." Madame Lacroix' verschmitztes Lächeln wurde breiter, als ihre Augen vor Freude funkelten. „Jetzt kommt der lustige Teil. Ich habe das hier gefunden." Sie zog ein kleines ledergebundenes Buch aus ihrer Tasche. „Da ist alles drin, was du wissen musst."

Ich nahm ihr das Buch ab, immer noch unsicher, wie mir irgendwas davon helfen sollte. Als ich es aufschlug, wollte ich um eine Erklärung bitten, hielt dann jedoch inne, als mein Blick auf ein Foto fiel. Es waren eine jüngere Frau und ein Mann, der Conor bemerkenswert ähnlich sah. Ich starrte auf das Schwarz-Weiß-Bild des Mannes. Er war Conor so ähnlich, dass es fast unheimlich war, nur dass ich bei näherer Betrachtung einen kleinen Unterschied in der Form seiner Augen bemerkte. Es gab keinen Zweifel, dass sie irgendwie miteinander verwandt sein mussten. „Wer ist das?"

„Das ist Delphinias Ururgroßmutter. Und dieser Mann ist der letzte bekannte existierende Drachenwandler."

„Oh meine Göttin", hauchte ich. „Er ist die Seele, die in der Statue war."

Sie nickte. „Und Delphinias Familie wartet seit zwei Jahrhunderten darauf, ihn zurückzubringen."

„Ist er mit Conor verwandt?"

Sie nickte. „Cousin zweiten Grades."

KAPITEL SECHSUNDZWANZIG

*I*ch war mir nicht sicher, wie viel Zeit vergangen war, nachdem Madame Lacroix mein Zelle verlassen hatte. Ein Tag? Vielleicht zwei? Ich hatte geschlafen, geduscht, in der Küchenzeile gestöbert und hauptsächlich Snacks gefunden: Chips, Nüsse, Müsli, Schokolade. Und während ich die Schokolade schätzte, um mich durch die Isolation zu bringen, wurde mir schließlich ein wenig übel, weil ich kein richtiges Essen hatte.

Als sie endlich kamen, war ich so hungrig, dass meine Laune im Keller war.

Die Tür öffnete sich quietschend, und ich stand auf, immer noch in der gleichen schmutzigen Kleidung wie an dem Tag, an dem sie mich eingesperrt hatten.

Auf der Schwelle stand eine dunkelhäutige Hexe, die ich nicht kannte. Sie trug ein schlichtes schwarzes Gewand. „Der Rat ist jetzt für Sie bereit."

Ich nahm das kleine ledergebundene Notizbuch und ging hoch erhobenen Hauptes zu ihr hinüber. „Wurde aber auch Zeit. Was haben sie so lange getrieben? Wollten sie sehen, wie lange eine schwangere Frau mit Studentenfutter überleben kann? Oder vielleicht war ihnen einfach nur sadistisch zumute, und sie wollten, dass ich tagelang dieselbe Unterwäsche trage?"

Sie ließ den Blick über mich schweifen und kicherte.

„Lachen Sie nur, Ratshexe. Aber Sie sind diejenige, die meinen Geruch ertragen muss", sagte ich, als ich an ihr vorbeistolzierte.

Sie lachte wieder. „Warum haben Sie nicht einfach geduscht?"

„Das habe ich! Aber es ist nicht so, als hätten Sie mir Wechselkleidung zur Verfügung gestellt." Ich deutete auf meine schlammverschmierte Jeans und mein schmutziges T-Shirt. „Und verdammt nochmal, wäre es zu viel verlangt, die Küche mit Fleisch zu bestücken? Wenn zufällig eine Kuh vorbeikommen würde, würde ich ihr sofort das Bein abnagen."

Die Hexe griff in die Tasche ihrer Robe und holte eine kleine Plastikpackung heraus. „Es ist nicht viel, aber es sollte Ihnen helfen, die Verhandlung zu überstehen."

Ich nahm die Packung, drehte sie um und weinte fast. „Truthahnjerky? Oh, den Göttern sei Dank." Ohne zu zögern riss ich die Packung auf und verschlang die halbe Tüte, bevor ich Luft holte. „Zumindest habe ich jetzt das Gefühl, dass mein Gehirn wieder funktioniert."

Die Hexe schenkte mir ein mitfühlendes Lächeln. „Die meisten Leute werden nicht so lange festgehalten. Es scheint, dass Ihre Unterstützer, von denen es viele gibt, um ein wenig Zeit gebeten haben, um Ihre Verteidigung vorzubereiten."

Wärme breitete sich in mir aus. Kane, Bea und der Rest meiner Freunde hatten es noch nie versäumt, an meiner Seite zu stehen. Ich war nicht überrascht, als ich herausfand, dass sie für mich aktiv geworden waren.

Es dauerte nicht lange, bis meine Begleiterin die Doppeltüren öffnete, die in die Ratskammer führten. Sieben Hexen saßen vorn an einem langen Tisch, und der Rest des Raumes war einem Gerichtssaal ähnlich eingerichtet. Zwei kleinere Tische standen den Ratshexen gegenüber, und Klappstühle waren hinter einer Abtrennung direkt hinter den Tischen aufgestellt worden.

Lucien saß am Kopfende des Tisches der Angeklagten, während ein älterer, weißhaariger Hexenmeister allein am Tisch der Anklage saß.

Meine Begleiterin beugte sich vor und flüsterte: „Machen Sie ihnen die Hölle heiß."

Ich sah sie etwas überrascht an, obwohl ich es nicht hätte sein sollen. Sie war nur nett gewesen, seit sie mich aus der Zelle geholt hatte. „Danke."

Sie zwinkerte und stellte sich direkt neben die Tür, als hätte sie Wachdienst, und verschränkte die Arme vor der Brust, während sie darauf wartete, dass der Prozess begann.

„Jade!", rief Kane, als er zum Geländer ging, das mich und Lucien von den Zuschauern trennte.

Ich rannte zu ihm und schlang meine Arme um seinen Hals.

„Geht's dir gut? Haben sie dich gut behandelt?", fragte er.

„Abgesehen davon, dass ich ein halbes Rind verdrücken könnte, geht's mir gut", sagte ich lachend. „Holt mich einfach hier raus. Heute noch."

„Auf die eine oder andere Weise werden wir das tun", versprach er.

„Jade, es tut mir so leid", drang Beas Stimme in meinen Kane-Kokon. „Das ist meine Schuld."

Ich zog mich von Kane zurück und entdeckte sie gleich rechts neben ihm. „Nein, ist es nicht." Ich hielt das kleine Notizbuch hoch. „Es gibt nur eine Person, die für diese

Situation verantwortlich ist, und das bist sicherlich nicht du oder ich oder sogar Conor. Haben die Engel sich mit seiner Seele befasst?"

Bea nickte. „Er ist ein bisschen angeschlagen, aber er wird es weitgehend unbeschadet überstehen."

Ich blickte über ihre Schulter und entdeckte ihn. Sierra saß auf der einen Seite neben ihm und Lailah auf der anderen. Pyper, Julius und Kat saßen direkt vor ihnen mit Mati und ihrem Freund Vaughn zusammen. „Wow, sieht aus, als hätte ich eine große Zuschauerschaft angezogen."

Bea schenkte mir ein sanftes Lächeln. „Wir wollen dich einfach nach Hause bringen, wo du hingehörst."

„Das fände ich gut."

Lucien berührte meine Schulter, „Jade, sie wollen anfangen."

Ich reichte ihm das Notizbuch. „Ich denke, das wirst du sehen wollen."

Er runzelte die Stirn. „Woher hast du das?"

„Madame Lacroix." Bei der Erwähnung des fraglichen Geistes tauchte sie plötzlich aus dem Nichts neben Bea auf. Mit einem selbstzufriedenen Grinsen im Gesicht ließ sie sich langsam auf den Stuhl sinken und winkte mir zu.

Ich winkte amüsiert zurück. Sie genoss das viel zu sehr.

Die weißhaarige ältere Hexe, die in der Mitte des Ratstisches saß, schlug mit dem Richterhammer auf den Tisch. „Der sechzehnte Rat ist versammelt und bereit, das Verfahren zu eröffnen. Bitte nehmen Sie Platz."

Ich setzte mich neben Lucien und versuchte, die nervöse Energie zu beruhigen, die in mir tobte. Obwohl ich wusste, dass ich nichts anderes getan hatte, als die Ratshexen mit einem Regenzauber zu belegen, und ich Beweise dafür hatte, dass es eine Rechtfertigung dafür gab, Bea beim Diebstahl der

Statue geholfen zu haben, gab es keine Garantie, dass ich aus diesem Schlamassel herauskommen würde, ohne eine Art Strafe auferlegt zu bekommen. Was, wenn ich tatsächlich wegen etwas verurteilt worden wäre? Wie würde Kane reagieren? Eine Vision von ihm, wie er gegen jede der Ratshexen kämpfte, schoss mir durch den Kopf, und bei dem Gedanken wurde mir kalt.

„Entspann dich, Jade", sagte Lucien. „Mach dir keine Sorgen. Ich habe schon mit dem Rat gesprochen. Das ist mehr oder weniger eine Formsache."

„Okay, ich vertraue dir", sagte ich, doch die Anspannung ließ nicht nach, als ich steif dasaß und darauf wartete, mein Schicksal zu erfahren.

„Jade Calhoun", sagte die weißhaarige Hexe. „Bitte stehen Sie auf."

Ich gehorchte.

„Sie werden beschuldigt, ins Archiv der Unerklärlichen Dinge eingebrochen zu sein, Eigentum im Archiv der Unerklärlichen Dinge zerstört und eine historisch bedeutsame Statue gestohlen zu haben. Wie plädieren Sie?"

Ich sah Lucien an.

Er nickte und ermutigte mich, meine Wahrheit zu sagen.

„Nicht schuldig."

Die Hexe ganz rechts schnaubte höhnisch.

„Das reicht, Delphinia", sagte die vorsitzende Hexe.

Delphinia lehnte sich zurück, verschränkte die Arme vor der Brust und warf mir einen bösen Blick zu. Ihr schwarzes Haar war zu einem strengen Zopf zurückgebunden, und sie starrte mich herablassend an, während purer Hass von ihr ausstrahlte. Sie war dieselbe Hexe, die mir die Anklageschrift zugestellt hatte.

Miststück.

Als Ratshexe hatte sie wahrscheinlich das Wissen und die Fähigkeit, ihre Gefühle vor Leuten wie mir zu verbergen, sie hatte sich jedoch offensichtlich entschieden, es nicht zu tun. *Wie du willst, Delphinia. Du magst mich nicht. Verstanden,* dachte ich. *Lasset die Spiele beginnen.*

Lucien stand auf. „Madam Tempest, wie wir bereits besprochen haben, gibt es in diesem Fall besondere Umstände, die alle Anklagepunkte irrelevant machen. Aufgrund der heiklen Natur dieser Angelegenheit und der Zeugenaussagen, die Sie bereits gehört haben und die Miss Calhoun veranlasst haben, für die Sicherheit der gesamten Stadt einzutreten, beantrage ich hiermit die Abweisung der Klage."

„Absolut nicht!" Delphinia sprang auf. „Ich habe Beweise dafür, dass die fragliche Hexe eine Gefahr für die Gesellschaft darstellt."

„Und welche Beweise sind das, Delphinia?", fragte Madam Tempest, ihr Ton war so kalt, dass ich dachte, der ganze Raum müsste wegen Erfrierungen behandelt werden.

„Überzeugen Sie sich selbst." Delphinia wedelte mit der Hand, und ein Bild von mir im Archiv der Unerklärlichen Dinge erschien. Ich stand vor dem lodernden Feuer, das Sierra entfacht hatte, und Magie strömte aus meinen Händen, als ich den Sturm heraufbeschwor, der schließlich das Feuer löschte.

Die Szene veränderte sich und zeigte eine in einen Umhang gehüllte Frau, deren rötliches Haar hinter ihr herflog, als sie mit der Drachenstatue in der Hand aus dem Archiv der Unerklärlichen Dinge rannte.

Und schließlich war da noch die Szene, in der ich auf der Straße stand und die Ratshexen mit einem sintflutartigen Regenschauer übergoss, während Kane Bea in ihr Auto half.

„Sehen Sie?", sagte Delphinia. „Ich habe Beweise dafür, dass sie das Ratsgelände angegriffen hat, uns zu ihrem eigenen

Vorteil bestohlen und uns dann angegriffen hat, als wir versucht haben, sie aufzuhalten."

Die anderen Hexen im Rat fingen an zu tuscheln. Dann beugte sich eine zur Vorsitzenden hinüber und flüsterte etwas.

Madam Tempest nickte, schlug mit ihrem Hammer auf den Tisch und erklärte: „Wir werden die Beweise hören, doch das ist eine geschlossene Verhandlung. Alle außer der Angeklagten und ihrem Vertreter warten draußen, bis sie zur Aussage gerufen werden." Sie schlug erneut mit ihrem Hammer auf den Tisch und erklärte ihre Entscheidung damit für endgültig.

Ich packte Lucien am Arm. „Ich dachte, du hast gesagt, das sei nur eine Formalität."

„Das ist es", sagte er mit angespannter Stimme. „Ich hatte gehofft, dass sie die Klage abweisen würden, da sie wissen, was sie wissen, doch es sieht so aus, als wollten sie Zeugenaussagen. Wahrscheinlich zur Dokumentation. Keine Sorge, Jade. Die Vorsitzende des Rates ist eine gerechte Hexe."

Nachdem alle den Raum verlassen hatten, stand der Anklagevertreter schließlich auf und sagte: „Ich möchte Conor Wells in den Zeugenstand rufen."

Conor wurde hereingeführt und setzte sich in den Zeugenstand.

„Verstehen Sie, Sir, dass Sie in diesem Gerichtssaal gezwungen sind, die Wahrheit zu sagen, die ganze Wahrheit und nichts als die Wahrheit?"

Conor nickte.

„Und dass Sie sich bereitwillig der Magie unterwerfen, die Sie an diese Vereinbarung bindet?"

„Ja."

„Gut", sagte der Vertreter der Anklage. „Erzählen Sie mir jetzt, wie die Drachenskulptur in Ihren Besitz gelangt ist und was an dem Tag geschehen ist, an dem Ihnen Drachenschuppen gewachsen sind."

Conor erklärte die seltsame Anziehungskraft, die von der Statue ausgegangen war, wie er sie aus dem Archiv der Unerklärlichen Dinge geholt, doch immer vorgehabt hatte, sie zurückzubringen, und dann beschrieb er den Nachmittag in seiner Garderobe, als ich von der Magie überwältigt worden war und die Skulptur angegriffen hatte.

Bei seiner Aussage hob Delphinia eine Augenbraue und nickte, während sie mich anstarrte, als hätte Conor ihr gerade einen entscheidenden Beweis gegeben.

„Und in dieser Nacht sind Ihnen Drachenschuppen gewachsen, nicht wahr, Mr. Wells", fragte der Anklagevertreter.

„Ja. Jade hat mich allerdings geheilt."

„Danke. Keine weiteren Fragen."

Lucien stand auf und sagte: „Keine Fragen."

Was sollte er auch fragen? Alles, was Conor gesagt hatte, war wahr.

Als Nächstes war Sierra an der Reihe. Sobald sie Platz genommen hatte, befragte der Vertreter der Anklage sie nach ihrer Beteiligung an der Angelegenheit mit der Statue. „Miss Whitmore, wann ist Ihnen zum ersten Mal aufgefallen, dass etwas an Ihrem Co-Star nicht stimmt?"

Sierra lachte. „Vor ungefähr sieben Jahren. Kurz nachdem wir uns kennengelernt hatten, habe ich erfahren, dass er kein Fan von Schokolade ist. Können Sie sich das vorstellen? Ich meine, wer mag keine Schokolade?"

„Ich meinte die letzten Wochen. Vor oder nach dem Vorfall mit der Statue und Miss Calhoun in seiner Garderobe?"

„Oh, sicher danach. Es war gleich nachdem Jade seine Schuppen geheilt hatte. Am nächsten Tag hat er auf den

Blutschwur bestanden." Sie biss sich auf die Unterlippe und starrte auf ihre Hände. „Danach fing er an, mir zu befehlen, Dinge für ihn zu tun."

„Dinge, die Sie nicht tun wollten?", fragte der Anklagevertreter.

„Ja."

„Wenn Sie das nicht wollten, Miss Whitmore, teilen Sie dem Rat bitte mit, warum Sie kooperiert haben."

„Ich war gezwungen. Ich hatte keine Wahl."

„Bitte benennen Sie alle Handlungen, zu denen Conor Wells Sie gegen Ihren Willen gezwungen hat."

Sie sah mich an, und ihre Angst warf mich fast von meinem Stuhl. Sie wollte es offensichtlich nicht sagen.

Ich nickte aufmunternd und formte lautlos mit den Lippen: *Es ist okay. Erzähl' es ihnen.*

Sie räusperte sich. „Ähm, na ja, zuerst habe ich Kane Rouquettes Büro in Brand gesteckt."

„Warum wollte Mr. Wells, dass Sie das tun?"

Ich beugte mich vor, selbst neugierig, die Antwort zu hören. Ich wusste schon, dass sie diejenige war, die das Feuer angezündet hatte, doch ich hatte nie gehört, warum.

„Conor wollte, dass Kane beschäftigt war, damit er mehr Zeit mit Jade verbringen konnte." Ihr Blick wanderte zu mir, und sie formte *es tut mir leid* mit den Lippen.

Ich schüttelte den Kopf und verzieh ihr ihre Vergehen. Es war nicht ihre Schuld. Sie war gezwungen worden. Wenigstens hatte sie nicht das ganze Gebäude niedergebrannt.

„Und warum wollte er mehr Zeit mit Miss Calhoun verbringen?"

„Er hat sich von ihrer Magie ernährt. Er brauchte sie, damit er sich vollständig in einen Drachenwandler verwandeln konnte."

„Aha. Das ist praktisch", sagte er, sein Ton triefend vor Urteil.

„Es besteht keine Notwendigkeit, die Aussage der Zeugin zu kommentieren, Mr. Boon", ermahnte Madam Tempest. „Beschränken Sie sich einfach auf die Fakten."

„Natürlich. Ich entschuldige mich beim Rat." Boon neigte den Kopf und fuhr fort, Sierra zu befragen, ließ sie den Tag noch einmal erleben, an dem sie Kane entführt und mich dann zum Glockenturm gelockt hatten, damit Conor die Wandlung beenden konnte.

Die Aussagen dauerten weitere drei Stunden, während Boon einen Zeugen nach dem anderen aufrief. Als er fertig war, hatten Bea, Kane, Pyper, Lucien, Julius, Kat, Mati und all die anderen Hexen, die in Coven Pointe dabei gewesen waren, alle Ereignisse der vergangenen Woche bestätigt, und mir fiel schwer, einzuschätzen, worauf er hinauswollte. Soweit ich das beurteilen konnte, war alles, was er tat, meine Position zu stärken.

„Ich denke, wir haben genug Zeugen gehört, Mr. Boon", sagte Madam Tempest ungeduldig. „Wenn Sie uns jetzt erklären würden, warum das alles relevant ist, wenn man bedenkt, dass wir bereits wissen, dass sie gegen einen höchst gefährlichen Drachen gekämpft hat."

Boons Lippen verzogen sich zu einem raubtierhaften Lächeln. „Sehen Sie das nicht? Alles fing an dem Tag an, an dem Mrs. Calhoun beschlossen hat, ihre Magie auf die Statue loszulassen. Sie hat alles in Bewegung gesetzt. Sie hat Mr. Wells an jenem Abend, an dem sie ihn angeblich von seinen Drachenschuppen geheilt hat, verzaubert, und hat alle ihre Freunde manipuliert, ihr zu helfen. Sie hat sogar Beatrice Kelton zum Ratsgelände gefahren, um die Statue zu stehlen. Und in dem Moment, als der Drache zu viel Macht erlangt hatte und Mr. Wells zu viel für sie wurde, beteuert sie ihre Unschuld. Niemand außer Miss Calhoun ist an dieser Katastrophe schuld, und wenn es nach mir ginge, würde ich ihr ihre Kräfte entziehen und sie wegen versuchten Angriffs auf die ganze Stadt anklagen."

Alle Hexen im Rat begannen zu tuscheln und nickten, als sie seiner Einschätzung lauschten.

Delphinia stand auf und stemmte ihre Fäuste in die Hüften, während sie mich anstarrte. „Mr. Boon hat recht. Das alles begann mit dieser lästigen Hexe und sollte mit ihr enden."

Die meisten anderen Hexen nickten zustimmend. Zwei nicht. Die Vorsitzende des Rates und die Hexe zu ihrer Linken.

„Der Umgang mit Drachen ist in der heutigen Zeit ein schweres Vergehen", fuhr Delphinia fort. „Wir können es uns nicht leisten, eine Hexe zu haben, die glaubt, über dem Gesetz zu stehen."

Wut kochte unter der Oberfläche meiner Haut, und ich erhob mich, meine Augen auf die selbstgerechte Hexe gerichtet. „Dem kann ich nur zustimmen, Delphinia."

Ihre Augen weiteten sich, und sie blinzelte. „Nun ... das ist zumindest erfrischend. Eine Angeklagte, die ihre Schuld eingesteht. Schade, dass Sie nicht ehrenhaft genug waren, die Verantwortung zu übernehmen, bevor wir einen Tag in dieser Kammer verschwendet haben."

„Jade, was –?", begann Lucien.

Ich ignorierte ihn, als ich hinter dem Tisch hervortrat und zum Tisch des Rates ging. Ich blieb direkt vor Delphinia stehen und sagte: „Ich gestehe nichts, aber ich denke, Sie sollten es vielleicht in Erwägung ziehen, da Sie sich solche Sorgen um die Ehre machen."

Ihre Lippen verzogen sich angewidert. „Wie können Sie es

wagen, so mit mir zu reden? Wissen Sie nicht, wer ich bin? Ich bin eine Ratshexe!"

Jetzt war ich an der Reihe zu schnauben.

„Setzen Sie sich, Miss Calhoun!", befahl Delphinia. „Oder ich lasse Sie fesseln und zurück in Ihre Zelle bringen."

Ich schürzte meine Lippen und hob überrascht beide Augenbrauen. „Habe ich kein Recht, mich zu verteidigen? Bisher hat mich niemand nach meiner Version dessen gefragt, was passiert ist."

Madam Tempest räusperte sich. „Ja, das haben Sie", sagte sie. „Und ich für meinen Teil bin sehr daran interessiert zu hören, was Sie zu sagen haben." Sie richtete ihren kalten Blick auf Delphinia. „Setz dich und lass die Hexe reden."

Ich warf Delphinia ein zuckersüßes Lächeln zu und ging zu meinem Platz im Zeugenstand.

Lucien verschwendete keine Zeit. Er nahm das ledergebundene Notizbuch und ging auf mich zu. Nachdem er mich offiziell vereidigt hatte, sah er mir direkt in die Augen und fragte: „Miss Calhoun, wir haben heute von zahlreichen Zeugen Berichte aus der vergangenen Woche gehört. Sind Sie mit einer der Zeugenversionen nicht einverstanden?"

Ich schüttelte den Kopf. „Nein. Soweit ich das sagen kann, haben sie alle die Wahrheit gesagt."

„Gibt es etwas, das Sie den Aussagen hinzufügen möchten? Irgendwas, das Sie gesehen haben, was sonst niemand gesehen hat?"

„Ja. Ich habe gesehen, wie Conor Sierra herumkommandiert hat. Sie wollte die Dinge, die er verlangt hat, nicht tun. Tatsächlich hat sie aktiv gegen den Bindungszauber angekämpft."

„Glauben Sie, dass sie in irgendeiner Weise vorsätzlich gegen das Gesetz verstoßen hat?"

Ich schüttelte den Kopf. „Nein. Ich glaube, das Gleiche trifft auch auf Conor zu. Er wurde vom Drachen gezwungen, zu tun, was er getan hat."

„Nachvollziehbar." Lucien wollte mir die nächste Frage stellen, wurde aber von einem weiteren Ausbruch unterbrochen.

„Das ist alles, was wir hören mussten", sagte Delphinia. „Es ist Zeit für das Urteil. Alle, die für die Verurteilung in allen drei Anklagepunkten sind, sagen *Aye*."

Zwei ihrer Freundinnen im Hexenrat antworteten sofort: „Aye." Die anderen vier schwiegen, während sie sie anstarrten.

Madam Tempest knirschte mit den Zähnen und wandte sich wieder mir zu. „Möchten Sie noch etwas hinzufügen, Miss Calhoun?"

„Ja." Ich nickte zu dem Buch, das Lucien immer noch in der Hand hielt. „Wir haben den Beweis, dass ich nicht diejenige bin, die hinter der Entfesselung des Drachen steckt."

Lucien ging zu Madam Tempest und reichte ihr das Buch. „Wir sind darauf aufmerksam geworden, dass die Hexe Delphinia die Schuldige ist."

„Was?" Delphinia schlug mit der Faust auf den Tisch, wodurch der ganze Tisch so heftig erzitterte, dass Madam Tempests Hammer zu Boden fiel. „Für wen hältst du dich, eine Ratshexe derart zu beschuldigen?"

„Für jemanden mit Beweisen", antwortete Madam Tempest, als sie schnell das Buch durchblätterte. „Willst du erklären, was das ist, Delphinia?"

Ihr Gesicht wurde knallrot. „Ich habe keine Ahnung."

„Wirklich? Der Einband ist mit deinem Familiennamen geprägt." Madam Tempest runzelte die Stirn. „Deine Energie fließt durch alle Seiten, als ob du Stunden damit verbracht hättest, sie zu lesen."

„Was ist das?", fragte die Hexe direkt zu ihrer Linken.

„Woher hat sie das?", verlangte Delphinia, und bevor Madam Tempest die Frage beantworten konnte, sprang sie von der Empore und ging direkt auf mich zu.

„Bitte", sagte Lucien und trat ihr in den Weg, damit sie mir nicht näherkommen konnte. „Das ist höchst unangemessen."

„Wache!" Madam Tempest hat angerufen. „Fesseln Sie Delphinia."

„Das wirst du nicht", zischte Delphinia, als sie versuchte, um Lucien herumzugehen, es jedoch nicht schaffte. Er packte sie an den Handgelenken, als die Wache, die mich in den Raum geführt hatte, herbeieilte.

„Nimm deine dreckigen Hände von mir. Weißt du nicht, wer ich bin?", zeterte sie erneut.

Die Wache legte ein Paar glänzender Handschellen um Delphinias Handgelenke, dann packte sie ihren Arm und zog sie von Lucien weg.

„Ich weiß sehr genau, wer du bist", sagte die Vorsitzende, stand auf und gestikulierte mit dem ledergebundenen Buch. Sie warf einen Blick auf die anderen Hexen. „Delphinia ist die Ur-Ur-Enkelin von Katherine Dumont, und es scheint, dass sie versucht hat, das Werk zu vollenden, das Katherine vor zweihundert Jahren begonnen hat."

Ein kollektives Keuchen entfleuchte den anderen fünf Hexen.

Madam Tempest drehte sich zu mir um. „Woher haben Sie das?"

„Madame Lacroix ist vorbeigekommen, während ich auf den Prozess gewartet habe", sagte ich mit einem Schulterzucken und hoffte, dass das den Geist nicht in Schwierigkeiten bringen würde.

„Madame Lacroix?" Madam Tempest kniff die Augen

zusammen. „Vorbeigekommen? Sie meinen, Sie hat sich materialisiert?"

Ich nickte. „Sie war ausgesprochen nett. Süß und überhaupt nicht das, was ich erwartet hatte, so in ihrem Batikrock und ihrer Bauernbluse. Viel herzlicher als im Archiv der Unerklärlichen Dinge."

Madam Tempest musterte mich prüfend, als versuchte sie zu entscheiden, ob ich die Wahrheit sagte. Ich wollte sie gerade daran erinnern, dass ich einen Eid geschworen hatte, die Wahrheit zu sagen, doch dann lächelte sie und fragte: „Was hat der Geist noch gesagt?"

„Sie sagte, Delphinia habe versucht, die Untersuchung der Statue zu verhindern, und Delphinia sei immer neidisch auf Madame Lacroix gewesen."

Madam Tempest schmunzelte und lachte zunächst leise, dann brach sie in lautes Gelächter aus. „Natürlich hat sie das gesagt."

Ich richtete meine Aufmerksamkeit auf die Stelle, wo ich Madame Lacroix zuletzt gesehen hatte, in der Absicht, den Sieg mit ihr zu teilen, doch der Geist war verschwunden. Ich suchte den Raum ab, konnte sie aber nirgends entdecken.

„Madame Lacroix? Dieser Geist ist eine verrückte alte Fledermaus!", zeterte Delphinia. „Verrückt und lästig. Niemand sollte auch nur einem Wort, das sie sagt, Glauben schenken."

Madam Tempest schüttelte den Kopf. „Vielleicht hättest du ein Argument, wenn wir über die Madame Lacroix sprechen würden, die das Archiv der Unerklärlichen Dinge beaufsichtigt. Doch Jade hier hat mit ihrer Tochter Crescent Lacroix gesprochen. Und ich habe die Erfahrung gemacht, dass Crescent immer etwas Wertvolles zu sagen hat, wenn sie sich zeigt."

Na, wenn das nicht interessant war. Kein Wunder, dass der

Geist sympathischer gewirkt hatte. Es erklärte auch, warum ihre Stimme nicht annähernd so nervig gewesen war wie die von Madame Lacroix im Archiv.

„Wache, bringen Sie Delphinia in eine der Arrestzellen. Der Rat hat viel zu diskutieren. Miss Calhoun, danke für Ihre Hilfe. Bitte entschuldigen Sie, dass wir Sie länger als erwartet festgehalten haben. Sie können gehen."

Erleichterung durchströmte mich, und ich lehnte mich zurück, plötzlich erschöpft. Heilige Hölle. Anscheinend hatte ein hochangesehener Geist meine missliche Lage genutzt, um eine Verräterin im Hexenrat zu Fall zu bringen. Ich grinste. Das war mehr als in Ordnung für mich.

„Jade, lass uns gehen, bevor jemand seine Meinung ändert", sagte Lucien und streckte mir seine Hand entgegen.

„Definitiv." Als ich den Zeugenstand verließ, sah ich mich noch einmal nach Crescent Lacroix um. Wieder war sie nirgends zu sehen. Doch als Lucien und ich an dem Platz vorbeigingen, wo sie zuvor gesessen hatte, tauchte sie aus dem Nichts auf, zwinkerte mir zu und verschwand dann. „Hast du das gerade gesehen?", fragte ich Lucien.

„Was meinst du?"

„Die Frau, die hier gesessen hat." Ich deutete auf den Platz am Gang.

Er runzelte die Stirn. „Ich habe nie jemanden dort sitzen sehen. Da haben Kane und Bea gesessen, oder?"

Ich nickte. Dann begriff ich. Es gab keinen Grund anzunehmen, dass irgendjemand außer mir sie gesehen hatte. Wenn sie für alle sichtbar gewesen wäre, hätte Madam Tempest sie sicherlich bemerkt und befragt. Ich warf noch einmal einen Blick über die Schulter auf die Hexen, die lautstark miteinander diskutierten, und entschied, dass Crescent vielleicht die richtige Idee gehabt hatte. Jetzt war ein ausgezeichneter Zeitpunkt zu verschwinden. Ich kicherte vor mich hin und schüttelte den Kopf.

„Was ist so lustig?", fragte Lucien.

„Nichts. Ich bin nur froh, dass ich nicht für den Rat arbeite. Danke übrigens, dass du mich vertreten hast."

Nun war es an ihm, den Kopf zu schütteln. „Das war doch nichts."

„Du warst hier. Das war genug."

„Na dann, gern geschehen." Lucien stieß die große Doppeltür auf, und wir gingen hindurch, um unsere Freunde und Familie zu finden, die alle an der Wand saßen und warteten.

Ein kollektiver Schrei ertönte, als sie uns sahen, und im nächsten Moment riss Kane mich in seine Arme, den einzigen Ort, an dem ich jemals sein wollte.

Um uns begannen alle durcheinanderzureden, als Lucien erklärte, was passiert war. Jeder hatte Fragen, und nach zwanzig Minuten Erklärungen hob Kane schließlich seine Hand und sagte: „Das reicht. Ich bringe meine Frau nach Hause und unter die Dusche. Alles andere, was ihr wissen wollt, kann warten."

Dankbarkeit stieg in Form von Tränen auf, und ich musste sie zurückblinzeln. Meine Güte. Schwangere Frauen heulen viel, oder?

Als er mich die Stufen des Ratsgebäudes hinunterführte, legte er seinen Arm um meine Schulter und hielt mich fest. „Lass dich nie wieder verhaften, verstanden?"

„Verstanden", stimmte ich zu. „Wie lange war ich da drin?"

„Drei Tage."

„Gute Göttin, kein Wunder, dass ich am Verhungern bin."

Er erstarrte. „Sie haben dir drei Tage lang nichts zu essen gegeben?"

„Nur Junkfood. Ich würde morden für einen Salat und ein saftiges Steak."

Kane blinzelte. Dann lachte er schallend. „Verdammt, Frau, das war das Letzte, was ich von dir erwartet hätte. Ich wollte gerade eine Schachtel Cupcakes vorschlagen, aber wenn du Steak willst, bekommst du Steak."

„Erst duschen, dann Steak und Salat."

Seine Lippen zuckten. „Keine Cupcakes?"

„Vielleicht zum Nachtisch."

„Das dachte ich mir."

KAPITEL SIEBENUNDZWANZIG

*N*ach einer langen Dusche und einem köstlichen Steak-Dinner, das Kane irgendwie von meinem Lieblings-Feinschmeckerrestaurant hatte liefern lassen, brachte Kane mich ins Bett. Er setzte sich neben mich, strich mir meine feuchten Haare aus den Augen und sagte: „Morgen bringe ich dich als erstes zu einem Heiler."

„Warum?" Ich hob meinen jetzt geheilten Arm. „Alles verheilt. Keine Narbe und kein unheimlicher Drache mehr, der meine Magie stiehlt."

„Du weißt, warum." Er schob seine Hand unter mein Schlafshirt und streichelte zärtlich meinen Bauch. „Ich werde mich besser fühlen, wenn ich weiß, dass es der kleinen Erdnuss gutgeht."

Ich wusste bereits, dass es ihr gutging. Es war irgendwie seltsam, doch in dem Moment, als wir den Hexenrat verlassen hatten, war meine Magie zurückgekommen. Nur fühlte sie sich viel konzentrierter an als zuvor, weniger unhandlich und nuancierter. Und als ich unter der Dusche gewesen war, hatte ich einen vollständigen magischen Körperscan gemacht und nach bleibenden Verletzungen gesucht. Zu meiner Überraschung hatte ich dabei Kontakt zu unserer Tochter hergestellt. Sie war strahlend und glücklich und perfekt. Alle meine Sorgen waren verschwunden, und ich wusste einfach, dass es ihr nicht nur gutging, sondern dass sie aufblühte.

Doch Kane davon zu überzeugen, war eine andere Sache. Ich konnte es ihm nicht verübeln. Nachdem er sich drei Tage lang Sorgen um uns gemacht hatte, konnte ich ihn verstehen. „Sicher. Morgen gehen wir zu Hanna."

„Danke." Er beugte sich herunter und presste seine Lippen auf meine Stirn.

Ich lächelte ihn an. „Ist das der einzige Kuss, den ich bekomme?"

„Wie wäre es damit?" Er strich mit seinen Lippen über ein Augenlid, dann über das andere, bewegte sich hinunter zu meiner Nasenspitze und endete mit einem sanften Kuss auf meinen Lippen. Er setzte sich auf und fragte: „Besser?"

„Ja, aber nicht ganz das, woran ich gedacht habe."

Er stützte seine Hände rechts und links von mir auf und beugte sich herunter, bis sich unsere Lippen gerade so berührten.

Ich starrte in seine dunklen Augen und hatte das Gefühl, als würde mein Herz zerspringen. Die Liebe, die aus ihm herausströmte, war überwältigend und großartig und mehr, als ich je für möglich gehalten hätte. „Danke", sagte ich.

„Wofür? Ich habe dir noch nicht den Kuss gegeben, um den du gebeten hast."

„Dass du mir vertraust. Dafür, dass du mich liebst. Dass du verstehst, dass ich nicht nur rumsitzen und andere für mich kämpfen lassen kann. Kane, es war unvorstellbar für mich, dir nicht nachzugehen." Ich drückte eine Hand auf meinen Bauch. „Du weißt, dass ich unser Kind niemals absichtlich in Gefahr bringen würde, doch der Gedanke, dich zu verlieren, während ich die Hände in den Schoss lege … Nun, ich bin mir ziemlich sicher, dass dieses Szenario mich umgebracht hätte, wenn dir etwas passiert wäre."

„Ich weiß, Liebes", sagte er und strich mir die Haare aus den Augen. „Ich weiß. Ich sollte derjenige sein, der sich bei dir bedankt. Wenn ich mich nicht hätte gefangen nehmen lassen –"

„Wie ist das eigentlich passiert?", fragte ich und sprach endlich die Frage aus, die mich verfolgt hatte, seit er entführt worden war.

Er knirschte mit den Zähnen. „Es war so dumm. Sie haben mich unvorbereitet erwischt, und ich hatte keinen Grund anzunehmen, dass Sierra Ärger bedeutet. Als ich gegangen bin, beschloss ich, anstatt zum Club nach Hause schattenzuwandeln. Es ist immer irgendwie unangenehm, aus dem Nichts aufzutauchen, wenn Fremde in der Nähe sind. Also bin ich hierher gekommen. Und als ich angekommen bin, saß Sierra auf der Couch und hat gewartet. Sie hat geweint und hatte einen blauen Fleck – einen falschen blauen Fleck, obwohl ich das zu dem Zeitpunkt nicht gewusst habe – unter ihrem linken Auge. Nun, als ich damit beschäftigt war, ihr zu helfen, hat sie mir irgendeine Art Schlafmittel injiziert, und als ich aufgewacht bin, hing ich gefesselt im Glockenturm."

Die vertraute Wut durchfuhr mich, als ich mich daran erinnerte wie er gefesselt dort hing und das Feuer um seine Stiefel brannte. Der Göttin sei Dank, dass ich es löschen konnte, bevor er mehr als ein paar Blasen an seinen Waden erlitten hatte. Doch es gab niemanden zu bekämpfen, kein Ziel, auf das ich die Wut lenken konnte, und ich zwang mich, sie einfach loszulassen.

Es hatte keinen Sinn, auf Conor oder Sierra wütend zu

sein. Sie waren beide genauso Opfer wie Kane. Lailah und der Rat der Engel hatten die Drachenseele erfolgreich aus Conors Körper entfernt und ihn als für menschliche Interaktion sicher erklärt, obwohl Lailah ihm gesagt hatte, dass er für eine Weile deutliche Drachenimpulse spüren könnte, was auch immer das bedeutete. Das war offensichtlich zu erwarten, nachdem man seinen Körper mit einer Drachenseele geteilt hatte. Solange er sich nicht in einen verrückten, feuerspeienden Psycho verwandelte, war alles gut.

„Das passiert den Besten von uns", sagte ich und warf Kane ein mitfühlendes Lächeln zu.

„Aber ich bin ein Dämonenjäger, und ich lasse mich von einer neuen Hexe überwältigen."

„Eine, die von einem mächtigen Drachen kontrolliert wurde", sagte ich sanft. „Mach dir keine Vorwürfe. Beim nächsten Mal wirst du mehr auf der Hut sein."

Er seufzte. „Es gibt immer ein nächstes Mal, nicht wahr?"

„Stimmt, aber im Moment sind es nur wir." Ich legte meine Hand an seine Brust und grub sie in sein Hemd. „Jetzt küss mich."

Er starrte nur einen Moment lang auf meine Lippen, und als er meinem Blick wieder begegnete, war das Einzige, was ich dort sah, Liebe. Vorfreude breitete sich durch meinen Körper aus, während ich wartete und wusste, dass in dem Moment, in dem er mich berührte, ein neues Feuer geboren werden würde.

„Ich bin am Verhungern", sagte ich, als wir im gemütlichen Wartezimmer der Heilerin saßen. Der Raum war in Salbeigrün und Sonnenuntergangsorange gestrichen und hatte jede erdenkliche Art von Sitzgelegenheiten, von dick gepolsterten Clubsesseln über schicke Bauhaussessel bis hin zu hölzernen Schaukelstühlen. Wir saßen gerade auf einem unglaublich bequemen Sofa, und wenn ich in meinem Wohnzimmer gewesen wäre, hätte ich meine Füße hochgelegt und ein Nickerchen gemacht. Natürlich nachdem ich ein zweites Frühstück gegessen hatte.

„Du hast erst vor einer Stunde gegessen." Kane lehnte sich zurück, sein linker Fuß auf seinem rechten Knie.

„Nein. Es ist länger als eine Stunde her", widersprach ich. „Eher anderthalb, und ich hatte nur ein Omelett."

„Ein Omelett aus drei Eiern mit Speck, Cheddar und ungefähr zehn verschiedenen Gemüsesorten", sagte er, während er auf den stummen Fernseher in der Ecke starrte.

„Und? Gemüse reicht nicht wirklich, wenn ich Hunger habe. Wir sollten zu Mittag essen, wenn wir hier fertig sind. Wie wäre es mit einem Burger, Beignets oder vielleicht Rippchen?"

„Rippchen, dann Beignets", sagte er.

Ich seufzte und lehnte mich an seine Schulter. „Hast du eine Ahnung, wie sehr ich dich liebe?"

Er blickte auf mich herunter. „Weil ich deinen wahnsinnigen Essgewohnheiten nachgebe?"

„Ja."

Seine Augen wurden dunkel, als er lächelte. „Vielleicht komme ich heute Abend spät nach Hause. Wenn wir dann wieder essen, muss ich mehr Zeit im Fitnessstudio verbringen."

„Oder wir können einfach zu Hause zusammen trainieren", sagte ich und streichelte seinen Arm. „Du weißt schon, ein Picknick im Schlafzimmer, gefolgt von –"

„Ähm, Jade", sagte er und setzte sich aufrecht hin.

„Okay, vergiss das Picknick. Wir fangen einfach unter der Dusche an."

„Jade", er griff nach meiner Hand, um mich davon abzuhalten, ihn zu streicheln, und zeigte auf den Fernseher. „Schau."

Ich zuckte hoch, mehr erschrocken über sein Desinteresse an meinem Vorschlag als über seine Aufforderung, anzusehen, was auf dem Fernsehbildschirm war. „Was ist?"

„Sind das nicht Conor und Sierra?"

Ich blinzelte und spähte dann auf den kleinen Fernseher. Auf dem Bildschirm erschien ein Bild von zwei Menschen, die auf ein Privatflugzeug zuliefen. Es waren definitiv Conor und Sierra. „Wo gehen sie hin?"

Kane beugte sich vor, nahm die Fernbedienung und drehte die Lautstärke auf.

Die blonde Nachrichtensprecherin lächelte beim Sprechen in die Kamera. „Wir sind die ersten, die Ihnen die erfreuliche Nachricht überbringen dürfen, dass Conor Wells und Sierra Whitmore, die Stars von *Witchin' Hills*, heute standesamtlich geheiratet haben. Die letzten vier Jahre wurde immer wieder gemunkelt, dass Whitmore und Wells daten. Doch es sieht so aus, als hätten die Gerüchte jetzt ein Ende. In einer gemeinsamen Erklärung der Publizisten von Wells und Whitmore heißt es: *Conor und Sierra waren glücklich, ihr Leben in den letzten sieben Jahren auf der Leinwand zu teilen. Jetzt freuen sie sich darauf, ihren Weg abseits des Fernsehbildschirms zu beginnen. Beide sagen, dass das größte Geschenk, das ihnen Witchin' Hills gemacht hat, die Liebe ist.*"

„Ich würde sagen, das ist nicht das Einzige, was die Show ihnen geschenkt hat", witzelte der Moderator, als ein Foto von Conor und Sierra eingeblendet wurde. Er trug Jeans und ein Jackett, während Sierra das Pinup-Girl-Hexenkleid trug, das ich mir letzte Woche ausgeliehen hatte. „Fans der Show werden das Kleid, das Sierra für ihre Hochzeit ausgewählt hat, zweifellos wiedererkennen. Es ist das Gleiche, das sie getragen hat, als Wells' Rolle Whitmore in der letzten Staffel gebeten hat, ihn zu heiraten. Es scheint, dass mehr als Schauspielerei in diese Folge geflossen ist, meinst du nicht auch, Marcy?"

Die Kamera wanderte zu einer zweiten Moderatorin, und sie begannen, über die Bedeutung des Kleides zu diskutieren.

„Nun, das erklärt einiges", sagte ich.

„Was meinst du?", fragte Kane.

„Ich habe mir das Kleid neulich ausgeliehen, nachdem ich bis auf die Knochen durchnässt war, und Sierra hat wirklich seltsam darauf reagiert. Jetzt weiß ich, warum."

Kane warf mir einen verwirrten Blick zu.

Ich verdrehte die Augen. „Es hat ihr viel bedeutet, genug, dass sie sich entschieden hat, es zu ihrer Hochzeit zu tragen, und Conor hat es mir gegeben, als ob es nichts bedeutet. Vergiss es. Ist so ein Mädelsding."

„Scheint so." Er schüttelte den Kopf, als könnte er es immer noch nicht verstehen.

„Ist es nicht seltsam, sie so kurz nach allem, was passiert ist, heiraten zu sehen?"

„Nein. Ich finde, das ergibt einen Sinn." Er drehte sich zu mir um und legte seine Hand um meine. „Sie haben etwas ziemlich Schreckliches durchgemacht, und als Leute, die nicht wie wir an diesen Wahnsinn gewöhnt sind, haben sie wahrscheinlich entschieden, dass das Leben zu kurz ist, um Zeit zu verschwenden. Jetzt sind sie verheiratet und auf einer tropischen Insel, um wie die Karnickel zu vögeln. Was sollten sie sonst tun?"

Ich kicherte. „Du hast wohl recht."

„Miss Calhoun?", rief die Empfangsdame.

„Das bin ich", sagte ich, als Kane und ich aufstanden.

„Hier entlang. Heilerin Hanna ist bereit für Sie."

Kanes Finger schlossen sich fester um meine, und eine Welle der Nervosität floss von ihm in mich.

Ich erwiderte den Druck seiner Finger und schob ein kleines bisschen Ruhe in seine Richtung.

„Jade", sagte er leise. „Nicht. Ich bin okay."

„Tut mir leid", murmelte ich, doch es tat mir überhaupt nicht leid, dass ich versucht hatte, seine Angst zu lindern. Doch ich respektierte seinen Wunsch, sie allein zu bewältigen.

„Hallo, Jade, Kane", sagte Hanna, ihre Stimmung so fröhlich wie immer. „Bereit für den Ultraschall?"

„Ja", sagten wir wie aus einem Mund.

„Großartig." Sie nickte zum Tisch. „Setzen Sie sich, Jade. Kane, Sie können direkt neben ihr sitzen."

Ich ließ mich auf dem Untersuchungstisch nieder, lehnte mich zurück und hob mein T-Shirt hoch, während Kane neben mir auf dem Hocker Platz nahm und meine Hand hielt.

„Wir kommen gleich zur Sache, ja?", sagte die Heilerin.

Ich nickte.

„Wie geht's Ihnen? Alles gut? Wie ich sehe, ist Ihr Arm gut verheilt." Sie verteilte das kühle Gel auf meinen Bauch und schaltete die Maschine ein.

„Gut. Hab' mich nie besser gefühlt", sagte ich.

Kane warf mir einen Du-machst-wohl-Witze-Blick zu.

Ich ignorierte ihn. Auf keinen Fall würde ich ihr von der Drachengeschichte erzählen. Ich wollte mich nicht mit ihren Fragen auseinandersetzen.

„Irgendwelche Müdigkeit? Oder irgendwelche seltsamen Erlebnisse mit Ihrer Magie?", fragte die Heilerin, während sie das Instrument über meinen Bauch bewegte und den Monitor beobachtete.

„Sie kann plötzlich das Wetter kontrollieren", sagte Kane.

Die Heilerin hielt inne. „Wirklich? Das ist interessant."

„Und sie hat andauernd Hunger", fügte Kane hinzu.

„Bei schwangeren Hexen ist das normal", bestätigte Hanna.

„Jade, können Sie etwas für mich tun?"

„Ist alles okay?", fragte Kane. Seine Nervosität wuchs.

Ich holte tief Luft und versuchte, sie zu ignorieren.

„Unbedingt. Ich will nur gründlich sein. Jade?", fragte die kleine Brünette. „Das Wetter, das Sie kontrollieren, können Sie mir zeigen, was Kane meint?"

„Sicher. Wollen Sie ein Gewitter oder einen Tornado?"

Sie zuckte zurück und blinzelte mich an. „Können Sie das wirklich?"

Ich nickte.

„Und das konnten Sie vorher nicht?"

„Nein."

„Wow." Ehrfurcht huschte über ihr Gesicht, als sie mich staunend anstarrte. „Das ist unglaublich. Aber vielleicht müssen wir nicht so weit gehen. Geben Sie mir nur ein bisschen Wind."

„Okay." Ich warf einen Blick auf das offene Fenster, und im nächsten Moment wehte ein Luftstoß herein, stark genug, dass er die vertikalen Jalousien erzittern ließ und einen Stapel Papier vom Schreibtisch hinter Hanna wehte.

Doch die Heilerin achtete nicht darauf. Stattdessen konzentrierte sie sich auf das Ultraschallgerät. Sie war ein paar Augenblicke lang still, ihr Gesicht strahlend und voller Staunen. „In Ihnen wächst ein starkes kleines Wesen heran. Elementarhexe, kein Zweifel."

Ich nickte. „Das hat mein Vater auch gesagt."

„Ist er ein Heiler?", fragte sie neugierig.

„Nein, ein Engel."

„Ha! Kein Wunder, dass da so viel Macht im Spiel ist. Sie beide werden sicherlich alle Hände voll zu tun haben."

„Dem Baby geht es also gut?", fragte Kane.

„Mehr als gut, Mr. Rouquette. Es ist absolut perfekt."

Kane stieß einen Seufzer der Erleichterung aus, als er meinem Blick begegnete.

„Das habe ich dir doch gesagt", sagte ich leise. „Sie ist eine toughe kleine Hexe."

„Oh, das Geschlecht wissen Sie auch schon." Hanna legte das Ultraschallgerät weg und fing an, das Gel von meinem Bauch zu wischen. „Gut. Ich wollte gerade fragen, ob Sie es wissen wollen."

„Es ist ein Mädchen?", fragte Kane, seine Stimme heiser vor Emotionen.

„Oh Gott. Sie wussten es nicht." Bedauern ging in Form eines blassgrauen Nebels, den nur ich sehen konnte, von der Heilerin aus. „Ich wollte es nicht ruinieren. Es tut mir leid."

Ich winkte ab. „Machen Sie sich keine Sorgen. Ich wusste es; Kane war nicht überzeugt."

„Lassen Sie mich raten, Ihr Vater hat es Ihnen gesagt?" Der Nebel verschwand und wurde durch einen lavendelvioletten Schleier der Freude ersetzt.

„Nein, die Floristin meiner Freundinnen. Sie sagt, sie hat eine Gabe für sowas." Ich setzte mich auf und zog mein Top herunter.

„Ah, Sie kennen Miss Maybelle. Sie hat eine hundertprozentige Erfolgsbilanz." Hanna grinste uns an. „Hier ist alles super. Sie können Ihr Rezept für Schwangerschaftskräuter am Empfang mitnehmen. Wenn irgendwas Außergewöhnliches passiert, zögern Sie bitte nicht, vorbeizukommen. Andernfalls sehen wir uns in vier Wochen."

„Danke, Hanna!", rief ich, als sie sich verabschiedete und ging.

Kane, der sich immer noch nicht von seinem Platz auf dem Hocker bewegt hatte, ergriff meine Hände und legte seinen Kopf in meinen Schoß.

Ich strich mit meinen Fingern durch sein Haar und seufzte zufrieden. „Überraschung, es ist ein Mädchen."

Er lachte. „Ich werde nie wieder an dir zweifeln."

„Warte einen Moment, während ich das dokumentiere."

Mein Mann lag einen Moment lang da, die Arme um meine Taille geschlungen. Und als er mich wieder losließ, küsste er zärtlich meinen Bauch, dann begegnete er meinem Blick, ohne sich die Mühe zu machen, die Tränen zu verbergen, die in seinen Augen glänzten. „Ich liebe dich, Jade."

„Ich liebe dich auch, Kane."

Er stand auf und streckte mir seine Hand entgegen. „Bereit?"

„Bereit." Wir verflochten unsere Finger, als ich vom Tisch sprang und mich von ihm zur Tür hinaus führen ließ.

Nachdem wir das Rezept abgeholt hatten und zum Auto gingen, sagte Kane: „Versprich mir was."

„Alles."

„Hab' ab und zu Erbarmen mit mir."

„Was meinst du?", fragte ich, als er die Autotür für mich öffnete.

„Ihr werdet zu zweit sein. Und während ich über diese Aussicht überglücklich bin, macht sie mir auch Angst. Denk' nur hin und wieder an meine geistige Gesundheit."

„Natürlich, Kane", sagte ich lachend. „Wir werden versuchen, es dir leicht zu machen."

„Vielleicht können wir nach ihr hier versuchen, das

Verhältnis auszugleichen", sagte er mit einem Funkeln in den Augen.

„Du denkst ein bisschen weit voraus, meinst du nicht, Cowboy?"

„Nein. Ich mache nur meine Absichten bekannt."

„Was, dass du einen Jungen willst?"

„Nein, dass ich dich will." Er trat auf mich zu und drückte mich gegen die Seite des Autos, dann strich er mit seinen Fingern über meinen Kiefer, beugte sich vor und flüsterte: „Und das wird sich nie ändern."

ÜBER DIE AUTORIN

Die New York Times und USA Today Bestsellerautorin Deanna Chase ist gebürtige Kalifornierin, die in den langsameren Lebensstil des südöstlichen Louisiana gezogen ist. Wenn sie nicht gerade schreibt, hat sie mit ihrem Mann in New Orleans Spaß oder spielt mit ihren zwei Shih-Tzus. Weitere Informationen und Updates zu Neuerscheinungen finden Sie auf ihrer Website unter deannachase.com.